捨てられ令嬢です せか
竜帝陛下に貢がれて います!?

犬咲

Inusaki Presents

fairy kiss

この作品はフィクションです。
実際の人物・団体・事件などに一切関係ありません。

捨てられ令嬢ですが、なぜか
竜帝陛下に貢がれています!?

fairy kiss

プロローグ　花さか少年、竜帝に乞われる

「……ねえ、父さん。この格好変じゃないかな？」

麗《うら》らかな春の昼下がり。

白き竜の血を引く皇帝――竜帝が治めるシャンディラ帝国。

その帝都の東部に広がる森の一角で、レイは猫のような琥珀《こはく》色の瞳をキョロリと動かし、襟元のクラヴァットをちょいと直して、傍らに立つ義父にソワソワと尋ねた。

クラヴァットに留めた琥珀のピンに白いシャツ、チョコレートを思わせる艶やかな深いブラウンのベストとキュロット。

「見習い庭師の少年」としては精一杯にキチンとした装いで、どれも手持ちの中で一番良い品ではあるが、それでも上等とは言いがたい。

このような格好で「依頼主」の前に出て大丈夫だろうか。

何しろ今日の依頼主は今までにない、とびきり特別な相手なのだ。

約束の時間が近づくにつれて段々と気になってきて尋ねたのだが、同じように精一杯の一張羅に身を包んだ義父は「大丈夫だよ」と皺《しわ》深い顔をほころばせた。

「いつも通り、可愛《かわい》らしいさ」

そう言ってレイの短い髪――前髪に一房の白が交じった艶やかな黒髪――をそっと撫《な》でる。

「そ、そうかな。ありがとう」

レイが照れたように目を細めると、義父は「そうだよ」と頷《うなず》いて、レイが腕に抱えた依頼主への贈り物――春風に甘く香る大輪の白薔薇《ばら》の花束へと視線を移し、ポツリと呟《つぶや》いた。

「それに、陛下が気になさるとしたら服よりも花だろう」

そう、今回の仕事の依頼主はこの国の皇帝――竜帝なのだ。

彼の望みで新離宮の建築が決まり、そこに設ける十二の庭園のうち、十二番目の庭の設計と造園を義父の営むヤード造園が担うこととなった。そして、今日が初めての顔合わせというわけだ。

義父の言葉にレイは抱えた花束にサッと視線を落とし、またすぐに顔を上げると、キュッと眉を寄せて早口で尋ねた。

「ねえ、父さん。本当に私の薔薇で大丈夫？　やっぱりやめておいた方がよくないかな？」

今、レイが抱えている薔薇は、ヤード造園で取引をしている花農家から仕入れたものではない。

レイが種から育て、丹精して咲かせたものだ。

自分でも気に入っているし、好きだと言ってくれる人もいる。

それでも「素人が趣味で育てたもの」に違いはない。

そのことを竜帝が知れば、軽んじられたと思うかもしれない。

千年の昔、とある小さな村の領主の娘が、白き竜の「運命の伴侶」に選ばれ、「おまえのために国を造ってやる」と言われて始まったとされるシャンディラ皇家。

その血を引く竜帝は代々類いまれなる美貌と共に、気まぐれで気難しく、傲慢で残忍な性格で知られている。

「もしも陛下のご気分を損ねたりしたら……」

小さな造園所のひとつやふたつ、簡単に潰されてしまうだろう。

「……大丈夫だよ、レイ。陛下は大の花好きでいらっしゃる。それに忘れたのかい？　元々、審査のために送ったのはおまえの薔薇じゃないか」

強《こわ》ばったレイの肩をそっと撫でて、義父は黒目がちな瞳をやさしく細めてみせた。

「おまけに、おまえの薔薇は侯爵夫人のお墨つきだ。誰に贈っても恥ずかしくないよ」

「……そっか。ありがとう、父さん！」

レイは、ホッと頬をゆるめて笑いかえすと、あらためて庭園予定地を見渡した。

新たに造られる離宮は「百花離宮」と名づけられることになっているそうだ。

「百の花を愛《め》でるための離宮」という意味らしい。

竜帝が住まう宮殿から、馬車で十分ほどの場所に広がる広大な森の中心に宮を建て、その周りに十二の意匠の異なる庭園を造り、四季折々の花を楽しむ。

そのような趣向らしく、十二の庭園の最後の一画を義父が任されたわけだが……。

――本当に、「予定地」って感じだなぁ。

鬱蒼《うっそう》と茂る森をながめながら、レイは心の中で呟いた。

庭園となる範囲の樹々が「ここからここまで」という目印のように、何本か伐《き》りたおされているものの、森自体は、まだまだ自然そのままの姿で残っている。

――ここに父さんの庭ができるんだ。

担当する広さはそこまででもない。今までにもっと広い庭を手がけたことはある。

だが、予算の潤沢さとプレッシャーは段違いだ。

昨夜も義父は庭園の設計図の候補を机に広げ、ああでもないこうでもないと夜更けまでかかって吟味していた。

その中から竜帝に選んでもらい、彼の希望を反映しながら取りかかることになるのだろう。

森から傍らに立つ義父に視線を移すと、義父は目の下に濃い隈《くま》を作りつつも、皺に埋もれた瞳を輝かせ、やる気に満ちあふれた表情をしていた。

――父さん嬉《うれ》しそう……私も頑張らないと！

よし、と気合いを入れなおしたところで、樹々の向こうから何人もの足音が聞こえてきた。

ハッと義父が息を呑《の》み、ピンと姿勢を正す。

レイも慌てて背すじを伸ばし、腕に抱えた白薔薇の花束をそっと抱えなおした。

――父さんが声をかけてくれたら、陛下にお渡しすればいいんだよね。

献上の口上を忘れないようにと心の中で呟いているうちに、足音はドンドン近づいてくる。

やがて、ガサリと樹々の合間を縫って姿を現した存在を目にした途端、レイも義父も思わず言葉を失った。

侍従と十人ほどの衛兵を引きつれて現れたその人が誰かは、名乗られずともわかった。

頭上にいただく一対の角と常人離れしたその美貌を目にすれば、その人が当代の竜帝、ノヴァ・シャンディラだと――。

――本当に白い竜みたい……きれい。

レイはコクンと緊張に喉を鳴らしながらも、そのようなことを思った。

春風になびく長い髪は朝陽《あさひ》にきらめく新雪のごとき白銀色。

どこか酷薄そうな印象を受ける白磁の美貌は、不自然さを感じるほどに整っている。

均整のとれた長身を包むのは、豪奢《ごうしゃ》な金糸の刺繍《ししゅう》を施し、金のボタンを並べた純白の上着に同色のトラウザーズとブーツ。

そして、何より目を引くのは、彼の頭上から伸びる一対の角。

三叉四尖《さんさよんせん》の枝わかれした形状は鹿の角に似ているが、日の光を受けてホワイトオパールのように虹色がかった不思議な光沢を帯びている。

――あれが竜の角……。

言葉を忘れて見入っていると、チラリとノヴァが視線を動かした。

鮮やかな金色の瞳に捉えられた瞬間、レイは思わず息を呑んだ。

まるで一頭の肉食獣――いや、もっと畏《おそ》ろしいものを前にしたような感覚に捕らわれて、指一本動かせなくなる。

秋の夜に満ちる月のごとく、深く美しい色をしたその瞳は炯々《けいけい》として力強く、見つめられているだけで自然と膝を折りたくなるような威厳に満ちた輝きを放っていた。

これがすべての生き物を従えるとされる覇者の証《あかし》――竜の瞳なのだろうか。

言葉を失い見つめていると、不意にノヴァが上着の裾をひるがえし、レイに身体を向けた。

そのまま、ずかずかとこちらに近づいてくるのを見て、レイはハッと我に返る。

――どうしよう!? ジロジロ見るなんて失礼だって思われたのかも!

慌てて目を伏せ、頭《こうべ》を垂れる。

レイの焦りをよそに、ノヴァはまっすぐに向かってくるとレイの目の前で立ちどまり、蝶《ちょう》が花にとまるようにレイが抱えた花束に顔を近づけ、香りを確かめるように息を吸いこんだ。

どうやらレイを咎《とが》めようとしたわけではなく、抱えた花に興味を持っただけのようだ。

噂《うわさ》通り、花好きでいらっしゃるんだな――と安堵《あんど》と嬉しさを覚えて、頬をほころばせた次の瞬間。

レイは花束ごとノヴァの腕の中に捕らえられていた。

「ひゃっ」

「いい香りだな。名は?」

いったいい何が起こっているのかと、戸惑うレイの耳を艶《つや》やかな低音がくすぐる。

「え?」

「おまえの名だ」

ああ、この方は声まで美しいのか――と頭の片隅で感嘆しながらも、レイは強ばる舌を動かしてどうにか答えを返した。

「っ、レイ・ヤードと申します！」

「この薔薇を育てたのはおまえか？」

「え？　は、はいっ」

「そうか。おまえが花さか少年か」

どうしてその呼び名を——と疑問が頭をよぎる。

けれど、それを口に出す前に、続いたノヴァの言葉に疑問は吹きとんでしまった。

「レイ、私のものになれ」

そんな、予想外にもほどがある命令を耳にして——。

「っ!?」

レイは自分を抱く男を見上げながら、琥珀色の瞳をこぼれおちんばかりにみひらく。

視界の片隅で、ノヴァが連れてきた侍従と衛兵たちが同じように目を丸くし、あんぐりと口までひらいているのが見えた。

「へ、陛下のものにでございますか!?」

「ああ、私の花係になるのだ。おまえの薔薇が気に入った。その腕を買いあげてやる」

「あ、花係でございますか……」

上機嫌に告げられ、レイは「何だそうか」とホッとして、けれど、この申し出を受けるわけにはいかないとすぐに思いなおした。

竜帝であるノヴァの花係になるということは、宮廷で暮らすことになるだろう。

人が多い場所――それも、高貴な女性が出入りをする場所には行きたくない。

いいや、行ってはいけない事情が、レイにはあるのだ。

「あの、至極光栄には存じますが、私のような未熟者にそのような大役が務まるとは思えませんし、それに、その、父の跡を継がなくてはなりませんので……」

どうにか断ろうとしどろもどろに言葉を返すと、ノヴァはレイを抱く腕に力をこめて、不満げに眉をひそめた。

「それはおまえでなくとも務まるはずだ。何なら、私が代わりに腕のいい庭師を見つくろってやる。だから、おまえは私の傍《そば》で、私のためだけに花を作れ」

何とも傲慢な言い草にレイは唖然《あぜん》となり、それから、ふつふつと複雑な感情が湧きあがってくるのを感じた。

――竜は気まぐれって、本当だったんだな。

レイの薔薇を気に入ってくれたことは嬉しい。

けれど、こんな風に思いつきで、一時の気まぐれで人生を変えられるのは嫌だ。

断られるとはまるで思っていない上機嫌なノヴァの笑みを見つめながら、レイは心の中で呟く。

――本当に……偉い人って勝手だ。

貴き人々には、日々を懸命に生きる、しがない民の気持ちなどわからないのだろう。

十八年の昔、自分をゴミのように捨てた「人々」の幻影がノヴァの顔に重なって見えて、レイはキュッと唇を噛《か》みしめた。

「……どうした？」

微《かす》かに眉をひそめて、ノヴァが首を傾《かし》げる。

「何を黙っている。報酬が気になるか？　望むがままやるぞ」

「……望むがまま、にございますか」

「そうだ。希望があれば申してみよ」

私の望み――レイはコクンとつばを飲みこんで緊張に干上がりそうな喉を潤すと、おそるおそる思いを口にした。

「お、おそれながら陛下、私は、私の花で、ひとりでも多くの人を幸せにしたいと願っております。誰かひとりのためではなく、たくさんの人のために花を育てたいと……」

そう告げた途端、首を傾げたままのノヴァの顔から表情が消えた。

「……それは、私の申し出を断るということか？」

淡々とノヴァが問う。その奇妙なほど凪《な》いだ声は、嵐の前の静けさを思わせた。

その瞬間、傍らで義父が息を呑む気配がして、成り行きを見守っていた侍従と衛兵たちの間にも緊張が走る。

「申しわけございません、陛下！　レイはまだ子供で、私の傍を離れるのが怖いだけなのです！」

慌てたようにとりなす義父の声に、レイはハッと我に返って青褪《あおざ》めた。

――ああ、どうしよう！

竜帝の機嫌を損ねたら大変なことになる。義父に迷惑がかかるとわかっていたはずなのに。

いったい何をやっているのだろう。

どうにか許しを乞おうと口をひらいたそのとき、弾《はじ》けるようなノヴァの笑い声が樹々の間に響きわたった。

――え、何!? 何なの？ どうして笑っているの!?

戸惑うレイをよそにノヴァはひとしきり楽しそうに笑った後、レイの顎を指先ですくい、小首を傾げて微笑《ほほえ》んだ。

「いいぞ、レイ。良い度胸だ。ますます気に入った。その度胸に免じて、決して無理強いはしないと誓ってやる。諦めもしないがな」

え、とレイは目を丸くする。

無理強いはしないが諦めないとは、どういう意味なのだろう。

困惑気味に眉を寄せつつ見つめかえすと、ノヴァは金色の瞳を三日月のように細め、レイの瞳を覗《のぞ》きこむようにして、何とも傲慢に言いはなった。

「庭園が完成するまでに、必ず諾と言わせてみせる。覚悟をしておけ」と。

こうして、ノヴァとの初めての顔合わせは波乱の幕引き――いや、ある意味では幕あけとなったのだった。

第一章　望まれなかった娘

ノヴァとの衝撃の出会いから四時間後。

傾きかけた陽ざしの下、レイは義父の得意先のひとつであるモスクス侯爵家を訪れていた。

ノヴァとの顔合わせの後、ヤード造園に帰ると「白薔薇を届けてほしい」という侯爵夫人からの伝言が届いていたのだ。

レイは義父と顔を見合わせ、「今日は予想外のことばかりだね」と少しだけ泣きそうな気持ちになりながら、こうして出向いたというわけだった。

「――ああ、レイ。待っていたわ！」

花束を抱えて応接間に通されるなり、モスクス侯爵夫人がドレスの裾を摘《つ》まんで駆けよってくる。

そして、レイの手から花を受けとると「ありがとう！」と華やいだ声を上げて微笑んだ。

その拍子に、美しい年輪のような笑い皺が目尻に浮かびあがる。

「急に呼びつけてごめんなさいね。どうしてもすぐに新しい薔薇を持ってきてほしくって」

「いえ、ご用命いただき光栄です」

「そう？　ありがとう。……ああ、本当に、相変わらずいい香り」

目をつむり、薔薇の香りを吸いこむ夫人の表情がうっとりと蕩《とろ》ける。

その様子をながめながら、レイは、おずおずと問いかけた。

「……あの、奥様。先日の薔薇に何か不備がございましたでしょうか？」

実は、つい三日前にも、今日と同じように白薔薇を持ってきたのだ。

夫人に花を届けるようになって二年、これほど短い期間で呼ばれたことは一度もなかった。

固くもなくゆるくもなく、適度に蕾《つぼみ》がほころんだ六分咲きの状態で花を届ければ、花瓶に活《い》けた後ジワジワと花弁がひらいて、そこから半月あまり咲きほこり、香りつづける。

たとえ真夏の最中であっても、七日はもつはずだ。

それなのに――テーブルに置かれた花瓶をそっと横目で窺《うかが》い、レイは眉をひそめる。

三日前、この手で活けたはずの花が影も形もない。

もしかすると、花の状態が良くないことに気づかず届けてしまったのだろうか。

そんなレイの不安げなまなざしに気づいたのだろう。

夫人はチラリと空の花瓶に目を向けて笑みを深めると「いえ、不備ではないのよ」とやわらかな声音で答えた。

「三日前にいらした――あるお客様がね、あなたの薔薇をお気に召したようなの」

夫人は客人の名前を濁して、困ったように微笑んだ。

「部屋に入るなり、『この薔薇だ！』と目を輝かせて花に駆けよられてね。どこかでレイの薔薇を見て探してらしたようなの。どうしても欲しいとおっしゃるものだから、さしあげてしまったのよ」

「そうだったのですか……！」

事情を知ったレイは、ホッと胸を撫でおろした。

「ごめんなさいね。姪《めい》の舞踏会のときも、今回も、また勝手におすそわけしてしまって」

「いえ！　どなたかは存じませんが、そのように言っていただき光栄に存じます！」

夫人が名を伏せたからには聞いても教えてはもらえないだろう。

けれど、自分の薔薇を気に入ってくれた人がひとり増えたと思えば、素直に嬉しい。

「ふふ、内緒にしてごめんなさいね……でも、ひそかに探していらしたようだから、私の口からは言われたくないと思うのよ」

悪戯っぽく微笑むと、夫人はレイの薔薇をそっと撫でて目を細めた。

「とはいえ、きっとすぐにわかるはずよ。だって、本当に気に入ってらっしゃる様子だったもの。私のように『薔薇を届けてほしい』と頼まれるのではないかしら。そのような手紙は来ていない？」

やさしく問われ、「いえ」とレイはかぶりを振った。

レイの薔薇は仕事としてではなく、趣味で丹精しているもので、世には出回っていない。

けれど、個人的にレイの薔薇を好み、望んでくれる人には、わずかな手間賃だけをいただいて、おすそわけしている。

それは近所のお年寄りだったり、義父の友人の造園業者であったりと様々だが、レイと同じ平民がほとんどで、高貴な顧客は現在モスクス侯爵夫人だけだ。

——今後、陛下が飛びいりで加わられ……いや、占有しようとなさるかもしれないけれど……。

きっと彼の花係になったら、他の人に花をわけることもできなくなってしまうだろう。

ノヴァの得意げな顔が頭をよぎり、レイは思わず眉間に皺が寄りそうになるのをグッと堪《こら》えると
「そう……すぐに動かれると思ったのだけれど」と首を傾げている侯爵夫人に笑いかけた。

「もしも、奥様のおっしゃる通りになれば幸いでございますね」

ご近所さんの素朴な好意も嬉しいが、美しいものを見慣れて目の肥えた人々に認められるのは、また違った嬉しさがある。

その「新たなお客様」が夫人のように花を愛するやさしい人だといいなと思いつつ、希望を口にすると、夫人は腕に抱えた薔薇に顔を埋めるようにして「なるわ」と確信めいた声で呟いた。

「きっともうすぐよ。だって、あなたの花は特別ですもの」

ほう、と息をつき、夫人は目元をゆるめる。

「私もあなたの薔薇を知って以来、他の薔薇では物足りなくなってしまったから。不思議よね……あなたからわけてもらった苗を育てさせても、まったく同じようには匂わないのよ」

ふふ、と小首を傾げて夫人が微笑む。

「あなたは花を香らせる天才ね。あなたの花は本当にいい香り」

「そんな……ありがとう存じます。ですが、奥様の『香り』には遠く及びません！」

気恥ずかしさをごまかすようにそう言いかえすと、夫人は「あら」と嬉しそうに目を細めた。

「お上手だこと！　でもね、昔に比べたら、今はもう、ずいぶんと『香り』が弱くなってしまったのよ？　だってもう、おばあちゃんですもの」

きっちりと結いあげられた白髪まじりの栗毛《くりげ》を撫でつけて、優雅な謙遜を口にする侯爵夫人は、かつては「香り」――「媚香《びこう》」の強さで名を知られた女性だった。

媚香――それは遥《はる》か昔、人間が完全なる獣だった時代の名残りだと言われている。

この世界のすべての女性が生まれながらに持つ特別な匂いであり、男性――雄を惹《ひ》きつけ、魅了するフェロモンのようなものだ。

強ければ強いほど女性――雌として魅力的で価値が高いとみなされ、逆に弱ければ見向きもされなくなる。

貴族であっても媚香が弱い女性にまともな縁談は望めず、逆に平民であれど、媚香さえ強ければ身分差を飛びこえて高位の男性に嫁ぐことができる。

この世界の女性にとって、媚香は生まれながらに与えられる祝福であり、呪いにもなりうるものなのだ。

そういった意味では、侯爵夫人は大いなる祝福を受けて生まれてきたと言えるだろう。

幼いころから「ぜひとも私の妻に」と望む者が後を絶たず、十年前に崩御した先代の竜帝からも「寵姫《ちょうき》のひとりとして迎えたい」と求められたことがあるらしい。

竜帝に限って「なぜ妻ではなく寵姫なのか」といえば――それは先代の竜帝がいかにも竜らしく、気まぐれで傲慢な人物だったからだ。

媚香は雄を魅了して虜《とりこ》にするものだが、並の男と違い、竜の血を引く竜帝が媚香に惑わされることはない。

その力を誇示するように、先代の竜帝は媚香の強い女性を集め、人々に見せびらかして楽しんでいたそうだ。

そのコレクションに加えてやろうと差しだされた手を、モスクス侯爵夫人はキッパリと拒んで、たったひとりの妻として求めてくれた侯爵の手を取ったのだという。

それから三十余年の月日が流れて、五十路《いそじ》を越した今でも、街を歩けばふとした拍子に男たちが振りむくほどの媚香は残っている──らしい。

「……いいえ。奥様は生ける薔薇のように芳《かぐわ》しく、お美しいです」

できそこないのレイには侯爵夫人の香りはわからない。

けれど、彼女を美しいと思う気持ちに嘘《うそ》はなかった。

媚香が強い女性は気位が高く、ともすれば傲慢なふるまいをする者も多い。

だが、侯爵夫人は平民であるレイや使用人たちにも、やさしさや誠意を持って接してくれる。

その心根こそが美しい──そう、レイは思うのだ。

その気持ちが伝わったのだろう。夫人は皺の散る目元をほころばせて「ありがとう」と返した。

「私が薔薇ならば、あなたは天性の庭師。緑の手を持つ希代の花さか少年ね」

モスクス侯爵夫人はクスクスと笑いながら、そんなことを言う。

花さか少年──夫人やレイの薔薇を知る人々は、レイのことを時々そう呼ぶのだ。

その呼び名で呼ばれるたび、レイはいつも嬉しく誇らしくて、少しだけ気恥ずかしい心地になる。

──そういえば、陛下もそう呼んでいらしたけれど……。

いったいどこで耳にしたのだろう。

チラリと疑問が頭をよぎるが、今考えることでもないかとレイは侯爵夫人に笑いかえした。

「もったいないお言葉にございます！」

「ふふ、ケイビーもあなたのような立派な跡継ぎを持って、さぞ誇らしいでしょうね」

「……そう思ってくれているといいのですが」

レイが照れたように頭をかきながら答えると、夫人は悪戯っぽく微笑んだ。

「思っているに決まっているじゃない。ケイビーったら、私があなたのことを褒めると本当に嬉しそうな顔をするのよ。この間も言っていたわ。自分にはもったいない、良い息子ですって！」

「さようでございますか」

「ええ。それでね――」

ふと夫人は言葉を切って、気まずそうに肩をすくめた。

「私、つい、『あなたもいい年なのだから、そろそろレイにお嫁さんを探してあげたらどうなの』と軽口を叩《たた》いてしまったのよ。そのときは『そうですね』と笑ってくれたのだけれど、陰で泣いていたと小姓が教えてくれたの……ごめんなさいね。いい年だなんて、失礼なことを言ってしまって……帰ったら、私が謝っていたと伝えてちょうだい」

申しわけなさそうに告げられ、レイは一瞬言葉に詰まる。

けれど、すぐにニコリと笑って言葉を返した。

「おやさしいお言葉痛みいります。ですが、どうぞお気になさらないでください。泣いていたのはきっと、目に土が入ったかどうかしたのでしょう。奥様のせいではございませんよ！」

「そうかしら？」

「はい！」

「ありがとう、レイ。あなたはやさしい、いい子ね」

ふふ、と優雅に微笑むと、侯爵夫人は腕に抱いた白薔薇に顔を寄せ、目を細めた。

「今日は本当にありがとう。また、この花が枯れるころにお願いするわ」

レイは微笑みながら、「はい、お任せください！」と少年らしく溌剌《はつらつ》と答えた。


モスクス侯爵夫人に別れを告げ、義父の待つ家へと帰る道すがら。

石畳を挟んで様々な名店が軒を並べる、帝都の目抜き通りを南に向かって歩きながら、レイは先ほどのモスクス侯爵夫人の言葉を思いだし、そっと溜《た》め息をこぼした。

義父が泣いたのは、いい年だと言われたせい、年寄り扱いされたからではない。

この先もずっと、ひとりで生きなければならない「息子」を哀れんで涙を流したのだろう。

妻など娶《めと》れるはずがない。

レイは、男ではないのだから。

かといって女としても生きられない。

――私は、できそこないの……望まれなかった娘だから。

遠い過去を思いだし、チクリと痛む胸を押さえたそのとき。

「見て、紅《べに》薔薇の乙女のためのドレスですって！」

まるでタイミングを見計らったように響いた華やいだ声に、レイはハッと振りかえる。

声の主は、洋品店の前で飾り窓を並んで覗きこんでいる三人組の女性。そのうちのひとりだった。

飾り窓に視線を向ければ、鮮やかな赤色の衣装をまとった人形が飾られているのが見えた。

おそらくは売っているわけではなく、客寄せのための展示の品だろう。

「デザイナーが一目で乙女に魅入られて、彼女をイメージして一夜で仕上げたという噂よ？」

訳知り顔でひとりが言えば、最初に声を上げたひとりが頬に手を当て、ほう、と溜め息をこぼす。

「まあ、ステキ……あのドレスを着たら、私も媚香にあやかれるかしら」

うっとりとした呟きを最後のひとりが笑いとばす。

「無理よ無理！　生まれつきの香りは変わらないもの！　私たちは薔薇にはなれない、タンポポかクローバーなのよ！」

「夢のないこと言わないでちょうだい！」

プンとむくれたひとりを他のふたりが笑顔で促して歩きだす。

三人が離れたところで、レイは洋品店に近づき、ガラスの向こうに飾られた品に目を凝らした。

幾重ものレースが花弁のように重なった髪飾り、大きく裾が広がったドレスはまさしく咲きほこる薔薇を思わせる。実に美しいデザインだった。

ジッとドレスに見入ってから、そっと視線をそらして歩きだす。

きれいなものを見て嬉しい気持ちと、見たくなかったなという気持ち、相反する思いが胸の中で混ざりあっていた。

――紅薔薇の乙女……か。

帝都の若い女性たちの憧れの的。

紅薔薇のごとき芳しい香りを持つ令嬢――オディール・ジェネット。

媚香の強さで知られるジェネット公爵家のひとり娘。ジェネット家の至宝。

――いったい、どんな方なんだろう。

顔も見たことがないが、名前だけはよく知っている少女に思いを馳《は》せながら、レイがモヤモヤとした気持ちを抱えて歩いていると、不意に、ちりん、と鳴ったベルの音が耳に届いた。

次の瞬間、ふわりと鼻先をくすぐる甘い香りに、レイはうつむいていた顔を上げ、ぐるりと首を巡らせて、あ、と瞳を輝かせた。

「……新作、出たんだ」

ポツリと呟いたのは、帝都随一のチョコレートショップの前だった。

深いブラウン――チョコレート色をした外壁が艶やかな存在感を放ち、同色に塗られた庇《ひさし》には、「イニミニ・ショコラ」と金色の文字で店名が書かれている。

大きな飾り窓には絹のタッセルでくくられた白いレースのカーテンがかけられ、その隙間から、店の一押しの品々が覗いていた。

金色の持ち手つきのケーキスタンドがお茶会のテーブルのようにいくつも置かれ、陶器の皿の上には一口サイズの愛らしいチョコレートボンボンが並べられている。

その一粒一粒がキャラメリゼされたアーモンドやくるみ、銀のアラザン、色つきのチョコレートで描かれた小さな花で飾りつけられ、艶々と輝いていた。

その隣には緑色のビロードが敷かれ、そこに春の新商品らしき藁《わら》色の丸い小箱が並んでいる。

赤いリボンがかけられた小箱の中には、くしゃりと丸く詰められた絹色のビロードの真ん中に、卵型のチョコレートがコロコロと収まっていた。

きっと鳥の巣を模しているのだろう。

小箱の傍には、じゃれつくように陶器の白い兎《うさぎ》が何羽か置かれていた。

「……可愛いなぁ」

先ほどまでの憂いも忘れて見入っていたレイは溜め息まじりに呟いて、うっとりと目を細めた。

月に一度、義父から賃金をもらう給料日には、レイはいつもこの店に入る。

そして、三十粒入りのアソートボックスを一箱だけ購入して帰るのだ。

その日は義父も少しだけ良いウイスキーを買ってくる。

それから、毎日寝る前にレイはチョコレートを一粒と温めたミルク、義父は小さなグラスに一杯だけウイスキーを注いで飲む。

互いにささやかだが豊かな贅沢を味わい、その日のことをポツポツと語りあって、眠りにつく。

そして、また一カ月後、最後の一粒がなくなったところでこの店に来るのだ。

「買いたいけれど贅沢《ぜいたく》だよねぇ……お給料日前だし……」

ふう、と溜め息をこぼしながら、そっと飾り窓を覗きこむ。

女性客で賑《にぎ》わう店内、華やかに並んだ陳列台の向こう、会計台とショーケースが並ぶカウンターの左奥に置かれた、赤い革張りのソファーと艶やかなマホガニー材のテーブルが目に入る。

この店では、ホットチョコレートが飲めるのだ。

チョコレートボンボンを一粒か二粒選んで、一緒に楽しむこともできる。

ソファーに腰を下ろして待てば、しばらくして銀のトレーを手にした店員がやってくる。

トレーの上には、縁と取っ手に金彩を施した純白のカップに入ったホットチョコレート、真っ白な貝殻型の陶器の小皿にコロンと置かれたチョコレートボンボンが載っているというわけだ。

「……いいなぁ」

今もひとりの貴婦人がソファーに腰を下ろして、優雅にカップを傾けている。

その様子をレイは憧れに満ちたまなざしで見つめながら、ふう、とまたひとつ溜め息をこぼした。

一度でいいから、あのソファーに座ってホットチョコレートを味わってみたい。

ひそかな夢のひとつだが、店に通いはじめて三年が経《た》つ今も叶《かな》わずにいる。

一杯の値段が高いのと、店に長居をできない理由があるためだ。

この店を訪れるのは女性が多い。女性が集まるということは、媚香が集まるということで、その匂いに酔ってしまう男性が多い——らしい。

わざと酔いに来る不埒《ふらち》な輩《やから》もいるらしく、男がひとりで長居をすると、不審者を見るような目で見られてしまうのだ。

そっと溜め息をついたところで、ちりんとベルが鳴り、店の扉がひらいた。

「……ぁ」

チョコレートの甘い香りと共に出てきたのは、二十歳ほどの女性客だった。

レースとリボンで飾りつけられたラベンダー色のドレスの裾が揺れ、白い花を挿した長い金の髪が風に流れる。その手にはラッピングされたチョコレートの小箱が大切そうに抱えられていた。

恋人への贈り物だろうか。

そっと小箱を撫でる女性の口元に笑みが浮かぶ。

薔薇色の口紅が艶やかで、レイは思わず見とれてしまった。

その視線に気づいたのか、女性はチラリとこちらに目を向けると、グッと眉間に皺を寄せた。

もしかしたら媚香がそれなりに強い女性で、いかがわしい目で見ていると誤解されてしまったのかもしれない。

「あっ、あのっ」

違うんです――と弁解する前に、女性客はレイを睨《にら》みつけてドレスの裾をひるがえすと、足早に去っていった。

「……本当に、違うのに」

気まずい思いで飾り窓に視線を戻して、窓ガラスに映った自分の姿にレイは眉を下げる。

化粧っけのない顔、肩に届かない短い髪。簡素な白いシャツに焦げ茶色のベストとキュロット、磨かれてはいるが年季を感じる革の靴。

唯一の飾りといえば、クラヴァットに留めた琥珀のピンくらいか。

――今日はいつもよりおしゃれしていて、これだもんなぁ。

何とも地味でやせっぽちの少年を見つめながら、そっと溜め息をこぼす。

――さっきのお客さん、すごくきれいな女性《ひと》だったな……。

自分が誰かに同じように思われることは、きっと一生ないだろう。

でも、仕方がない。この姿だから――「男」だから、奇異な生き物として見られることもなく、人としての価値を認められているのだ。

「できそこないの娘」は「偽物の少年」として生きていくほかない。

媚香のない「香らない女」には価値などないのだから。

そう思った瞬間、先ほど洋品店で目にした鮮烈な赤色がレイの頭をよぎった。

――そう、仕方ないんだよ。私はオディール様とは違う、「望まれなかった娘」なんだから……。

オディール・ジェネット。紅薔薇の乙女。世の女性の憧れである彼女は――レイの妹なのだ。

彼女の方は、レイの存在すら知らないだろう。

だが、それでいい。この先も関わることはないし、関わってもいけないのだ。

七つの誕生日、初めて出生の秘密を聞かされた日からずっと、そう義父に言いきかされてきた。

なぜならレイは、オディールが生まれる一年前にジェネット家に生まれ――その存在を葬られた娘だったから。

十八年前、帝都に年が明けて初めての大雪が降った日。

レイはジェネット公爵家の別邸で生まれ、その夜に捨てられた。

母であるジェネット公爵夫人はレイを産みおとし、公爵家の侍医から「お嬢様には媚香がございません」と告げられるなり、「処分して！」と叫んだらしい。

「媚香のない娘など、私は産んでおりません！」と。

乞われた医師はレイを屋敷から連れだし、別邸の裏手に広がる森の木の根元に埋めた。

医師がどのような流れで子殺しに加担することになったのかはわからないが、きっと夫人の持つ媚香の魅力に抗《あらが》えなかったのだろう。

媚香はそれを持つ女性を限りなく魅力的に見せ、「この女のためならばすべてを捧《ささ》げてもいい」と思わせる――いや、狂わせるものだから。

そして医師はレイを森に埋め、医師のあとをつけていた義父が掘りだしてくれた。

当時、義父は公爵家のお抱え庭師だった。雪で庭木が傷んでいないか様子を見ようと起きだした際に、ふたりの会話を偶然耳にしてしまったのだ。

義父が気づいてくれなければ、レイは朝を待たずに天へと還《かえ》っていたことだろう。

レイを捨てようと決めた公爵夫人の気持ちも、ほんの少しだけ、わからないでもない。

貧しい生まれの彼女は、媚香の強さを買われてジェネット公爵に拾われたそうだ。

それが媚香のない娘を産んだとなれば、公爵に見限られ、元の貧民街に戻されるかもしれないと恐れたのだろう。

娘の持つ媚香の強弱は、それを産む女性の価値をも左右するものだから。

まして、レイは媚香が弱いどころか、まったくないのだ。

そのような価値のない、奇妙な生き物を産んだことなど皆に知られたくなかったのだろう。

――存在自体が恥だと思ったんだろうな……生かしておいても意味がないって。

レイは自嘲めいた笑みを浮かべると、チクリと痛む胸を、なだめるようにそっと押さえた。

初めて義父から話を聞いたときは理不尽な運命に嘆き、何日も泣きあかしたが、今は違う。

何年も何年もかけて、納得してきたのだ。

義母はレイを心から慈しみ、かけがえのないひとり息子として愛情を注いでくれた。

義父も自分の持つ庭師の技術や知識を惜しみなく与え、跡取り息子として立派に育ててくれた。

恋愛も結婚もできず、ひとりで生きていくしかないレイが困らないように。

レイのことをこの世の誰よりも大切に思ってくれている義母や義父でさえ、媚香のないレイが女として幸せになることを諦めて、息子として育ててきたのだ。

だから、今さら悩む必要などない。

生まれながらの呪いを、現実を受けいれて、その上で幸せになる道を考えていくしかないのだ。

そう思いきると、レイはグッと腹に力をこめて顔を上げた。

――そうだよ。香らなくたって、女になれなくたって、私はちゃんと生きているんだから！

仕事はきちんとこなしているし、未来の夢もある。それで充分ではないか。

――それに、おばあちゃんになれば、ホットチョコレートだって飲みに来られるはず！

モスクス侯爵夫人がそうだったように、媚香は年齢を重ねれば弱くなっていくものだ。

年をとれば、媚香がなくても不自然ではなくなるだろう。

女の格好で、どこかに遊びに行くことだってできるかもしれない。

ドレスを着てチョコレートショップに行ったり、公園を歩いたり、それで充分幸せだろう。

未来には悩みも苦しみもたくさんあるかもしれないが、喜びだってたくさん待っているはずだ。

「……うん、きっとそうだよ」

レイは自分を励ますように呟いて、ピッと背すじを伸ばし、チョコレートの香りを胸いっぱいに吸いこむと、キュロットの裾をひるがえして歩きだした。


そうして、帝都の外れ、林に囲まれて建つ小さな造園所――「ヤード造園」に着いたころには、だいぶ空は黄昏《たそが》れていた。

沈みかけた夕陽が照らす、日に焼けた木の門をひらけば、鮮やかな緑と土の匂いが香ってくる。

目に飛びこんでくるのは敷地内に並べられたいくつもの荷車。麻布で根をくるまれた植木や伐採した枝、庭造りに使う煉瓦《れんが》や木材、石がゴロゴロと積まれている。

その奥にあるレンガ造りの小さな二階建ての家が、レイと義父の住まいだ。

一階がヤード造園の事務所と居間――一応、客を通す応接室でもあるのだが、暖炉の前に年季の入った長椅子とテーブルが置いてあるだけの質素なものなので、居間と呼ぶ方がしっくりくる――になっていて、レイは二階にある二室のうち、階段を上がってすぐの部屋で寝起きをしている。

四人いる通いの職人は帰った後らしく、あたりには家路を急ぐ鳥の声だけが響いていた。

荷車の間を縫って進み、玄関扉をノックする。

「父さん、今帰ったよ！」

「おや、レイ、お帰り」

「よお、お帰り！」

かけた声に遠くから返ってきた義父の声と、それに続く威勢のいいガラガラ声に、レイは、あ、と目をみはり、パッと笑顔になった。

――トロウェルさん、お祝いに来てくれたんだ！

帝都で小さな造園業を営むトロウェル親方は、義父の古い友人で頼れる職人仲間だ。

そして、義父と同じく百花離宮の庭園を任されたひとりでもある。

彼の方が一足先に内定し、つい先日、義父と一緒にささやかなお祝いをしに行ったところだった。

いそいそと扉をひらいて、鼻に届いた香ばしい匂いにレイは目を細める。

――この匂い……トロウェルさんの奥さんのミートパイだ！　美味しいんだよねぇ！

トロウェル親方の奥方は昔から足の具合が悪く、めったに外出できないが、たまにこうして美味しいものを届けてくれるのだ。

レイは靴についた土を玄関マットで落とすと、そそくさと廊下を進んで左手の居間に入った。

「こんにちは、トロウェルさん。――わぁ、御馳走《ごちそう》だね！」

すでに祝宴を始めていたようで、テーブルの上にはこんがりと焼き色がついたミートパイと、とっておきの酒の瓶が一本、レイ用だろう林檎《りんご》水の瓶が一本、チーズを絡めた茹《ゆ》でマカロニ、それから豆と野菜の入ったいつものチキンスープ、艶々の林檎が並んでいた。

思わず声を上げたレイに、グラスを傾けていた義父とトロウェル親方がドッと笑い声を上げる。

「ああ、レイ。たくさん歩いてお腹《なか》が空《す》いただろう。さあ、座ってお食べ」

「おお、食べろ食べろ！」

おっとりとした小柄な義父と、豪快で男らしい大柄な体格のトロウェル親方。テーブルを挟んで向かいあうふたりは雰囲気も体格も正反対だが、だからかえって馬が合うらしい。

仲良くグラスを傾けるふたりに「はい、いただきます！」と笑顔で答えると、レイは義父の傍らに腰を下ろし、ミートパイに手を伸ばした。

がぶりと一口ほおばれば、サクリと焼けたパイの香ばしさと、ほどよく塩気が利いた肉の旨《うま》みが口いっぱいに広がり、レイは目を細めた。

——ふふ、まだあったかくて美味しい……！

ローズマリーの爽やかな香りがほのかに鼻に抜けていくのも心地好《よ》い。

一口一口、じっくりモグモグと味わいながら、レイはふたりの会話に耳を傾けた。

「——まったくなぁ、今でも夢みたいだが、一緒に選ばれて何よりだな！」

トロウェル親方の言葉に義父が「本当になぁ」と頷く。

ノヴァが「花を愛でるための離宮を建てる」と宣言したのは、ひと月前のことだ。

「離宮自体は小さいものでよい。代わりに百の花を愛でる十二の庭園で囲みたい」と望んだのは。

それからしばらくして造園業者の間に、とある噂が流れた。

ノヴァが庭園造りに「新しい風を入れたい」と望んでいるらしい——と。

現在、彼が住まう宮殿の庭は、先代竜帝の代に名の知れた名工によって造成されたものだ。

当然、新たな離宮の庭も、そういった高名な造園家が手がけるものだと思われていた。

けれど、十二の庭の一番目を任されたのは、それなりに名を知られているものの、宮廷とさほど関わりのない造園家だったのだ。

それから二番目、三番目と次々に流れてくる名前は、どれも高名とは言えないものだった。

どうやらノヴァは「新しい風」を求めて、国中の貴族のもとに「屋敷の庭の図面と植えられている花――白薔薇があれば白薔薇を一輪送るように」とおふれを出したらしい。

そうして、気に入った庭や花を手がけた庭師や造園家、造園業者、花農家にまで、身分や規模を問わず声をかけているのだ。

などという噂が広がるにつれ、各地の名もなき造園家や造園業者の中から、自らが手がけた庭の図面と花を送る挑戦者が現れた。

送ったところで竜帝の手に届くかはわからない。

けれど、もしかしたら――と一縷《いちる》の望みを託して。

トロウェル親方もその挑戦者のひとりだった。

そして見事に幸運を勝ちとり、十一番目の庭を任されたお祝いをしたのが、つい四日前。

その席で、トロウェル親方から「おまえも送ってみろ」「ものは試しだ」「レイの薔薇なら大丈夫だって！」と熱心に説きふせられた義父が、翌朝、図面と一緒にレイの薔薇を送って――。

金色の蠟《ろう》で竜帝の印璽《いんじ》が捺《お》された手紙が届いたのは、その日の夜のことだった。

あまりの早さに、義父と喜びつつもずいぶんと驚いたものだ。

今思えば、もしかすると手紙を送る前から、義父の手がけた庭を見て依頼を出すところだったのかもしれない。

——そうだったら、嬉しいな。

自薦で選ばれても充分名誉なことだが、あちらからみそめてくれたのなら尚《なお》のこと誇らしい。

——余計なものまで、みそめられちゃったけれど……。

義父の庭だけで充分だったのに。こみあげる苦笑を呑みこんで、レイは義父の横顔に目を向けた。

——でも、父さんの頑張りが報われたのは、やっぱり嬉しい。

レイを拾ったせいで義父はジェネット家を辞することになり、余計な苦労をするはめになった。

義母と共に、知人の伝手《つて》を辿《たど》って小さな造園所に勤め、働きづめに働いて、少しずつ腕を認められ、義父を指名する客が増えていって——。

こうして独立した造園所をひらくまでは十一年の月日がかかり、その間に義母は世を去った。

公爵家で働きつづけていれば、立場も収入も安定していたはずだ。

義母も、もっとずっと長生きできたかもしれない。

けれど、ふたりはレイのためにその安定を捨ててしまった。

義父は「あんな家と縁が切れてせいせいしたよ」と笑っていたが、レイはずっと申しわけなくて、願っていたのだ。いつか義父の努力が報われて、とびきりの幸運が舞いこみますようにと。

——ようやく、その日が来たんだもの……邪魔はしたくない……。

しみじみとした感慨と何とも言えない不安が胸にこみあげ、ジワリと涙が滲《にじ》んできて、レイは、ふたりに気づかれる前にと立ちあがり、義父に向かって笑いかけた。

「ねえ、父さん！　せっかくのお祝いだし、お花飾ってもいい？　よければ、摘んでくるよ！」

「え？　ああ、そうだな。ひとつ、一番いいのを頼むよ」

ニコニコと頼まれ、レイは「うん、任せておいて！」と頷くと居間を飛びだしていった。


家の裏手に回ると、荷車や庭仕事に使う道具がゴロゴロと置かれた中にポツンと建つ、六角形の屋根をいただく温室が見えてくる。

それが、レイの夢の花園だ。

一方の壁から反対側の壁まで、五歩も歩けばぶつかってしまうほどの小さな温室。

そこでレイは四季咲きの白薔薇を育てているのだ。

ガラス張りの扉をあけた途端、ふわりと室内からあふれでる芳香に包まれ、レイは目を細める。

——ああ、今日もいい匂い。

スッと肩の力が抜けていき、レイは、ほう、と息をついて、そっと室内を見回した。

壁一面に設《しつら》えた棚には、大輪の花をつけた白薔薇の鉢がずらりと置かれ、収まりきらなかった分は板張りの床に並べられて、競うように芳しく甘い香りを放っている。

レイは床に膝をつくと、ひとつひとつの鉢を順々に愛でるように薔薇をながめていった。

——だいぶ理想に近くなってきたな……。

理想の白薔薇ができるまで、もうひと押し、もうあと一歩。

――次の交配で、その最後の一歩が埋まればいいんだけれど……。

母株となる薔薇はもう選び、おしべを取りのぞいた上で他の薔薇の花粉がついてしまわないよう、レイの部屋に移動してある。

あとは、父株となる薔薇を決めるだけだ。

本当は春の一番花で交配を行うのが、一番多く種が取れるのだが、今年は量よりも質でいこうと決めている。

じっくり選んで夏の盛りが終わるまでに交配し、実った種を冬に蒔《ま》けば来年の春には芽を出す。

五月にはバージンフラワーが咲いて、そこからより美しく、芳しく咲きそうなもの、理想に近い花をつけてくれそうな株を選んで育てていく。

ビロードのような手ざわりで混じりけのない純白の花びら。

しめやかにしとやかに、けれど豊かに広がる香り。

レイが目指している理想の薔薇は、この世で最も清らかに美しく香る白薔薇だ。

名前をつけるとしたら、「至純の白薔薇」といったところだろうか。

幸い、香りは完成と言っていいほどの出来ばえになった。

形もいい。花の中心が高く、それを囲う花びらの縁がやんわりと尖《とが》った半剣弁高芯《けんべこうしん》咲きの姿は、愛らしさと気高さの配分が絶妙だと思う。

残るは色だ。理想の白がなかなか出せない。

初めのころよりはずっと良い色味になったとは思う。

最初は黄味が強すぎたり、沈んだような白色になってしまったりして悩んだものだ。

明るさは理想的、それでもまだもうひと押し、ほんの少しだけ青みが足りない。

今はミルククリームのような白だが、レイの理想は朝陽にきらめく初雪のような白なのだ。

混じりけがなく、やわらかな印象を受けながらも、まばゆいほどの白。

そんな純白の薔薇ができるまであと一歩なのだが、レイはどの薔薇を父株にするかで悩んでいた。

——手持ちの薔薇だと、微妙なんだよね……。

どれとかけあわせても、求める白にはならない気がする。

うーん、と眉間に皺を寄せて首を傾げ、それでもすぐに笑顔になると「まあ、ダメなら次があるよね！」とレイは自分を励ました。

——大丈夫、夢は逃げない。一歩一歩、頑張ろう！

白薔薇の新種を作り、それを広めて自分の花でたくさんの人を笑顔にすること。

それがレイの夢だ。

薔薇は赤でも白でも好きだが、あえて白薔薇を選んだのは——まあ、何となくだ。

レイは美しく香る「紅薔薇」には決してなれない。

香れない自分が香らせるならば、同じ薔薇でも自分の始まりの色、雪の色を持つ白薔薇がいい。

何となく、そう思って選んだ。

——父さんには申しわけないけれど……。

庭師見習いとしてたくさんの庭に携わるうちに、レイは庭師の仕事よりも、花作りに心を奪われてしまった。

自分の手で育てた花が美しく香り、それを愛でる人々が笑顔になる。

その光景はレイの心を慰め、勇気づけてくれた。

自分でも、香りで誰かを幸せにすることができるのだと。

そして、いつしか思うようになった。

自分の育てた薔薇で、作りだした香りでたくさんの人を笑顔にして生きていきたいと。

そのことを義父に打ちあけたのは、五年前。

こっそりと自室で薔薇の交配を始めた翌年、最初の次世代が咲いたときのことだ。

義父は嫌な顔ひとつせず、それどころか「庭師よりも花農家の方が力仕事も少ないだろうから、レイにはそっちの方がいいかもしれないな」と笑って、裏庭に温室を建ててくれた。

決して安くはない費用がかかったはずだが、義父はレイがどう言っても最低限の建材費しか受けとってくれなかった。

「未来の取引先への投資と思えば、安いものだよ」と言って。

それでも、「売り物になる薔薇が完成するまでは、庭師の仕事を続けなさい」と言われたので、レイに跡を継がせることを諦めてはいないのだろう。

そう思えば心苦しいが……。

——今はどっちも頑張るしかないよね。

義父に遠慮して薔薇作りを道半ばで諦めてしまえば、きっと後悔することになる。

造園業を継ぐにしても花農家になるにしても、何らかの形で義父の役に立ちたいという気持ちに変わりはない。それは義父にも伝わっているはずだ。

――だから、父さんの跡を継げるように庭師の仕事も頑張って、コツコツお金を貯めて新しい温室も建てて、そうやって一歩ずつ進んでいけば、きっと大丈夫！

よし、と気合いを入れて、棚から花バサミを取ったところで「そういえば……」とレイは呟いた。

「陛下は『香重ね』に凝ってらっしゃるって噂だけれど……白薔薇の香りがお好きなのかな？」

この国では上流階級の女性ほど、自らの媚香に誇りを持っているので香水を使わない。

代わりに舞踏会などの華やかな場で香りづけに使われるのは、生の花。

一輪の花を髪やドレスの胸元のポージー・ピンに挿して、自らの媚香と花の香を混ぜて匂わせる「香重ね」と呼ばれる方法でおしゃれをするというわけだ。

香りづけに人気なのは薔薇。

華やかな赤はもちろん、白薔薇もドレスの色を問わずに合わせられるからと好まれている。

先月、宮殿でひらかれた舞踏会では、モスクス侯爵夫人が十二歳の姪の髪を飾るために、レイの白薔薇を使ってくれた。

ノヴァは、その「香重ね」にたいそう凝っているという噂だ。

名だたる貴族の令嬢が彼の花嫁候補に名を連ねているが、彼が候補と会う際には決まって庭園か花園を選び、室内での対面の際には部屋中を花で飾りたてるのだという。

きっと、自分の好きな花と合う、好みの媚香の女性を探しているのだろう。

けれど、なかなかお眼鏡にかなう女性がいないようで、一カ月前にひらかれた花嫁選びの舞踏会でも、ノヴァは広間で踊る令嬢たちをながめるだけで、声をかけることはなかったらしい。

——相当に好みがうるさくていらっしゃる、という話だけれど……。

ノヴァは先代と違い、花嫁どころか寵姫すら召しかかえたことがない。

噂では、一度は興味を示して閨《ねや》に引きいれた女性を、途中で「興が醒《さ》めた」と追いはらったこともあるとかないとか……。

そんな気まぐれで気難しい彼に、花と共に選ばれるのは、いったいどのような女性なのだろう。

「……きっと、媚香のすごい人だよね」

呟いて、頭に浮かんだのは、帰り道に目にした鮮やかな薔薇色のドレス。

——オディール様なら……相応しいだろうな。

ノヴァの花嫁候補の筆頭に挙げられているという噂だが、確かに彼女ならば身分も媚香の強さも竜帝の后《きさき》となるに相応しいだろう。

本当に、同じ両親から生まれたというのに自分とは大違いだ。

少しばかり複雑な思いが胸をよぎるが、「いやいや、比べてどうするのよ！」と頭を振って追いはらうと、レイは白薔薇に視線を戻した。

「……もしかして、陛下は私の薔薇を、お后様にお贈りしたいと思ってくださったのかな？」

ノヴァが突然離宮を建てると言いだしたのは、そこに迎えたい、あるいはそれを贈りたい女性が見つかったからだ。

そんな噂も聞いたことがある。

もしもそれが本当で、レイの薔薇を気に入り、香重ねに使いたいと思われたのならば名誉なこと
だが、それならば花係にならずとも、ここで育ててお贈りするのではいけないのだろうか。

「まあ、いけないいんだろうな……」

自分の傍で育てさせて、いつでも好きなときに愛でたいのだろう。

「でも……宮廷には行きたくないよ」

宮廷には高貴な女性、つまり、強い媚香を持つ女性が集まっている。

チョコレートショップとは比べ物にならないほど、レイにとっては長居をしたくない場所だ。

男性はそもそも、媚香のないレイを「女ではないか」と疑ったりはしない。

だが、女性は違う。

自分の媚香に反応しないレイを不審に思い、「男ではない」と見破られてしまう恐れがある。

「私の薔薇を気に入ってくださったのは光栄だけれど……どうせ、今だけの気まぐれだろうし……

先代様の寵姫様たちみたいに、ある日突然、追いだされるに決まっているもの」

先代の竜帝は子を産ませるために何人もの寵姫を集めたが、正式な后は持たなかった。

それどころか、女性をひとりの人間として、まともに愛したことさえなかったそうだ。

見せびらかすように寵姫を謁見の場に戯れに侍《はべ》らせては、彼女たちの媚香にあてられた拝謁者の
動揺を楽しんでいたらしい。

ときには気に入った拝謁者に「もうこれには飽いた。欲しければくれてやる」とその場で寵姫を下賜することさえあったというからひどいものだ。

跡継ぎを産むための寵姫でさえ、気まぐれに拾われ、その場の気分で捨てられていたのだ。

ノヴァの花係にしてもらったところで、いつまで続けられるだろう。

いつか「おまえの花には飽いた」と言われて、捨てられるに違いない。

それ以前に、媚香のない女だとばれたなら、その時点で気味悪がって追放されるかもしれない。

それが一番怖い。

できそこないの奇妙な生き物だと皆に知られてしまうのが……。

「でも、あんまり逆らって……殺されるのも嫌だよね」

竜は気まぐれで傲慢で、そして残忍。

ひとたび逆鱗《げきりん》にふれれば、血族であっても容赦なく葬られる。

そんな竜の恐ろしさを人々に知らしめたのは、先代の竜帝が二十四年前に行った大粛清だろう。

ノヴァが生まれて間もないころ。

ある日突然、先代は他のシャンディラ皇族に自害を命じ、ひとり残らず殺《あや》めてしまった。

自分よりも遥かに劣る力しか持たないにもかかわらず、竜の末裔《まつえい》を名乗る彼らは、その存在自体が自分と息子に対して不敬である――という理由で。

さすがに廷臣から「血すじが絶えるようなことがあっては……」と案じ諫《いさ》める声があったそうだが、先代は「頭数が必要ならば、いくらでも作ればいい」と言って、寵姫の数を増やしたという。

けれど、ふたり目の子が誰かの腹に宿るより早く、ひどい嵐の晩に、先代竜帝は馬車の滑落事故であっさり崩御してしまった。

すべての生き物を従えるとされる竜の血も、母なる自然には敵《かな》わなかったというわけだ。

――まあ、今の陛下は先代様よりは、おやさしいって話だけれど……。

先代のように「その日の気分で誰かに自害を命じた」という話は聞いたことがないので、即座に処刑されることにはならないだろう。

とはいえ、先代と同じ竜の血が、ノヴァには流れているのだ。

同じ凶暴性を秘めていないとも限らない。

――それでも、無理強いはしないともおっしゃっていたし……大丈夫だよね。

楽しげに笑うノヴァの世にも美しい顔が頭に浮かび、レイは胸が騒ぐのを感じた。

どうやって「諾と言わせる」つもりなのだろう。見当もつかない。

もしも義父に害が及ぶようなことになれば、諾と言うほかなくなるだろうが……。

――とりあえず頑張って、できるだけ抗ってみよう。

明日からノヴァは何をしかけてくるのだろう。

いったい自分はどうなってしまうのか。

こみあげる不安をなだめるように花バサミを握りなおすと、レイは義父の待つ温かな食卓に戻るため、薔薇へと手を伸ばした。

第二章　金のジョウロと餌づけバスケット

いったい何をされるのだろう。

そんな不安を胸に迎えた朝も今では遠い昔――というほどではないが、まあ、ちょっと昔。

庭園造りに取りかかって半月が過ぎた、ある日の午後。

伐採と整地が着々と進む造園予定地の真ん中で、レイは通算二十一回目の「お断り」をするべく、すっかり顔馴染《なじ》みになった侍従に苦笑いで問いかけた。

「また、陛下からの贈り物でしょうか？」

「……はい。あなたに使っていただきたいと……」

視線をそらしながら気まずげに頷く侍従の手には、主人であるノヴァから託された――純金製のジョウロが抱えられていた。

ずっしりと色々な意味で重たいジョウロの側面には、シャンディラ皇家の紋章がくっきりと浮き彫りにされている。

少し離れて測量をしている義父にチラリと視線を投げると、何とも言えない苦笑が返ってきた。

またか、と思っているのだろう。

レイも同じ笑みを浮かべると侍従に向きなおり、深々と頭を垂れた。

「申しわけございません。お気持ちは誠にありがたいのですが、このような身に余る御品《おしな》を賜りましても、扱いに困ってしまいますので……」

言葉を切り、小さな溜め息をひとつ挟んで、レイは願った。

「どうか、陛下にお返しくださいませ」

「……わかりました」

侍従はレイの言葉に頷くと、物言いたげな表情でジョウロをチラリと見た。

彼も主人の贈り物について色々と思うところがあるのだろう。

けれど、賢明な侍従は黙したまま踵《きびす》を返し、足早に去っていった。

ポツンと残されたレイは、侍従の姿が見えなくなったところで、はあ、と大きな溜め息をこぼし、彼が口にしたかったであろう台詞を心の中で呟いた。

——何で、ジョウロを金《きん》で作っちゃうかなぁ……。

それも皇家の紋章入りで。使えるわけがないではないか。

重い上、土で汚したり、うっかり破損でもしようものなら不敬罪に問われかねない。

置き場所にだって困る。家に置いておいて、噂を耳にした強盗に押しいられたらどうするのだ。

贈り物の方向性がおかしいことに早く気づいてほしい。

いや、気づいてくれるよりも——またひとつ大きな溜め息をついて、レイはここにいないノヴァに向かって呼びかけた。

「いい加減諦めてくださいよ……」と。

いったい何をされるかと怯《おび》えていたのがバカらしくなるほど、この半月の間、ノヴァは怒濤《どとう》かつだいぶずれたアプローチを仕掛けてきていた。

まず、最初に届いたのは贈り物ではなく、招待状だった。

観劇会に演奏会、晩餐《ばんさん》会、舞踏会は仮面がつくものとつかないもの。

高貴な催しへの誘いが日替わりで、ときには朝晩でそれぞれ違った名目で届いた。

観劇や演奏会はともかく、正式な食事のマナーも知らずダンスも踊れないレイが晩餐会や舞踏会に呼ばれたところで楽しめるはずがないだろうに。

「人酔いをしてしまいますので……」とおそるおそる断ると、室内でなければいいと思ったのか、ガーデンパーティへの招待状が送られてきた。

十回目のお断りをした直後だったので、さすがに心苦しくなり「屋外ならば大丈夫かな」と一瞬迷ったが、モスクス侯爵夫人のことが頭に浮かんで、すぐに「いや、ダメだ」と思いなおした。

媚香の強い女性は、道を歩くだけでも人々を振りかえらせるほどの力があるのだ。

外だから大丈夫と油断するのは危険だろう。

そう判断し、レイは断りの手紙を書いて、侍従に託した。

「申しわけありませんが、知らない方がたくさんいる場所では緊張してしまって、きっと何か粗相をしてしまうと思います。招いてくださった陛下にご迷惑をおかけするわけにはまいりませんので、どうかお許しください」と。

するると翌日から招待状がピタリと届かなくなり、代わって贈り物が届くようになったのだ。

最初に届いたのは——金のスコップだった。

意味がわからなかったが、確かに金のスコップだった。

取っ手から刃先まですべてが黄金で作られており、刃の部分にはシャンディラ皇家の紋章が浮き彫りにされた、まるで芸術品のような逸品だった。

キラキラときらめくスコップを唖然と見つめるレイに向かって、侍従は気まずげに視線をそらしつつも、これは冗談でも嫌がらせでもないのだと訴えた。

「レイは庭師の仕事を気に入っているようだからな。それに活かせる品の方が嬉しいだろう？」という、ノヴァの真摯な気遣いがこもっているのだと。

間違ってはいない。レイは庭師の仕事が好きで、仕事に活かせる道具をもらえば嬉しい。

確かに、間違ってはいないのだが——レイが欲しいのは金のスコップよりも鉄のスコップだ。

「実用に耐えうる強度はあるので、仕事で使っていただければ……」

ボソボソと侍従が口にした言葉に、レイが思わず心の中で「使えるかぁ！」と叫んだのも無理はないだろう。

このような品をもらっても、活かせるどころか死蔵するほかない。

「泉に斧《おの》を落とした正直者の木こりが、女神様から金の斧を与えてもらった」というおとぎ話を聞いたことがあるが、きっとその木こりも喜んだ後で我に返って、「これ、どうしよう……家には置いておけないし……でも、売るのは罰当たりでは……？」と困ったのではないだろうか。しがない平民にとっては、金の斧よりも切れ味の良い鉄の斧の方がよほどありがたい。

「……私にはもったいない品物ですので……どうぞ、陛下にお返しくださいませ」

レイは溜め息を呑みこんで侍従に告げつつ、思ったものだ。

さすがは竜帝陛下。神話の生き物の血を引くだけあって、贈り物も女神級なんだな——と。


それからというもの、次から次へと金色に輝く園芸道具が贈られてくるようになった。

シャベルにノコギリ、大小様々な植木鉢。ハサミは両手持ちの枝切り用から片手で使う花バサミまで用途別に何丁も。金糸で編まれたグローブとエプロンが届いたこともある。

すべてがシャンディラ皇家の紋章入りというこだわり仕上げの逸品を差しだされるたび、レイは「おそれ多くて使えません」とお断りするほかなかった。

そんな日々が続くうちに、さすがにここまで邪険にされたら怒るのではないかと不安になったりもしたが、侍従に尋ねてみたところ、苦笑いで「それは大丈夫です」と即答された。

送りかえされたスコップをながめながら、彼の主は「なかなか懐かぬ野良猫に挑んでいる気分だ」と笑っていたそうだ。

案外ノヴァは心が広い男のようで、そして、この状況を楽しんでもいるらしい。

楽しまれている方としてはいい迷惑だ。

とはいえ、悔しいことに近ごろはレイも「いったい今日は何が金にされてしまったのだろう」と少しだけ、本当に少しだけだが、贈り物を見るのが楽しみになりはじめていた。

——ああもう、ダメダメ。好奇心は猫をも殺すんだから！

庭園が完成するまで、およそ二カ月と半分。

心を強く持って、最後まで拒みとおさなくてはいけない。

レイは決意を新たに、ジョウロを抱えて去っていく侍従の背をキリリと睨みすえた。

＊　＊　＊

そんな決意が天を通して伝わったのか、ジョウロを返した後、贈り物はピタリと届かなくなった。

三日が経ち、五日が過ぎ、七日が過ぎて、庭園予定地がきれいな更地になったころ。

「ああ、ようやく飽きてくださったんだな……！」とほんの少しの寂しさと共に胸を撫でおろしたその日のこと。

昼までに庭園の中心に据えるガゼボの基礎を造り、午後はそこからまっすぐに伸びる園路を造る予定だったのだが、ちょっとしたトラブルがあった。

タイルの納品が予定よりも少なく、ガゼボの基礎を敷いたところで足りなくなってしまったのだ。

残りは明日届くと言われ、ひとまず今日はここまでということで仕事は早じまいとなった。

職人たちが帰り、レイは義父と「宮廷御用達《ごようたし》の業者でもこんなミスをするんだね」と笑いながら、「家に帰って午後のお茶にしようか」と話していた——そのときだった。

突然、屈強な人夫たちが鳥籠型のガゼボとガーデンテーブル、二脚の椅子を担いできたと思うと、戸惑うレイたちに「陛下からです」と告げ、敷いたばかりの基礎に設置していったのだ。

晴れわたる青空の下。白と金色がかったクリーム色、二色の大理石のタイルが敷かれた円形の床の上に、ドーンと置かれた純白のガゼボを義父と並んで見上げ、レイは首を傾げる。

——確かに、父さんのイメージ図通りのガゼボだけれど……。

義父の設計は「人目を気にせず、花見に耽《ふけ》る場所が欲しい」というノヴァの要望を反映して、「森の中に突然現れる秘密の花園」をイメージしている。

緑の芝生の中心にガゼボを据え、そこから同心円状に花を植え、その真ん中をつっきるように、ガゼボから外へと続くタイルの小道を延ばす。

そして、迷路庭園に使うような高い生垣で、その空間をまるごと囲う。

森の中を歩いていると緑の壁が現れて、そこにぽっかりとあいた扉型のアーチをくぐれば一面の花園が広がり、まっすぐに延びた小道の先、白く輝くガゼボが見える——という具合だ。

植える花は、ノヴァの気に入りの薔薇をメインに据え、他の花を薔薇の下草や全体の彩りのアクセント、香りづけとして添える予定となっている。

「……ずいぶん早く届いたんだね」

ガゼボを見上げて、レイはポツリと呟く。

義父からは「汚れては困るから、園路と芝生の作業が終わってから設置する」と聞いていた。

「そうだなぁ……きっと、これに合わせて植える花を選ぶように、という陛下のご意向なんだろう」

「ああ、なるほど！」

確かに、中心となるガゼボの色や形によって、似合う花も変わるかもしれない。

この庭園はノヴァが憩うためのもので、彼の好みが最大限に反映されるべきものだ。

このガゼボを使いたいというのならば、それに合わせて庭を造るのがレイたちの務めだろう。

ふむ、と、レイはあらためてガゼボをながめる。

鳥籠型のガゼボと、それに合わせて作られた純白のガーデンテーブルと二脚のガーデンチェア。

テーブルの天板には大理石が用いられ、椅子には優雅なアーチを描く肘かけと白鳥の羽を模した背もたれがついている。

「……きれいだねぇ」

穢《けが》れのない美しい白。この色ならば、鮮やかな花々がさぞ映えることだろう。

うっとりと呟いたレイの言葉に義父が「そうだな」と頷いた、次の瞬間。

「そうだろう。一番良い白を選んだのだ」

森の方から、二十日と少しぶりに耳にするノヴァの声が得意げに響いた。

「ひえっ」

弾かれたように振りむいてレイが目にしたのは、初めて会った日と同様に麗しい、白き竜帝の姿。

ただ、あの日と違い、その腕には大ぶりの籐《とう》かご――ピクニックで使うようなバスケットがぶら下がっていた。

「久しぶりだな、レイ。ケイビーも」

「っ、はい、お久しぶりにございます！」

慌てて義父が腰を折り、レイもそれに倣う。

その間に足音が近づいてきたと思うと、顔を上げたときにはもう目の前にノヴァが立っていた。

「今日の仕事は、もう終わりなのだろう？」

何かを企《たくら》むような笑みで問われて、レイはチラリと義父に視線を投げる。

どうやら資材が届かなかったのはノヴァの意向によるもののようだ。

義父は苦笑を浮かべて「はい、陛下」と答えた。

「そうか、それは何よりだ」

満足そうに頷くと、ノヴァは義父に微笑みかけた。

「そろそろ午後の茶の時間だ。ふたりとも、帰る前に一服していくといい」

義父はそっとノヴァの手にしたバスケットに視線を送り、恭しく頭を垂れた。

きっと今日は趣向を変えて、黄金細工ではなくお菓子を持ってきたと思ったのだろう。

「……お気遣いいただき光栄に存じます。ありがたく頂戴いたします」

「そうか。食べるか」

満足そうに頷くと、ノヴァは笑顔で義父に言いはなった。

「ケイビー、おまえの分は監督小屋に用意してある」

作業場から少し離れた場所に、野ざらしにしておけない細々としたものを置いたり、義父が書類作業などをするために臨時で建てた小屋があるのだ。

義父の分、ということは――レイは嫌な予感を覚えつつ、おそるおそるノヴァに尋ねた。

「わ、私の分は……？」

「安心しろ。ここにある」

腕に下げたバスケットを持ちあげ、ポン、と叩き、彼は世にも麗しい笑みで誘った。

「一緒に食べよう」

レイはウッと言葉に詰まる。

断りたいが先ほど義父がお礼を言ってしまった。食べないわけにはいかないだろう。

「あっ、いや、あの、できれば父も一緒に……っ」

言いながらチラリとガゼボに視線を走らせれば、二脚しかない椅子が目に入る。

同じように義父も椅子に目を向けたところで、ノヴァが「ああ、残念だな。椅子が足りないようだ」と白々しく呟いた。

――わざとそうしたくせにっ！

思わずキッと睨んでしまうと、ノヴァは楽しそうに目を細めて、ケイビーに微笑みかけた。

「茶を飲んで話すだけだ。だが、過保護な親が一緒では、子供は遠慮して自由に話せぬだろう？それでは困る。無理強いはしないが、口説く機会くらいはもらってもいいはずだ」

ノヴァの言葉に義父は困ったように眉を下げて、レイの顔をチラリと見た後、答えを返した。

「陛下の仰せのままに……せっかくのご厚意ですので、監督小屋で頂戴いたします。ですが、日があるうちに寄りたいところがございますので……なるべく早く戻ってまいります」

最後の一言はレイに向けられたものだろう。

竜帝に逆らうわけにはいかないが、すぐに戻ってくるから大丈夫だよ——と。

「そうか。好きにするといい」

「はい、失礼いたします」

義父はノヴァに向かって深々と頭を下げると、励ますようにレイに向かって笑いかけた後、踵を返して離れていった。

その背が見えなくなったところで、ノヴァはレイに向きなおり、ニコリと笑顔で告げた。

「さて、レイ。茶にしようか」

「っ、は、はい」

世にも美しい笑顔に気圧《けお》されてコクリと頷くと、ノヴァは「よし」と頷き、ガゼボに向かった。

「さあ、レイも来い」

「……はい」

レイは市場に曳《ひ》かれていく子牛のような気分でトボトボとついていった。

ガゼボに入り、テーブルを挟んでノヴァと向きあったところで——ふと、違和感を覚える。

——そういえば、どうしてひとりなんだろう。

ガゼボの外に視線を向け、耳をすませて首を傾げる。

——誰もいない……よね？

初めてここで会ったとき、ノヴァはたくさんの衛兵と侍従を連れていた。

それが今日は、ひとりもいない。

剝《む》きだしの大地の向こうに茂る樹々の陰にも、誰かがひそんでいる気配は感じられなかった。

訝《いぶか》しむレイの視線に気づいたのだろう。

ノヴァはチラリと森を横目でながめ、金色の瞳をスッと意味深に細めた。

「衛兵と侍従には『今日はここにいろ』と、この目と声でもって命じて執務室に置いてきた。私が戻って新たな命を出すまで、部屋を出られないから安心しろ」

「えっ？」

「どうやらおまえは相当な人見知りのようだからな。人がいない方がいいのだろう？　そのあたりにいた職人たちにも『今日はもう作業場に近寄るな』と命じておいた。ついでに近くにいた猫にもな。これで何にも邪魔されず、ゆっくりできるだろう？」

悪戯が成功した子供のような笑みで言われ、レイの背すじに一瞬冷たいものが走った。

――ああ、本当にそういうことができるんだ……。

竜帝が絶対的な権力を持つのは血すじの尊さもあるが、その血が持つ異能によるものも大きい。

竜の血はすべての生き物を支配できる――それは伝説ではない。

その金色の目で、麗しい声でもって、竜帝は相手が誰であれ、どのような命令であっても、意のままに従わせることができるのだ。

そして、その力は竜の血が濃いほどに強まると言われている。

先代の竜帝はそれを利用して、自分よりも弱い血を持つシャンディラ皇族を根絶やしにしたのだ。

衛兵と侍従、そして職人たちや猫も、その目と声で、「竜の力」でもって従わせたのだろう。

――でも……私や父さんには、力をお使いにならなかったな。

今も、先ほども、この前も。そう気づいて、レイはそっと上目遣いにノヴァの様子を窺う。

ノヴァはその視線を受けとめると、バスケットを胸の高さに挙げてニコリと微笑んだ。

「さあ、茶の時間だ。一緒に飲もう、レイ」

甘い声で呼びかけ、あざとく小首を傾げて誘ってくる。

レイを従わせたいのなら、このようにチマチマとしたアプローチをする必要はないというのに。

その目と声でもって「私のものになれ」と命じるだけで事足りる。

先ほども義父に頼む必要はなかった。「出ていけ」と命じるだけでよかったのだ。

――無理強いはしないって約束、守ってくれているんだな……。

そんな約束、いくらでもなかったことにして許される立場だというのに。

「ふふ、子供が好みそうな菓子をたくさん用意させたからな。楽しみにしていろ」

そういうノヴァの方こそ楽しそうに笑っている。

「さあ、座れ。私が給仕をしてやる。特別にな！」

いそいそとバスケットをテーブルに置いて、ポンポンとその蓋を手のひらで叩く仕草は、まるで新しい玩具を与えられて遊びに誘う子犬のようだ。

思わず頬がゆるみそうになるが、すぐにハッと我に返って、レイはノヴァから視線をそらした。

きっとノヴァはレイを花係に誘う――手懐《てなず》ける過程も含めて娯楽としているのだろう。

まさしくレイこそが「新しい玩具」ではないか。

——もう、これからの人生がかかっているんだから！　うんと慎重にならないと！

それなのに、お菓子と笑顔ひとつでほだされるなんて、情けないにもほどがある。

ならしたての不毛の大地をキリリと睨み、自分を戒めたところで、ふわりと広がるバターの甘い香りがレイの鼻をくすぐった。

「……ぁ」

思わずノヴァに視線を戻せば、バスケットの蓋をひらいて中身を取りだしているところだった。

ひらりと白い布がテーブルに広げられたと思うと、コロンとしたティーポットが出てくる。

それから、二客のティーカップとソーサーが並べられ、次に取りだされたのは布で包まれた水筒らしきもの。

おそらく、紅茶を淹《い》れるための湯が入っているのだろう。

——さすが……すごく、良いカップ。

一見するとただの白一色のカップだが、薄く透明感のある、まばゆいほどの白は最高級の磁器の証だ。優美な弧を描く持ち手からも職人のこだわりが伝わってくる。

——こんなに良いカップ、バスケットに入れて大丈夫なのかな……？

前に店で売っていたピクニックバスケットは中に籐の仕切りがあり、カップや皿がぶつからないようになっていた。同じような作りになっているのだろうか。

そんなことを考えている間にティーポットに湯が注がれ、茶葉の香りが立ちのぼる。

ポットの中にあらかじめ茶葉が入っていたようだ。

「……ここに湯を注げば茶ができるのだそうだ」

目と目が合ったところでノヴァから楽しげに告げられ、レイは苦笑いを返す。

「……さようでございますか」

きっと紅茶など淹れたことのないノヴァが失敗しないよう、茶葉と湯の量を調節して用意したのだろう。ティーポットの口には茶こしもセットずみのはずだ。

――何だか、子供のおままごとみたい。

そんな失礼な感想を抱いている間に、真っ白い皿がコトコトとテーブルに並べられる。

それから、ティータイムの主役たちが香ばしい匂いを振りまきながら現れた。

バスケットから取りだされて、次々と皿に置かれていく焼き菓子の数々に、レイは思わず呆《あき》れも警戒も忘れて瞳を輝かせる。

粉砂糖を振った小さなシュークリームに、荒い塩の粒がまぶされたぶ厚いショートブレッド。

キャンディのように一粒ずつ包まれているのはバターファッジだろうか。

色違いのマドレーヌにフィナンシェ、見たことのない真っ白なお菓子もあった。

「……わぁ！」

思わず歓声を上げてしまい、あっ、と慌てて口を押さえると、今度はお腹がくうと鳴った。

パッとお腹を抱えて、うう、とうつむいたレイのつむじにノヴァの笑い声が降ってくる。

「はは、良い反応だ。やはり、子供には金より菓子だな！」

楽しげな笑い声を立ててから、ノヴァは満足そうに頷いた。

「よしよし、何となくコツがわかってきたぞ」

「コツ?」

「人に物を贈るコツだ」

「……さようでございますか」

そんなもの覚えなくていいので、もう諦めてください——心の中で呟いたところで、ノヴァが「さて!」と手を打ちあわせた。

「レイ、どれから食べたい?」

今日こそ懐かぬ猫を手懐けてやるぞ——という気概が滲む甘い声で問われ、レイはムムッと唇を引きむすびつつ、顔を上げる。

「プチシューにショートブレッド、バターファッジ、マドレーヌとフィナンシェは金色がプレーン、黄味が強いものがオレンジで、ミントの葉がのっているものはレモン。色が深いものは紅茶で味をつけてある」

ひとつひとつ長い指で示されるお菓子を目で追って、レイはコクンと喉を鳴らす。

どれもこれも美味しそうだ。

野良猫のように餌づけなどされてはいけない。そう思いながらも、鼻をくすぐる甘い香りに理性が揺らぐ。

——ああ、絶対に、すっごく良いバター使っているんだろうなぁ……!

ミルクも小麦粉も、きっとレイではとうてい買えないような上等な品に違いない。

目をそらせずにいると、最後にノヴァは半球型の白い菓子――レイが先ほど気になっていた未知のお菓子だ――を指すと「これはメレンゲだ」と囁《ささや》いた。

「卵白に砂糖を加えて泡立てて焼いたもので、癖のない素朴な甘さが魅力……らしい」

きっと料理人の受け売りなのだろう。

首を傾げながら説明をするノヴァに、レイも首を傾げて尋ねた。

「陛下は召しあがったことがないのですか？」

「菓子の匂いは好きだが、味にはさほど興味がないのでな」

「さようでございますか……」

それなのに、レイとお茶をするためにこれほどたくさんの菓子を用意したのか。

――ということは、これ、ぜんぶ私が食べるの？

無理をすれば食べきれないことはないだろう。

でも、どうせならば美味しく楽しめる範囲でいただきたい。

その戸惑いを感じとったのか、ノヴァは「私も食べるぞ！」と機嫌よく答えた。

「同じものを食べてみなければ、おまえの好みの味が理解できぬだろう？　おまえを懐柔するためにも、しっかりと情報を集めて作戦を練らねばな！」

思いきり作戦を口にしているが、それでいいのだろうか。

「……さようでございますか」

どのような反応をすべきか迷い、あいまいな笑顔で返せば、ノヴァはクスリと笑ってから、優雅な仕草でメレンゲをひとつ摘まみあげると、レイの口元に押しつけた。

「まずは食べろ。百聞は一食に如《し》かずだ」

「……いただきます」

自分で取りますと言いたかったが、もう唇にふれてしまったからには、このまま食べるしかないだろう。仕方がない。渋々ひらいた口に白い菓子が押しこまれる。

かつんと歯にぶつかり、舌の上に落ちたそれを転がし、奥歯で噛みしめる。

途端、サクッと軽い歯ごたえを感じたと思うと、ふわりと淡い甘みが舌の上で溶けていった。

「……まるで甘い雪のようですね」

パチリと目をみはって呟くと、ノヴァは「そうか」と頷いて、自らもメレンゲをひとつ口に放りこんだ。

「……ん、確かにそうだな。これは食べる雪だ」

「はい！」

思わず弾んだ声を返せば、ノヴァは「気に入ったようだな」と目を細めた。

「ふふ、ひねりはないが美味だろう？　スパイスや酒が入っているものは子供の舌には合わぬかと思ってな。子供の好みそうな菓子を、と言っておいたのだ」

得意げに告げられ、レイは慌ててゆるみかけていた表情を引きしめる。

——いけないいけないいけない。ホイホイ餌づけされるところだった！

たぶらかされてはいけない。グッと奥歯を噛みしめてノヴァを見据えると、彼はいっそう笑みを深め、金色のフィナンシェをひとつ手に取った。

「さあ、次はこれにしようか。レイ、マドレーヌとフィナンシェ、どちらが好きだ？」

貝殻型のマドレーヌ、金の延べ棒型のフィナンシェ。

どちらも食べごたえがあり、ひとつの満足感が大きいお菓子だ。

溶かしバターの風味がやさしいマドレーヌに、アーモンドと焦がしバターの風味が香ばしいフィナンシェ。

どちらも美味しいとはいえ、めったに口にはできないので語るほどの好みはないのだが……。

「……強いて申しあげるのなら、マドレーヌの方が好きです」

「ほう、理由は？」

「形が可愛らしいので……」

答えてから、いかにも女っぽい理由だと気づいて、今さらのように焦る。

けれど、ノヴァは特に気にした様子もなく「そうか」と頷くと、「では、こちらは私が食べよう」とフィナンシェを自分の皿に置き、プレーンのマドレーヌを摘まみあげた。

「さあ、食べろ」

「ありがとうござ――むぐっ」

礼の言葉を口にしようとひらいた唇にマドレーヌをねじこまれ、レイは目をみひらく。

メレンゲは一口サイズだったが、マドレーヌは違う。

口の中を甘い侵略者に占領され、目を白黒させつつどうにか飲みこむと、レイはサッと手で口を覆い、新たなマドレーヌを手に待ちかまえているノヴァに告げた。

「陛下の御手を煩わせずとも、自分で食べられますので！」

子供か愛玩動物のような扱いをするのはやめてください——とまでは口に出さなかったが、不満をこめて睨みつけると、ノヴァは「そうか？」と首を傾げた。

なぜ嫌がられたのかわからない、というような表情だった。

「……ああ、そうか。難しい年ごろというやつだな！」

一瞬考えこんだ後、ひとりで納得すると、ノヴァは笑顔に戻って尊大な口調で言いはなった。

「いいぞ、レイ。自分で食べろ！」

「……ありがとうございます」

いっそう子供扱いされたようで微妙な気持ちになりながらも、レイは差しだされたマドレーヌを受けとり、ミントの葉をそっとずらし、真ん中からパカリと割って、あむ、とほおばった。

甘さの中に滲む爽やかなレモンの風味が心地好い。

——気まずいのは気まずいけれど、美味しいものはやっぱり美味しいな……。

じっくりと味わいながら食べるうちに、お腹に幸せが溜まっていく。

レモン味を平らげた後、塩気が利いたショートブレッドと紅茶で甘味に疲れた舌を休めてから、愛らしいプチシューとホロホロのバターファッジを堪能し、紅茶味のマドレーヌに手をつけた。

通算三個目のマドレーヌを食べおえるころには、すっかりレイの舌もお腹も満たされていた。

——ああ、美味しかった。

そっと手を膝に下ろし、ふう、と深く息をついたところで、向かいの席で四個目のフィナンシェを口に運びかけていたノヴァが手をとめた。

「……どうした、もうしまいか？　こちらの味はまだ食べていないだろう？」

そう言ってフィナンシェを置き、オレンジ味のマドレーヌを手に取って、レイに差しだす。

「さあ、食べてみろ」

「いえ、あの……」

「マドレーヌに飽いたのなら、フィナンシェでもいいぞ。最初のメレンゲに戻ってもいい。好きなだけ食せ。すべておまえのものだ」

「いえ、そんなにたくさん食べられません。もう、充分いただきましたから！」

両手を顔の横に上げ、「もう無理です！」と訴えるように、ふるふるとかぶりを振って答えると、ノヴァは「そうなのか？」と不思議そうに首を傾げた。

「もう腹がいっぱいになったのか……ずいぶんと少食なのだな。もっと食べねば大きくなれぬぞ」

「……たぶん、これ以上は大きくならないかと思います」

育つとすれば横にだけだ。

レイが苦笑まじりに返すと、ノヴァの傾げた首の角度が大きくなる。

「そうか？　そういえば、レイはいくつなのだ？」

「……十八です」

「十八？　それにしては小さいな……首も女のように細い。手など私の半分もないのではないか？」

ひとりごとのように呟きながら、ノヴァはレイの身体を視線でなぞった。

そこに性的な意味合いは感じられないが、女だと見破られるかもしれない不安と恥ずかしさで、ドキリと鼓動が跳ねる。

「そんな……そこまで小さくはありませんよ。父も、亡くなった母も小柄でしたので、きっと親に似たの——っ」

言いかけた弁明の言葉は、向かいから身を乗りだしたノヴァに手を取られたことで途切れた。

「……本当に小さいな」

ノヴァは金色の瞳をわずかにみはり、レイの左手を両手で包むように握ると、半端に握りこんでいた指をひらかせた。

「手のひらは働き者らしい手だが指はずいぶんと細い。こんなにも小さな手に、あの薔薇は作られているのだな……」

感慨深げに呟きながら、庭仕事で硬くなった手のひらを指先でなぞられ、細さを確かめるように指を摘まれ、付け根から爪の先までするりと撫であげられる。

何とも言えないむず痒《がゆ》いような感覚が走り、レイは頬に熱が集まるのを感じた。

——やだ、変なさわり方しないで……！

ノヴァに色めいた意図などないだろう。

わかっていても、何も感じずにいられるかどうかは別だ。

色恋とは縁遠いレイにとって、義父以外の男性に手を握られるのは初めてのことだったし、外見だけを言えば、ノヴァはレイが出会った中で一番美しい男だったから。

「あの……陛下、もうそろそろ、離していただけませんでしょうか……」

か細い声で訴えるが、視線も合わせぬまま「そうだな」と軽く流される。

そのままノヴァはレイの手首を左手でつかみ、広げた手と自らの右手を合わせた。

労働とは縁遠いはずの彼の手は、レイのそれよりもずっと大きくて、ほっそりと優美に見えた指もこうして重ねてみれば、しっかりと骨ばっていて男らしいもので、いっそう鼓動が跳ねる。

そんなレイの様子に気づかぬまま、ノヴァは「はは、本当に小さいな！」と笑い声を立てた。

「ああ、ほら見ろ、レイ。半分――とまではいかないが、ずっと小さいではないか。私の見立ては正しかったぞ！」

そう言って得意げに顔を上げたノヴァとレイの視線がぶつかり、途端、彼はパチリと目をみはる。

「……っ」

レイは思わずキュッと目をつむり、顔を背けた。

――ああ、やだ！

自分でもわかるほどに頬が熱い。きっと真っ赤になっているはずだ。

「どうした、レイ？　顔が赤いぞ？　……ああ、そうか。おまえは人見知りだったな！」

慌てたような声が聞こえたと思うと、パッとノヴァの手が離れる。

「ベタベタさわられて腹が立ったのか？　悪気はないのだ。つい懐かしく、楽しくなってしまっただけで……」

え、と目をひらくと、ノヴァは困ったように眉を下げてレイを見つめていた。

「つい、懐かしく、楽しくでございますか？」

「ああ。昔、父と同じように比べたことを思いだしてな……」

「それで、楽しくなってしまったと……？」

「ああ、そうだ」と頷くノヴァに、レイは妙に意識をしていた自分が恥ずかしくなって、ますます頬が熱くなるのを感じながらも、それを悟られたくなくてニコリと笑顔で告げた。

「さようでございますか。楽しんでいただけたなら何よりです」

「……怒ってはいないのか？」

「怒ってなどおりません。ただ、その、あまり誰かに手を握られたことがないもので、少々気恥ずかしくなってしまいまして……過剰な反応をしてしまい、私の方こそ申しわけありませんでした！」

そう言ってペコリと頭を下げると、ノヴァはホッとしたように頬をゆるめた。

「いや、怒っていないのなら何よりだ……だが、レイ。おまえは人見知りなだけでなく、ずいぶんと照れ屋なのだな。女ならともかく、男に手を握られてそこまで赤くならずともよかろうに……」

微笑ましげに言われて、レイは複雑な気持ちになる。

確かに少年のレイが、同じ男性のノヴァに手を握られて照れるのはおかしな話だろう。

——手が小さいなとは思っても、女かもしれないとは思いもしないんだな……。

屈託なく微笑むノヴァにチクリと胸が痛むような気もしたが、レイはその痛みから目をそらし、笑顔を作った。

気づかれなくてよかったではないか——と自分に言いきかせながら。

「はは、お恥ずかしい限りです。ですが陛下、陛下ほど美しい御方にふれられたら、たとえ男でもドキリとしてしまいますよ！」

カラリと告げれば、ノヴァは「そうか？」と複雑そうな表情で首を傾げた。

「喜んでいいのか疑問だが……まあ、おまえが言うならば、褒め言葉として受けとってやろう」

何とも尊大に言いはなつと、ノヴァはオレンジ味のマドレーヌを手に取り、優雅な仕草で半分に割った。どうやら自分で食べることにしたらしい。

あっさりごまかせたことにホッとしつつも、まったく疑われていないのだと思えば、ほんの少し苦いものがこみあげてくる。

けれど、レイはティーカップを口に運んで、複雑な感情を紅茶と一緒に飲みこんだ。

——落ちこんだって媚香が出せるわけじゃないし、落ちこむだけ無駄だもの。

美味しいものを食べているときに悲しいことを考えるなんて、もったいない。

そう気を取りなおして、小さなメレンゲを一粒摘まんでほおばる。

——うん、美味しい！

口の中で溶けていく素朴な甘さを堪能しながら、レイはまた一口紅茶を含んだ。

「……オレンジも悪くないな」

食べおえたノヴァが、ふむ、と頷く。

「次はレイも試してみるといい」

「……次があるのですか？」

なくていいので諦めてください――という願いをこめて尋ねるが、ノヴァは「ある」と即答した。

「私の花係になればどれほど得か、明日から毎日、おまえを菓子漬けにしてわからせてやる！」

いやいや、わからせられたくない。

「……ですが、その、ほら、私だけ良い思いをしては皆に申しわけありませんし……」

「そうか、おまえはやさしいな。ならば、ケイビーや職人たちの分も用意させよう」

「えっ、いえ」

「良い菓子だからな！　きっと皆喜ぶぞ！」

断り文句を逆手に取られた上、何ともまばゆい笑顔で告げられて、レイはグッと言葉に詰まる。

確かに、これだけ美味しいお菓子だ。毎日頑張ってくれている職人たちにも食べてもらいたい。

「っ、それは……」

「……そうですね。きっと皆、喜ぶと思います」

レイは渋々とそう返すほかなかった。

「そうだろう？　ふふ、明日が楽しみだな、レイ？」

「……はい。明日はどのようなお菓子をいただけるのか、楽しみにしております」

せめてもの反抗心で「あなたと会うのが楽しみなわけではない」という意図をこめて、そう口にすると、ノヴァは「まだまだ懐かなそうだな」と楽しそうに目を細めた。

「それで、どの味が気に入った？　今度はそれを持ってきてやる。ああ、今食べたものでなくともいいぞ。好きな味や菓子があれば用意してやる。レイ、おまえは何が好きなのだ？」

「私が好きなのはチョコ――」

素直に答えかけてから、慌ててグッと呑みこむと、レイはニコリと笑顔を作った。

「先ほど食べた中ですとレモン味が好きですね。爽やかな香りで甘酸っぱくて、とても美味しゅうございました！」

きっとノヴァならば、レイがいつも手にしているものより、遥かに上等なチョコレートを知っているだろうし、用意できるだろう。

けれど、チョコレートだけは自分で買って楽しみたい。

あれは頑張った自分への、月に一度の贈り物なのだ。

レイの答えにノヴァはほんの少し首を傾げた後、ふっと口元をほころばせて頷いた。

「そうか。ならば次はレモンと……そうだな、苺《いちご》か林檎の菓子を用意しよう。楽しみにしておけ」

「……ありがとうございます」

上機嫌に告げられ、レイは作り笑いで礼の言葉を口にしつつ、心の中で言いかえす。

全然、楽しみなんかじゃないし、餌づけなんてされませんからね――と。

それでも、それから義父が戻るのを待つ間。

ノヴァと向かいあってティーカップを傾けながら、レイは頭の片隅で「苺か林檎のお菓子か……」とほんの少しだけ、明日の茶菓子を楽しみに思ってしまったのだった。

第三章　名誉の自主出禁と真摯な謝罪

ノヴァと午後のお茶の時間を一緒に過ごすようになって十日ほどが過ぎた、ある日の夕暮れ。

待ちに待った給料日を迎えたレイは、うきうきと弾むような足取りで「イニミニ・ショコラ」に向かっていた。

石畳を進むレイの表情は明るく、琥珀色の瞳はキラキラと輝いている。

——ああ、楽しみ！

お茶会のお菓子も美味しいが、やはり月に一度のこのワクワク感は格別なものがある。

——今日はアソートボックスだけじゃなくて、ちょっと贅沢しちゃおうかなぁ？

むふふ、と頬をゆるませながら、ポン、と叩いたキュロットのポケットには、もらいたての賃金でふくらんだ革の袋が入っている。

前回、離宮の仕事に取りかかってすぐの給料日にもらったときは、いつもと同じ額が入っていた。

けれど今回は、いつもよりもちょっとだけ重たい。

——そうだ、お酒に合うようなやつ、父さんに買って帰ろう！

ウイスキーにはビターチョコレートが合うと聞いたことがある。

——オランジェットなんかも合うかも！

オレンジの皮を細切りにしてビターチョコレートを絡めた、ちょっぴり高級な品を思いうかべて、レイは目を細める。

運よく「お試しにどうぞ」と配られているときに居合わせて、一度だけ口にしたことがあるが、なかなかに美味しかった。

柑橘《かんきつ》とチョコレートの匂いが混ざりあって華やかに香り、オレンジピールの持つほのかな苦みがアクセントになった大人の味だった。

——あれなら、きっと父さんも気に入ってくれるはず！

義父の喜ぶ顔を思いうかべているうちに、いつの間にか店の前に着いていた。

飾り窓からそっと覗きこめば、天井から下がるシャンデリアに照らされた明るい店内で、ふたりの若い女性店員と十人ほどの客が買い物を楽しんでいるのが見える。

今日は空いているようだ。ホッと胸を撫でおろして扉をひらけば、ちりんとベルの音が響いて、ふわりと店内から甘い香りが噴きだす。

その匂いに引きこまれるように、レイは店の入り口をくぐった。

外装と同じくチョコレート色と金色を基調とした店内に入ってすぐ、目に入るのはふたつの円形の陳列台。

右の台には飾り窓にあった季節の商品が並べられ、左の台にはチョコレートがけのビスケットやオランジェットなど、チョコレートを使った菓子類が置かれている。

金色がかったクリーム色の壁に設えられた棚には、大小様々な箱入りのチョコレートが美術品のように展示されている。

奥へと目を向ければ、会計台とガラス張りのショーケースがあるカウンターと、ショーケースの中に並べられたチョコレートボンボンが見えた。

レイはカウンターの前に他の客がいないのを確かめてから、さりげなくショーケースに近づき、そっと覗きこんだ。

会計台の横に立っていた店員——黒い制服をまとった若い女性が、チラリと視線を送ってきて、すぐに興味なさそうに視線をそらした。

きっとレイの顔を覚えていて「ああ、いつものアソートボックスの客か……」と思ったのだろう。

「……ごゆっくりお選びくださいませ」

そっけない口調で言いおくと店員は会計台を離れ、他の客のもとに向かっていった。

少しだけ寂しいが、おかげでゆっくりながめられると気を取りなおし、レイはショーケースに視線を戻した。

——ああ、やっぱり可愛い……！

飾り窓にあった品以外にも、金箔《きんぱく》のハートがのったもの、ホワイトチョコレートでマーブル模様が描かれたもの、上から見るとマーガレットの花やクローバーの形に見えるものと様々で実に愛らしい。

ショーケースを覗きこみながら、レイは、ほう、と溜め息をついた。

――奮発して、個別で買っちゃおうかなぁ……。

いつも買っているアソートボックスに入っているのは店の定番の品なので、単品での購入でないと楽しめない味がいくつかあるのだ。

――うーん、でもさすがに贅沢すぎるよね……。

今日は義父へのお土産にオランジェットを買うと決めている。

いつものアソートボックスと合わせたら、それなりの額になるだろう。

うーん、と首を傾げた後、レイは「それは次のお楽しみに回そう」と決めて、潔くショーケースから離れた。

来月は義父にはウイスキー入りのボンボンを、自分にも何かひとつ、アソートボックスにはない特別なボンボンを買って帰ることにしよう。

――来月のお給料日が楽しみだなぁ……！

うきうきとしながら、箱入りのチョコレートが置かれている場所に向かう。

そして、壁に設えられた棚からいつものアソートボックスを手に取ったそのとき。

ショーケースの奥にある扉がバタンと勢いよくひらいて、ひとりの女性が飛びだしてきた。

細身の身体に黒いドレスをまとい、金色の髪をきっちりと結いあげた五十代半ばほどのその女性には見覚えがあった。

この「イニミニ・ショコラ」のオーナーだ。

媚香が強い――強かった女性のようで気位が高く、上客とは言えないレイには愛想笑いのひとつもしてくれず、声をかけてあからさまに無視されたこともある。

それでも、身についた所作は優雅で、きれいな女性だと思っていた。

けれど、今日はよほど慌てているのだろう。

ドレスの裾を摘まんでバタバタとカウンターの奥から出てくると、目を丸くしている店員と客に向かって裏返った声で叫んだ。

「本日は貸し切りのため閉店です！」

予想外の言葉に、店内にいた客たちは戸惑ったように顔を見合わせる。

「……今からですか？」

「今すぐです！　今すぐ、退店願います！」

有無を言わさぬ口調で言うと、オーナーは羊を柵に戻そうとする牧羊犬のような勢いで客たちを扉の方へと追いたてて、「ご協力感謝いたします！」と強引に追いだしていく。

「待ってください、今日は娘の誕生日なんです！　ひとつだけでも買わせて――」

「それはおめでとうございます！　次回はぜひお嬢様と一緒にお越しください！　サービスさせていただきますので！」

少々くたびれたドレスをまとった婦人が焦ったように食いさがるが、オーナーは聞く耳を持たず、婦人を店の外へと押しだした。

そして、一番店の奥まった場所にいたレイが、最後のひとりになってしまった。

ドレスの裾をひるがえして振りかえったオーナーと目が合い、その顔がひどく強ばっていることに気づき、レイはようやく我に返った。

「すみません！　今すぐ出ます！　ごめんなさい！」

ここでオーナーの機嫌を損ねて、出入り禁止にでもなったら大変だ。

月に一度、一番お得なアソートボックスを、それも一箱だけ買っていくような客がいなくなったところで、店側は何も困らないだろう。

レイは手にした箱を慌てて棚に戻そうとして――。

「いえ！　お客様はそのままで結構でございます！　どうぞ心ゆくまで！　ごゆっくりとお過ごしくださいませ！」

上ずったオーナーの叫びがレイの背に響いた。

「……へ？」

今の台詞は自分に向けられたものなのだろうか。

おそるおそる振りむくと、オーナーは一目で愛想笑いとわかる、引きつった笑みを浮かべてレイを見つめていた。

そして、ドレスの裾を摘まんで駆けよってくると、唖然とするレイに向かって深々と頭を下げた。

よく見れば、その額にはびっしりと汗が浮かんでいる。

「……これまでの愛想のないふるまい、心よりお詫《わ》び申しあげます……！　以降は誠心誠意、歓待させていただきますので、どうぞご容赦くださいませ……！」

「え、あの……？」

声を震わせながら紡がれる台詞の意味がわからず、レイは助けを求めるように、先ほど会計台の傍にいた店員に視線を向けた。

同じくわけがわからない様子の店員が「あの、オーナー、このお客様が何か――」とオーナーに声をかけようとして「あなたたちも出ていきなさい！」と遮られる。

「ふたりきりでのんびりと楽しみたいというご要望なの！　ふたりとも、早く出ていってちょうだい！　荷物は明日取りに来て！　今日の分の給金はきちんと一日分でつけておきますから！」

「えっ、は、はい、わかりました！」

店員たちはオーナーの剣幕に押されて頷くと、そのまま他の客と同じように表口から出ていった。

ポツンと残されたレイは、おずおずとオーナーに声をかけた。

「あの、どなたかとお間違えでは――」

「いいえ、レイ様でいらっしゃいますよね⁉」

「は、はい、でも――」

「お待ちください、きっとすぐにいらっしゃいますから！」

オーナーはレイと言葉を交わすのを恐れるように早口で言いきった後、サッと飾り窓に近づいてレースのカーテンを閉めはじめた。まるで通りからの視線を遮るように。

――何？　いったいどういうこと？　いらっしゃるって誰が？

わけがわからず、キョロキョロと視線を泳がせていると、カウンターの奥から近づいてくる足音がレイの耳に届いた。

オーナーが弾かれたように背すじを伸ばし、居住まいを正す。

その様子からして、よほどの上客――いや、それ以上の存在が来るのだとわかった。

帝都の目抜き通りに店をかまえる、やり手のオーナーが怯えるほどの絶対的な存在が。

ふっとひとつの可能性がレイの頭に浮かぶ。

レイの知っている中でこのようなことをしそうな、いや、できそうな人物はひとりしかいない。

――いやいや、そんなまさか！

慌ててかぶりを振り、嫌な予感を追いはらおうとしたそのとき、カウンターの奥の扉がゆっくりとひらいて――。

「……三時間ぶりだな、レイ！」

今しがた思いうかべた人物――まばゆい笑顔を浮かべたノヴァが現れた。

「……陛下？」

呆然《ぼうぜん》とその称号を口にしながら、それでも、「いや、幻かもしれない」と一縷の望みをかけて、レイはゴシゴシと目をこすってみる。

けれど、その姿が消えることはなく、白き竜帝は圧倒的な存在感を放ってそこに存在していた。

「そうだ。驚いたか？」

悪戯が成功した子供のように瞳を輝かせて、ノヴァが首を傾げる。

その拍子に、頭上に伸びる一対の角が、シャンデリアの光を反射してチラチラときらめいた。

陽ざしの下では白が強かった。

けれど、揺らぐ蠟燭《ろうそく》の灯りの下では、角が持つ遊色効果が強く出るようで、純白の中に金や水色、炎を思わせる橙《だいだい》、様々な色が浮かびあがって見える。

不思議な色彩にレイは思わず目を奪われるが、すぐに我に返ってノヴァに尋ねた。

「どうして陛下がここに？」

「どうして？　おまえに贈り物をするために決まっているだろう？」

「贈り物？」

「ああ、そうだ」

ニッと目を細めて頷くと、ノヴァは両手を広げて言いはなった。

「おまえのために店を貸し切った。ここにある品もすべて買いあげた。今日一日、この店のすべてがおまえのものだ！」と。

そして、驚きに目を丸くするレイに笑みを深め、種明かしをするように告げた。

「初めてあのガゼボで茶を飲んだ日。おまえに好きな菓子を尋ねたとき、『チョコレート』と言いかけてやめただろう？　だが、私はきちんと聞いていたのだ」

得意げに言われて、レイは、あ、と思いだす。

「……それで、この店を？」

ポツリと問えば、ノヴァは「ああ、そうだ！」と得意げに頷いた。

「この帝都で一番の店を探させ、ここに決めた。調べさせてみたら、おまえが毎月この日に通っているとわかった。だから、こうして今日、店ごと贈ることにしたのだ！」

晴れやかな笑みで告げると、ノヴァは期待に満ちたまなざしでレイを見つめてきた。

まるで、「どうだ嬉しかろう？　喜んでいいぞ！」というような表情で。

レイは予想外の贈り物とその理由に、しばし啞然としてノヴァを見上げていたが、やがて、静かに顔を伏せた。

「どうした、レイ？　感激のあまり言葉が出ないか？」

うつむくレイの頭上で呑気《のんき》なノヴァの声が響く。

「……いえ」

「何だ？　感想があるのなら遠慮せずに言うがいい」

促すノヴァは、きっと喜ばれると信じて疑っていないのだろう。

けれど、レイの胸にこみあげているのは彼の期待に反し、喜びなどではなく、やるせないような悲しみと怒りだった。

「……本当のことを言ってもよろしいでしょうか」

「……レイ？」

強ばったレイの声音から、ようやく様子がおかしいことに気づいたのだろう。

「……もしや、嬉しくないのか？」

問うノヴァの声には困惑が滲んでいた。

「あっ、あの、私っ、お飲み物を持ってまいりますわね！」

それまで黙って成り行きを見守っていた――というよりも出ていくタイミングを逃してしまって

いたオーナーが声を上げる。会話の雲行きが怪しくなってきたことを察したのだろう。

「とっておきのホットチョコレートをご用意いたしますので、どうぞごゆっくりお過ごしくださいませ！」

そう早口で告げるなり、オーナーはドレスの裾をからげてふたりの傍らを走りぬけ、逃げるようにカウンター内の扉の向こうへと消えていった。

「……何が不満なのだ？」

ふたりきりになったところでノヴァは一歩レイに近づくと、眉をひそめて問うた。

「おまえの好きなものを、一番いいものを選んで贈ったのだぞ？　なぜそのような顔をするのだ？」

ノヴァの声にも表情にも「どうして喜んでくれないのかわからない」という戸惑いがありありと滲んでいた。

「それは……」

レイは、答えようとしてためらう。

理由を説いたところで、理解してもらえるだろうか。くだらないと腹を立てるかもしれない。

ノヴァの言っていることは間違いではないのだ。彼はレイの好きなものを選んで贈ってくれた。

それは事実だ。ただ、レイがそれを欲してはいなかっただけで……。

黙りこむレイに痺《しび》れを切らしたのか、ノヴァはもう一歩距離を詰めるとレイの肩をつかんだ。

「レイ、黙っていてはわからぬ。教えてくれ。……それともそれがおまえの嬉しいときの顔なのか？」

「違います！」

反射のように叫んでから、レイは覚悟を決めてノヴァと向きあった。

「……陛下。陛下が私のために、このような特別な計らいをしてくださったことは身に余る光栄で、喜ぶべきだということも理解しております。ですが……このようなことを私は望みません」

「望まない？」

「はい。私はチョコレートが好きです。ですが、好きだからこそ、誰かに与えられたくないのです」

「与えられたくない？　好きなのにか？　望めば、この店のすべてが手に入るのだぞ？」

信じられないというように目をみはるノヴァに、レイは「いりません」とキッパリと答えてから、店内をぐるりと見渡し、あらためてノヴァに視線を戻して告げた。

「それに……私と同じように、今日ここで買い物をするのを楽しみにしていた人もいるはずです」

お金がありあまっている人々はともかく、レイのような平民は、自分へのご褒美や誰かへの贈り物、何かの記念日など、ちょっと奮発したい日にここに来る。

先ほど店内にいた人々も品物を選びながら、瞳を輝かせて華やいだ表情をしていた。

今日はどれを買おう、これはどんな味だろう、あの人は喜んでくれるだろうか。

きっと色々なことを考えて、胸を高鳴らせていたはずだ。

――それなのに、あんな風に追いだしてしまって……。

娘の誕生日なのだと必死に食いさがっていた婦人の声が耳の奥によみがえり、レイはキュッと拳を握りしめる。

「……人の楽しみを奪って食べるチョコレートは美味しいとは思えないでしょうし、嬉しくもありません」

「……そうか。嬉しくはない、か……」

そっと長い睫毛《まつげ》を伏せてノヴァが呟く。

その声には落胆が滲んでいたが、怒りは感じられなかった。

「……はい。陛下、陛下がこの国で誰よりも貴き御方であることは重々承知しております。ですが……」

その先を口にするべきかためらって、それでもレイはノヴァをまっすぐに見つめて告げた。

「権力を笠に着て、横暴なふるまいをなさってはいけないと思います」

緊張に強ばる声で言いおえて口を閉じれば、しんと店内に沈黙が落ちる。

ノヴァは睫毛を伏せたまま、レイの言葉を噛みしめるように黙りこんでいたが、やがて、そっと小さな溜め息をこぼした。

「……わかった。おまえが望まぬのならば、二度としない」

「……ありがとうございます」

素直に聞きいれてくれたことに、レイがホッと安堵の息をついたところで、カウンター奥の扉の向こうからノックの音が響いた。

「……お飲み物をお持ちいたしました。入ってもよろしゅうございますか?」

「……ああ」

ノヴァが答えると扉がひらき、オーナーがホットチョコレートの載った銀のトレーを手に現れた。

「どうぞ、お口に合うかわかりませんが……よろしければ、そちらのお席におかけになってお飲みくださいまし」

「ああ、そうしよう」

オーナーの勧めにノヴァは鷹揚《おうよう》に頷くと、赤い革張りのソファーに腰を下ろした。

「レイ様もどうぞ、おかけください」

「は、はい」

コクリと頷き、彼の向かいに腰を下ろして、レイは、ああ、と目をみはる。

——こんな座り心地だったんだ……。

みっちりと詰め物がされたソファーは硬すぎずやわらかすぎず、しっかりと身体を受けとめた上でやさしく包みこんでくる。

ひそかな感動を味わっているうちに、ソーサーに載った湯気の立つホットチョコレートが入ったカップが目の前に置かれて、ふわりと甘い芳香が鼻をくすぐった。

「……では、ごゆっくり」

言いおいて、オーナーはそそくさと去っていった。

またしてもふたり残されて、レイがそっと上目遣いにノヴァの様子を窺うと、ノヴァはソーサーを持ちあげてカップの持ち手を摘まみ、優雅な仕草で口元に運んでいた。

そして、カップを傾けて一口味わうと「ふむ、美味だな」と褒めてはいるものの、さしたる感慨もなさそうな声で呟いた。

きっとこういった上等な品を飲みなれているのだろう。

レイはそっと自分の分のカップに視線を落とした。

金彩で縁どられた真っ白なカップ。

ふんわりと立った泡の上に金箔が散らされ、キラキラと輝いている。

——きれい。

そっと持ち手を摘まみ、カップを口元に近づけた途端、豊かな芳香が迫りくる。

「……ん」

そっとカップに口づけて傾ければ、まずクリーミーな泡が流れこんできて、舌の上で夢のように溶けたと思うと、じわりと甘い熱が舌を焦がし、香ばしい匂いが立ちのぼる。

粉っぽさなどまるでなく滑らかで、コクンと飲みこむと喉をやさしく慰撫《いぶ》するように落ちていき、チョコレートの香りが胸いっぱいに広がる。

余韻めいたほろ苦さが舌にとどまるのも心地好い。

——美味しい。

コクリコクリと飲みすすめる、その一口一口が濃厚で、滋味深く腹に満ちていくようだった。

以前、高貴な女性はホットチョコレートを朝食代わりにすると聞いて、「飲み物一杯で足りるのかな?」と疑問に思ったが、今なら、理解できる気がした。

「これだけで充分、満たされる」と思う気持ちが……。

——本当に、美味しい。

レイは、心の中でしみじみと呟く。

こんな状況でなければ、もっと幸せだっただろうな――と。

今、ここに座っていられるのは竜帝であるノヴァの威光によるものだ。

ノヴァがいなければ、こうしてこの席でホットチョコレートを飲むことはできなかった。

彼の特別な計らいのおかげで、遥か先になるはずだった夢が叶ったのだ。

――でも、こんな形で叶えたくなかったな……。

そう思ってしまった途端、ツンと目の奥が熱くなり、じわりと視界が滲んだ。

「……どうした、火傷でもしたか。それとも泣くほど口に合わぬか」

向かいのノヴァが眉をひそめて、案ずるように声をかけてくる。

レイはふるふるふると首を横に振った。

「……違います。火傷もしていませんし、とても、とっても美味しいです」

「では、なぜ泣くのだ」

「だって……」

グッと嗚咽《おえつ》がこみあげてくるのを呑みこみ、レイは「いいえ」とかぶりを振った。

「何でもありません」

言っても仕方がないことだ。今さらどうにもならないのだから。

けれど、ノヴァはカップをソーサーに戻すと身を乗りだすようにして尋ねてきた。

「だって、何なのだ。レイ、教えてくれ」

まっすぐに目を見て促され、レイはためらいながらもポツリと答えを返した。

「……私はもう、この店に来られません」

「……なぜだ？」

「陛下がこのような……特別な計らいをしてくださったからです」

きっと明日の朝には、オーナーを通してすべての店員やショコラティエに今日の出来事が知れわたり、尾ひれをつけて広がってしまうだろう。

「きっともう、二度と普通のお客としては扱ってもらえないでしょう」

だからもう、二度とここには来られない。

気まずいというのもあるが、過剰に特別扱いされれば店員と接する機会も増えて、女であることに気づかれてしまうかもしれない。

先ほどのオーナーの激変した態度を思いだしながら、まばたきをした拍子にポロリとこぼれた滴がレイの頬を伝い、ノヴァがハッと息を呑む。

——ああ、やだ。こんなことで泣くなんて恥ずかしい……！

涙を見られたくなくて、レイは慌てて頬を拭ってうつむく。

「申しわけありません。チョコレートひとつで泣くなんて、まるで子供のようですよね。ですが、それでも……」

言わなくてもいいことだと思いながらも、レイは言葉をとめられなかった。

「月に一度、このお店でチョコレートを一箱買って、毎晩一粒ずつ食べるのが、私にとって唯一の贅沢でした。ささやかですが、それでも、私にとっては何よりの楽しみだったのです」

溜め息と共に、もう一粒頰を伝った滴が両手で包んだカップの中に、ぽちゃんと落ちて弾けた。

「……私は、この店の特別な客になりたいと思ったことは一度もありません。ただ月に一度チョコレートを買いに来る、目立たぬ客のひとりでいたかった。それだけだったのです……」

語りおえて口を閉じたところで、ふたりの間に沈黙が落ちる。

お互い黙りこんだまま、ふわふわと鼻をくすぐるチョコレートの匂いをかいでいるうちに段々と心が落ちついてきて、次第にレイは自分が恥ずかしくなってきた。

――ああ、やっぱり言わなければよかった。これじゃ、八つ当たりみたい……。

ノヴァの行動がなかったとしても、元々レイはこの店を利用しづらかった。

それはレイの事情によるもので、ノヴァは関係ない。

だというのにネチネチと文句を言うなんて、まるですねた子供のようではないか。

「……あ、あの、申しわけありません。陛下は、よかれと思ってしてくださったのに、このようにくだくだしく恨みごとを――」

慌てて謝ろうとしたところで、向かいの席で彼が立ちあがる気配がした。

え、と顔を上げるとノヴァがテーブルを回って、レイの方に近づいてくるのが見えた。

そして、彼はレイの傍まで来ると、何のためらいもなく、スッと片膝をついて頭を垂れたのだ。

「っ、へ、陛下⁉　何をなさるのですか⁉」

一国の皇帝が、それも竜帝であるノヴァが平民のレイに傅《かしず》くような真似をしていいはずがない。

驚きに涙も引っこみ、慌ててレイは握りしめていたカップをソーサーに戻す。

そして、ノヴァを立たせようと手を伸ばして「レイ」とかけられた声に動きをとめた。

「はい、――ぁっ」

伸ばしかけた手を取られ、その手の甲にスッと額をつけられて、レイは息を呑む。

「……すまぬ。余計なことをした」

ポツリとこぼされたノヴァの声は、初めて耳にするような真剣な響きを帯びていた。

「好きなものを与えてやれば喜ぶだろう。そう思いこんで、おまえの気持ちなど、ろくに考えてもいなかった。おまえの楽しみを奪ってしまって……本当にすまない」

悄然《しょうぜん》と告げられ、レイは言葉を失った。

そんなことをノヴァに言われるとは、いや、言える人だとは思っていなかった。

だって、彼から見ればレイの楽しみだの矜持《きょうじ》だの、本当に鼻で笑ってしまえるほどにささやかでちっぽけなものだろうから。

予想外の謝罪にどう反応していいのかわからない。

とはいえ、いつまでも竜帝を跪《ひざます》かせておくわけにはいかないだろう。

「あ、ええと、陛下、どうかお顔をお上げください」

ひとまず、そう声をかければ、ノヴァは素直に従った。

彼が跪いていても、元々の背丈の差もあって、ふたりの目線はさほど変わらない。

金色の瞳とまっすぐに向きあったところで、レイは、え、と目をみはる。

ノヴァは申しわけなさそうというよりも、「悪いことをしたのはわかっているが、どうしていいのかわからない」というような、途方に暮れた顔をしていた。

いつもの傲岸不遜な笑顔との落差に、レイは何だか「ずるい」と思った。

——そんな顔をされたら……もう怒れないじゃないですか……。

まるで自分の方が意地悪をしている気になってきて、レイは小さく息をつくと、取り繕うようにノヴァに微笑みかけた。

「陛下、どうぞ、もうお気になさらないでください」

「だが……」

「私の方こそ、幼い子供のように泣いて困らせるような真似をして申しわけございません。考えてみれば、私が来られなくなるだけのことですから……」

そうだ。冷静になってみれば誰かに——義父に代わりに買ってきてもらえばいいだけの話だ。

——父さん、恥ずかしがるだろうけれど……。

いい大人の義父にとって、レイほどではないにしろ、女性客の多いチョコレートショップは足を踏みいれがたい場所だろう。

義父を思って眉を下げるレイに何を思ったのか、ノヴァは眉間に皺を寄せると、つかんだままのレイの手を握りしめた。

「……本当にすまない。この償いはする」

「え？　いえもう、本当に大丈夫——」

「こうしよう、レイ」

ノヴァはレイの言葉を遮り、キリリと表情を引きしめて厳かに告げた。

「おまえの楽しみを奪った償いに、おまえのために新しいチョコレートショップを建ててやる」

「……はい？」

耳にした言葉が理解できず、レイはパチリと目をみはる。

その琥珀の瞳を覗きこむようにして、ノヴァは真剣そのもののまなざしと口調で語っていく。

「ここのショコラティエを引きぬいて、おまえの家の前に店をひらこう。店で雇う者は、この店と縁のない者を選ぶ。そうすれば、いつでも気兼ねなく買いに行けるだろう？」

「――どうしてそうなるのですか！」

提示された償いのあまりの壮大さに、レイは思わず叫んでいた。

「わ、私のための店って!?　家の前って!?　先ほどもお伝えしたばかりではありませんか！　権力を悪用してはいけませんと！」

腕のいい職人に引きぬきがかかるのは、どの分野でもよくあることだ。

だが、今回に限っては、あまりにも目的がくだらなすぎる。

けれど、ノヴァは悪びれる様子もなく、「悪用？」と首を傾げた。

「どこがだ？　新しい店ができれば皆喜ぶだろう？」

「ここの営業妨害になります！」

「おまえの家とこの店はそれなりに離れている。顧客の取りあいにはならぬはずだ」

冷静に返され、うっ、とレイは言葉に詰まる。

「でっ、でも、ショコラティエを無理やり引きぬくなんて可哀想《かわいそう》ですよ！」

「……ならば無理強いはしない。独立を考えている者を選ぶ。それならば当人にとっても喜ばしい話となるだろう？」

「え？　それは、そうかもしれませんけれど……」

「そうだ。だから、これは悪用ではない」

堂々と告げられ、レイは一瞬、そうかな、と納得してしまいそうになる。

けれど、すぐに我に返って言いかえした。

「いえ、やっぱりダメです！　だって、ようは『このお店のレシピを私のために職人ごと盗む』ということでしょう？　悪用ですよ！　立派に！　いけません！」

ぴしゃりと叱《しか》りつけると、ノヴァは「……そうか？」と残念そうに眉をひそめた。

それから一瞬考えこみ、うむ、と頷くと「わかった」と微笑んだ。

「では、正式にこの店の二号店として出そう」

「いやいや、出さないでください！」

わかっていない。そのような壮大な償いはいらない、受けとめきれない。

「……出してはならぬのか？　悪用ではないのに？」

どうして断られてしまったのか本当にわからない、というように戸惑うノヴァを見つめながら、レイは心の中でしみじみと呟いた。

――本当に、陛下は……陛下でいらっしゃるんだなぁ。

何事もスケールが大きすぎる。

半ば呆れながらも、レイは、ふう、と小さく息をつくと表情を和らげ、ノヴァに声をかけた。

「……本当に、そのようなことまでしていただかなくて大丈夫です」

「だが……」

「先ほどは大げさに嘆いてしまいましたが、自分で行けなくても、代わりに誰かに行ってもらえばいいだけの話ですから」

そう伝えると、ノヴァはハッと目をみはり、「ああ、そうか。そうだな」と微笑んだ。

「わかった。責任を持って、おまえの代わりに私が行こう！」

「はい!?　ダメに決まっているでしょう!?」

キリリと眉をつりあげてレイは叫んだ。

「陛下が店にいらしては今日のようなことになってしまいますよ！　いけません！」

オーナーが気を遣って他の客を追いだすか、怯えた客が自主的に出ていくか。

どちらにしても、方々に多大な迷惑をかけることになる。

「そうか……では、誰か使いを寄こそう。……それならば、かまわぬだろう？」

ダメ出しの連続に落ちこんだのか、ノヴァは心もち肩を落とし、上目遣いに尋ねてくる。

その仕草はまるで叱られた子犬のようで、そんな風に感じるのは不敬だと思いながらも、レイは思わず頬がゆるんでしまった。

その笑みを目にしたノヴァが、ホッと息をつく。

「……今度は正解か？」

そうだと言ってくれ、とねだるような声と表情で問われ、レイは一瞬噴きだしそうになりグッと堪えると「はい」と頷いた。

「そうか……！」

ふわりと花ひらくように、レイを見つめるノヴァの瞳に喜びが、口元には笑みが広がる。

それから、「よかった」と呟くと、ノヴァはキリリと表情を引きしめてレイに告げた。

「レイ、竜帝の名にかけて約束しよう。これから先ずっと、おまえにこの店のチョコレートを贈ると。店が潰れるようなことがあれば、職人を引きとって作らせよう。おまえの命がある限り、いや亡き後も棺《ひつぎ》に入れて、墓にも供えよう。……約束だ」

「……陛下」

パチパチとまばたきを繰りかえしながら、レイは何と返していいのかわからず、ただジッと彼を見下ろしていた。

――いやいや、墓に供えるのはともかく、棺に入れられたら困るんですが……。

それに、そんなに重たい決意をこめられては、チョコレートだって荷が重いだろう。

――どうしてそう極端な方向に走るのかな……。

嬉しいようで嬉しくない。むしろ、ちょっぴり迷惑だ。

やはり、誰よりも貴きこの人には、しがない民の気持ちなどわからないのだろう。

初めて会った日と同じような思いが胸をよぎるが、そのときと違って、今日のそれは嫌なものではなかった。

——だって、わかろうとしていないわけではないものね……。

彼は竜帝だ。レイとは育ってきた環境も考えも違うのだから、わからないのはもう仕方がない。

それでも、この短いやりとりの間だけでも、彼はどうにかレイを理解しようとしていた。

レイの気持ちを考えて、謝って、償おうとしてくれた。

人を人とも思わなかった、先代の竜帝とは違う。

ノヴァは「わかっていない」だけで、わかりあえない存在ではないのだ。

そう思ったところで、ふと初めて彼とお茶をしたときのことが頭に浮かんだ。

——そういえば、物を贈るコツがどうとか言っていたな……。

きっとノヴァは今まで個人的な贈り物のやりとりをしたり、誰かを喜ばせるためにプレゼントを選んだことがなかったのだろう。

——そっか、初めての贈り物か……。

それならば、上手くいかなくても仕方がない。

——それでも、初めての贈り物……何がいいか、頑張って考えてくださったんだよね？

招待状に「人が集まるところが苦手だ」と返したから、自分ひとりで作業場に来たのだろうし、あのスコップやジョウロも素材はおかしかったが、レイのことを思った品ではあった。

目的はレイを懐柔して花係にするためとはいえ、ノヴァなりにレイを喜ばせようと考えてくれていたのは確かなはずだ。

花係になるかどうかは別として、その気持ちくらいは、きちんと受けとめるべきだろう。

そう思えた途端、小さな灯りが胸にともったような気がした。

自然と唇が弧を描いていく。

「……ありがとうございます、陛下。嬉しいです」

これまでの分への感謝もこめて告げながら、レイはふわりと微笑んだ。

それはきっと彼の前で浮かべた中で一番の――そして、初めての心からの笑みだった。

その瞬間、ノヴァが小さく息を呑み、金色の目をパチリとみはる。

それから彼は左手でレイの手をつかんだまま、右手でそっと胸を押さえて首を傾げた。

どうしたのだろう。おかしなことを言ったつもりはないのだが。

「……陛下？　どうかなさいましたか？」

声をかけると、ノヴァは「いや、どうしたのだろうな。私にもわからぬ」と不思議そうに呟いてから、あらためてレイの手を両手で包むように握り、金色の瞳をやわらかく細めた。

「……礼を言うべきは私の方だ。許してくれてありがとう、レイ」

その言葉は今までで一番、レイの心にやさしく響いた。

じんわりと胸が温かくなり、レイはノヴァの手を笑顔で握りかえして朗らかに答えた。

「どういたしまして！　さあ陛下、もうお立ちください！　ホットチョコレートを飲みましょう、冷めてしまいますよ？」

「ん？　ああ、そうだな。飲もう」

スッと手がほどけ、離れていく温もりが少しだけ寂しく感じられる。

それをごまかすようにレイは「はい、飲みましょう！」と弾んだ声を上げ、カップに目を向けた。

そうして向かいあい、のんびりとホットチョコレートを飲みほした後。

レイは、いつものアソートボックスを一箱と、義父に贈るための小さな瓶入りのオランジェットを棚から取って、きちんと自分の財布から代金を出して会計台に置いた。

ノヴァはその様子を物言いたげに見つめていたが、レイが「今日が最後ですから」と告げると、「そうか」とだけ答え、とめはしなかった。

レイの意志を尊重するように。

そのことを嬉しく思いながら、レイはノヴァを見上げて微笑んだ。

「陛下、ホットチョコレートは御馳走になってもよろしいですか？」

尋ねた途端に、ノヴァの金色の瞳がパッと輝く。

「ああ、当然だ！」

「ありがとうございます！」

ニコリと笑いあい、それから「ではまた明日」と言葉を交わして、レイは通りに面した店の扉をひとりでひらいて表に出た。

ちりん、とベルが鳴り、通りを行きかう人々がチラリとレイに視線を向けるが、すぐさま興味を失い、何事もなかったように歩いていく。

チラリと後ろを振りむけば、シャンデリアの灯りの下、まばゆいほどに美しい人が温かな笑みを湛《たた》えてレイを見つめていた。

目立ちすぎる彼は、この後、来たときと同じように店の裏手に馬車を着けて、それに乗りこんで戻ることになっている。

「……気をつけて帰るのだぞ、レイ」

幼子に向けるようなやさしい声で言われ、レイは少しばかり気恥ずかしくなりながら「はい」と小さく返して頭を下げると、そっと扉を閉めた。

それから通いなれた——きっと、もう二度と訪れないであろう店をじっくりとながめる。

——寂しいけれど、夢は叶ったし……いいよね。

もう二度と、この店のチョコレートが食べられないわけではない。

これからはずっとノヴァが贈ってくれるというのなら、それで充分だろう。

うん、とひとり頷いて、踵を返して歩きだす。

月に一度の楽しみを失いながらも、その足取りは軽やかなものだった。

第四章　月明かりの温室で

チョコレートショップでの出来事から、ちょうど一カ月。

庭園造りに取りかかってからは二カ月と少しが過ぎ、園路のタイルを敷き、芝生も張りおえた。

現在はブッシュローズ——木立性の薔薇を植えつつ、庭園を囲う生垣造りを進めている。

生垣を育てる余裕はないため、帝都郊外の庭園でかつて迷路に使われていたものを移植しているのだが、移植枯れしないよう慎重に行わなくてはならないため、時間がかかってしまっていた。

それでも、もうひと月もかからぬうちに「秘密の花園」は完成するだろう。

薔薇の他に植える花の選定はというと、しばらく前から、レイ——とノヴァのふたりで少しずつ行っている。

花の種類について、元々ノヴァは「香りの良い花を植えてくれ」と注文を出したきり、後は義父に一任していた。

けれど、あのチョコレートショップ騒動の数日後。

午後の茶の時間に、菫《すみれ》の砂糖漬けを食べながら好きな香りの話になり、ノヴァが言ったのだ。

「どれほど見目が美しくとも、好みに合わない香りは近寄るのも嫌になる」と。

ティーカップを片手に呟いた彼は口調こそ穏やかだったが、そのにおいを思いだしたのだろう。眉をひそめたノヴァの瞳には苛立《いらだ》ちと嫌悪、そして、なぜか苦い憂いが滲んでいた。

だから、レイはノヴァが帰った後、作業小屋の周りで他の職人とお茶をしていた義父にそのことを伝え、自分たちで選ぶのではなく、ノヴァの好みに合う花を植えようと決めたのだ。

以降、お茶の時間は、国中から取りよせた花を彼と一緒に吟味する選定会としても使われている。

今日の花は「ラムソン」だった。

雪の結晶を思わせる六枚の白い花弁を持ち、遠目に見る分には愛らしいのだが、葉からニンニクのような香りがする、別名「クマニンニク」とも呼ばれる個性の強い花だ。

レイは、うっかり葉っぱを摘まんでしまい、指ににおいが移ってしまった。

「……お菓子の香りとは合いませんね」

肌についたにおいは、ハンカチで拭ったくらいではきれいに取れない。苺のマドレーヌを片手に情けなく眉を下げるレイに、ノヴァは思わずといった様子で噴きだすと「そうだな」と目を細めた。

「食欲はそそられそうな花だが、ここに植えるのはやめてくれ。茶の時間が楽しめなくなる」

そう言ってクスクスと笑いながら、レイの手からマドレーヌを取りあげて自分の口に放りこむと新しいものを摘まみ、一口サイズにちぎって差しだしてきた。

「……さあ、食べろ」

「えっ、でも……」

「遠慮するな。今日は私がおまえの指の代わりになってやる」

やさしく促しながら、ノヴァは、ちょんとマドレーヌの欠片《かけら》でレイの唇をつついた。

「菓子の匂いの邪魔をしたくないだろう?」

「それはまあ、そうですけれど……」

モゴモゴとためらってから、レイは観念したように「いただきます」と口をひらいた。

しっとりとしたマドレーヌの欠片が歯列を割って押しこまれ、冷たい指が唇をかすめて離れる。

「……ん」

舌の上に転がった焼き菓子は、いつも通りに香ばしく、どうしてかほんの少しだけ、いつもよりも甘く感じられた。

もぐもぐと味わうレイを、ノヴァは慈しむような微笑を浮かべて見つめている。

チョコレートショップの一件でレイのノヴァへの気持ちが変わったように、彼の中でも何らかの変化があったのだろう。

レイを見るノヴァのまなざしは、日を追うごとに温かさが増してきているように感じられて、時々、レイは落ちつかない心地になる。

——うう、そんなに見ないでほしいんですけれど……。

マドレーヌをほおばったまま、そっと目をそらせば、緑の庭が視界に広がる。

ガゼボの柱の向こう、青々とした芝生と植えかけの生垣、茂る森の樹々。

一面の緑がやけに目にまぶしく感じられて、レイは、ひそやかな溜め息をこぼす。

——どうしてかな……陛下にお菓子を食べさせられるのは初めてじゃないのに。

初めて午後のお茶を共にした日にも、同じように焼き菓子を口に押しこまれた。

あのときは子供か愛玩動物扱いされているようだと思って、少し不快で、少し腹も立った。

けれど、今日は違う。嫌ではない。嫌ではないのだが……。

何だか妙に、心がざわめくような心地がするのだ。

花係を断るつもりなのに、仲良くお茶をしているのが後ろめたいのかな――とも思ったが、そういった気持ちとも違う。トクトクと跳ねる鼓動は心地好いのに、どうにも落ちつかない。

レイはギュッと目をつむってゴクンとマドレーヌを飲みこむと、気恥ずかしさをごまかすようにテーブルの端に置かれたラムソンを手で示し、明るい声を張りあげた。

「でも、このお花、根をスープにしたら美味しいんですよ？　私、結構好きです！」

「そうなのか？」

首を傾げたノヴァがラムソンの鉢植えに視線を向けて、ニコリと微笑み、手を伸ばす。

「では、これで作らせよう」

「ちょっ、ダメですよ、引っこぬいては！　においがつくでしょう⁉」

レイの指の代わりになるというのはどうしたのだ。

そろってニンニク臭フィンガーになってしまうではないか。

先ほどまでの恥じらいも吹きとび、レイはノヴァを慌ててとめることとなった。

その後、どうにか竜帝の手にニンニク臭をつけることを無事阻止してお茶会を終えると、レイは仕事に戻り、午後いっぱい、義父や他の職人たちと一緒に生垣の移植作業に勤《いそ》しんだ。

やがてとっぷり日が暮れて、心地好い疲労感を抱えて家へと帰った。

その夜のことだった。

ノヴァが約束通り、チョコレートを持って訪ねてきたのは——。

＊　＊　＊

ノックの音が聞こえた気がして、レイは眠りから覚めた。

もぞもぞと身を起こして寝台から窓の外を見れば、まん丸い月が南の空に高く輝いている。

時刻は、ちょうど零時を回ったころだろうか。

空耳かもしれないと思いながらも寝台から足を下ろし、室内履きを履いてペタペタと扉に向かう。

扉から顔を覗かせて耳をすませると、タイミングを見計らったように、コンコンコンと抑えた音が階下から響いてきた。

——こんな時間にいったい誰だろう。

そっと義父の部屋の方を見るが、物音は聞こえてこない。

どうやらぐっすり眠っているらしい。

ノックの音は耳をすませなければわからないほどに控えめなものだ。

いつもならば、きっとレイも気づかなかっただろう。

——今日はチョコレート切れで、ちょっと寝つきが悪かったからなぁ……。

チョコレートのストックがなくなったため、今夜の就寝前の儀式はミルクオンリーだった。

そのせいか、いつもより少しだけ眠りが浅かったのかもしれない。

レイは小さく息をつくと「……仕方ない、行くか」と呟いて、寝間着の上にガウンを羽織ると、義父を起こさないように足音を忍ばせて玄関へと向かった。

「……どちらさまでしょうか」

玄関マットの上に立ち、なるべく男っぽく聞こえるように低い声で問いかける。

「……私だ」

扉の向こうから返ってきたのは、レイの精一杯の作り声よりもワントーン低く、グッと艶やかな――ノヴァの声だった。

予想外の来客に、レイは思わず「えっ」と叫びそうになり、慌てて両手で口を塞ぐ。

それから、一呼吸の間を置いてそろそろと手を下ろし、閂《かんぬき》を外す。

キィッと扉をひらいて外を見ると、煌々《こうこう》と輝く月の下、荷車や植木鉢など雑多な背景を背負って、白い外套《がいとう》姿のノヴァが立っていた。

「……遅くにすまない」

「いえ、いったいどうなさ――」

ひそめた声で謝るノヴァを見上げて、レイはパチリと目をみはる。

――竜の角って、光るんだ。

さらさらと夜風になびく白銀の髪、そこから天へと伸びる一対の角が月明かりを浴びて、蛍石をちりばめたように淡い光を放っている。

「……約束の品を届けに来たのだ」

ポカンと角に見入るレイに、ノヴァがヒソヒソと囁く。

「えっ、約束の品って、まさか……」

「ああ、あの店のチョコレートだ」

頷きと共に外套の下から取りだされたのは、レイがちょうど一カ月前にノヴァの目の前で棚から取った、三十粒入りのアソートボックスだった。

「今日の午後の茶の時間に渡そうと思っていたのだが、使いに出した侍従が変に気を回して、これではない品を買ってきてしまってな」

「そうなのですか……」

無理もない。きっと店に行った侍従はアソートボックスの値段を見て、さぞ戸惑ったことだろう。このような安物を贈っては主人の恥になると考え、きっと店で一番高級な品を持って帰ってきたに違いない。

「……あの、その方を咎めないでやってくださいませ」

たかがチョコレートひとつで、皇帝付きの侍従の職を失うようなことになってはいたたまれない。

レイの言葉にノヴァは微かに眉をひそめると「わかっている」と頷いた。

「私は父とは違う。……あらためて買いには行かせたがな」

「そうなのですか。それならば、よかったです。ありがとうございます……！」

レイはホッと息をつき、差しだされたチョコレートをありがたく受けとると、ニコリとノヴァに笑いかけた。

「ですが、わざわざこのような時間に届けてくださらなくても、明日のお茶の時間にいただければ充分でしたのに」

「いや、それでは今夜の分に困るだろう？」

「だからといって、真夜中にいらっしゃらなくても……」

「明るいうちに届けに来ては、レイに嫌がられるかと思ったのだ。……おまえは目立つのが嫌いなようだから……」

だから人目を忍ぶように真夜中に来たのか。

「……そうですか」

レイは何とも言いがたい、微妙な心境になった。

ノヴァがレイのことを考えて、気を遣ってくれたことは嬉しい。

だが、惜しむべきことに、まったく忍べていない。

フードつきの外套を羽織っているが、その色は夜闇との共存を拒むような純白な上、角が邪魔でフードを被れないのだろう。

作り物のように整った顔も、星の砂のごとくキラキラと輝く艶やかな髪も丸出しになっている。

――おまけに角は光っているし、かえって目立つよ！

心の中で盛大にツッコミを入れてから、ふう、と息をつくと、レイはやさしく微笑んだ。

「お気遣いありがとうございます。ですが、夜中に出歩かれるのなら、外套は黒の方がよろしいかと思います。その方が、いっそう目立たないかと」

ノヴァは「わかっていない」だけで悪意はないのだ。

レイの忠告に腹を立てたりもしない。

そうとわかっているから、レイは素直に直してほしいことを伝えられた。

その期待を裏切ることなく、ノヴァは「そうか？」と一瞬首を傾げた後は「わかった」と笑顔で頷いてくれた。

「では、次までに作らせよう」

「え？　黒い外套、持ってらっしゃらないんですか？」

首を傾げるレイに、ノヴァはこともなげに頷いた。

「ない。私の装束は白だけだ。白き竜の末裔は白をまとう。それがシャンディラ皇家のならわしだ」

「ええっ!?　じゃあ、黒い外套なんて着ちゃダメじゃないですか!?」

レイは思わず勢いよくツッコミを入れてしまい、慌てて口を押さえる。

――危ない危ない。父さんが起きちゃうし、ご近所にも聞こえちゃう……！

困ったように眉を下げるレイが、先ほどの提案を悔いているとでも思ったのか、ノヴァは苦笑を浮かべて答えた。

「案ずることはない。私が決めたことがこれからのシャンディラ皇家のならわしになる」

「え？　そういうものなのですか？」

「ああ、そうだ。……シャンディラの血族は、もう、私しかいないのだからな」

ふと遠くを見るようなまなざしで呟いた後、ノヴァは、レイに視線を戻して微笑んだ。

「……では、私はもう行こう。職人は朝が早いのだろう？　邪魔をしたな」

「えっ、いえ、お待ちください！」

外套をひるがえして立ちさろうとするノヴァを、レイは咄嗟《とっさ》に引きとめていた。

わざわざ夜中にチョコレートを届けてもらっておいて、「確かに受けとりました。では、お帰りください」では、あまりにも冷たすぎるだろう。

「ご覧の通りの粗末な家ですし、たいしたおもてなしはできませんが、よろしければお茶でも……」

レイの提案に、月明かりの下でもわかるほど、パッとノヴァの瞳が輝く。

「よいのか？」

「はい、本当に、たいしたおもてなしはできませんが……どうぞ」

「いや、おまえにもてなされる以上のもてなしなどないさ」

嬉しそうに答えると、ノヴァはいそいそと扉の内側に滑りこんできた。

「……こちらの部屋へどうぞ」

レイは廊下を進み、左手の居間にノヴァを案内して暖炉の前に置かれた長椅子を勧めてから、「今、お茶を淹れてまいります」と声をかけた。

「レイも一緒に飲むのか？」

「え？　それはまあ、陛下がお許しくださるのならば……」

今までも散々一緒にお茶を飲んできて今さらだが、一応遠慮がちに答えると「許す。飲もう」と被せ気味に返される。

「そのときにチョコレートを食べるといい。今夜の分はまだだろう？」

「はい」

「いつもは何と一緒に口にするのだ？　紅茶か？」

「いえ、いつもは温めたミルクと一緒に食べますが……」

「では、そうするといい。私も同じものにしてくれ」

ニコリと告げられ、レイは「はい」と頷いてから、ふふ、と頬をゆるめた。

きっとレイに気を遣ってくれたのだろう。紅茶とミルクを別に用意させるのは手間だからと。

「では、用意してまいりますので、少々お待ちください」

言いおいて、レイはチョコレートの箱を抱えてキッチンに向かった。

炉に火を入れ、小さな片手鍋にミルクを注いで手早く温め、ふたつの白いマグカップに注ぐ。

使いこんだ木製のトレーにコトン、コトンとカップを置いて、食器棚に視線を向ける。

そして、微かに頬をゆるめると、レイは棚の中で一番きれいな、真っ白い陶器の小皿を二枚取りだしてトレーに載せ、チョコレートボンボンを一粒ずつ配り、トレーを持ちあげた。

「……お待たせいたしました」

居間に戻り、ノヴァの前にカップとチョコレートの小皿を置くと、彼はパチリと目をみはった。

「レイ、これは……？」

「せっかくですし、どうせならぜんぶ『同じ』がいいなと思いまして。一緒にいただきましょう？」

テーブルを挟んで彼の向かいに腰を下ろしニコリと告げると、ノヴァは「そうか」と嬉しそうに顔をほころばせ、けれどすぐに「いや、ダメだ」と表情を引きしめた。

「それでは今月の分が一粒足りなくなる。おまえの楽しみを奪いたくない」

神妙に呟くノヴァに、レイは思わず噴きだしてしまう。

「そんな、チョコレート一粒で大げさな！」

「一粒でも、おまえにとっては大切なものだろう？」

小皿を両手で持ちあげ、コロンとしたチョコレートをジッと見つめながらノヴァが呟く。

彼ならばチョコレートくらい、一粒どころか店ごと買えるというのに。

それがレイにとって特別なものだから、彼も特別に思ってくれているのだろう。

ああ、嬉しいな――頬をゆるめながら、レイは「いいんです」とノヴァに微笑みかけた。

「陛下には、いつも美味しいものを御馳走になっていますから。特別です！」

悪戯っぽく告げれば、ノヴァは長い睫毛をパチパチとまたたいて、「……そうか」と喜びを噛みしめるように呟いた。

「特別か、いい響きだな」

「そうですね。では、いただきましょうか！」

ふふ、と笑って、レイは自分の分のチョコレートに手を伸ばした。

ひょいと摘まんでパクリとほおばれば、転がりこんできた幸せの塊が舌の熱で溶けていく。

それをじっくりと味わいながら、ちびりちびりとミルクのカップを傾ける。

――ふふ、美味しい。

ミルクと混じって蕩けたチョコレートが舌を甘くくすぐり、喉の奥へと流れていく。

決して上品な味わい方ではない。それでも幼いころに義母に教わったこの食べ方がレイは好きだ。

その様子をノヴァは向かいの席で目を細めてながめていたが、やがて、レイの真似をしてチョコレートを口に放りこみ、マグカップに口をつけた。

きっと彼の口の中でも甘い融解と融合が起こったのだろう。

形の良い唇が楽しそうに弧を描く。

目と目が合って「美味しいですね」と伝えるようにレイが微笑むと、ノヴァも「ああ、美味だな」というように頷いた。

――本当に……何だかいつもより美味しい。

それからチョコレートが蕩けて、ミルクを飲みほすまでの短い間。

静かで甘いひとときを味わいながら、レイはミルクの熱だけでないもので胸が温められるような、不思議な心地好さを感じていた。

「……ありがとう、レイ。馳走になった」

音もなくカップをテーブルに置くと、ノヴァは穏やかに微笑んだ。

「……いえ、お口に合えば幸いです」

「ああ、合った。今まで口にした中で、一番美味だった」

しみじみと告げられ、レイは思わず小さく噴きだしてしまう。

――そんな、チョコレート一粒で大げさな。

もっと良質な品をいくらでも口にしてきただろうに。

とはいえ、お世辞だとわかっていても、そう言ってくれた心が嬉しかった。

「……ありがとうございます、陛下」

ニコリと微笑めば、ノヴァからも温かな笑みが返ってくる。

それから、ほのぼのとした沈黙が広がって、レイは何となくカップに視線を落とした。

――そろそろ、おひらきにしないとだけれど……。

ノヴァの用事もそれに対するレイのお礼もすんだ。あまり引きとめるのもよくないだろう。

そう思いつつも、この温かな時間が終わってしまうのがもったいなく感じられて、そっとノヴァの様子を窺うと、彼もどこか名残惜しそうにチョコレートの載っていた小皿を見つめていた。

「お代わりはいかがですか?」と言いかけて、いや、きっと遠慮して断られるだろうと口を閉じる。

他に何か良いおもてなしはないだろうか。ふむ、と考えて、あ、と思いつく。

自分が持つものの中で、ノヴァに喜んでもらえそうなものといえば――。

「……陛下。もし、まだお時間がよろしければ、私の温室をご覧になりませんか?」

レイの提案にノヴァはサッと小皿から視線を上げ、目をまたたかせた。

「おまえの温室を？　よいのか？」

疑問の形を取りつつも「見たい！」という思いがあふれる笑みに、レイもつられて笑顔になる。

「はい！」

「そうか、では見せてくれ」

「はいっ！　では、参りましょう！」

レイは元気よく頷いて立ちあがると、ノヴァと連れだって温室に向かった。

家の裏手へと回り、六角形の屋根をいただくガラス張りの温室が見えてきたところで、ノヴァが「あれか」と嬉しそうに声を上げる。

「はい、あれです」

チラリと傍らのノヴァを見上げれば、一番星を見つけた子供のように瞳を輝かせていた。

期待してくれているのだと思うと嬉しくて、同時に「がっかりされたらどうしよう」と不安にもなる。ドキドキしながら足を進め、レイは温室の扉に手をかけた。

「……どうぞ」

ガラス張りの扉をひらいた途端、ふわりと室内から甘い芳香があふれでてくる。

見えない香りの霧に包まれ、ノヴァが一瞬息を呑む。

そして次の瞬間、美しく整った顔がうっとりと蕩けた。

「……あぁ」

銀色の睫毛が震え、目蓋が閉ざされる。すうっと息を吸いこみ、ふう、と吐いて。

「……ここは小さな楽園だな」

思わずといったように呟いた彼の声は恍惚《こうこつ》に染まっていた。

「ありがとうございます！」

どうやら気に入ってもらえたようだ。

安堵と喜び、そして誇らしさが胸に湧きあがり、答えるレイの声も弾む。

「お気に召していただけたなら何よりです」

「……ああ、気に入ったとも。ここを気に入らぬ者などいないだろう」

感嘆まじりに言いながら、ノヴァはぐるりと首を巡らせて、小さな温室の中で咲きほこる白薔薇たちを愛《いと》おしげに視線で愛でていく。

白薔薇を背負って立つノヴァは、彼自身が白薔薇の化身のようで、自分よりもずっとこの空間に似合う気がして、レイは何だか不思議な気持ちになりながら、その様子をながめた。

「……レイ、あの小鉢は何だ？」

ひと通り室内を観まわしたノヴァが、壁に設えた棚の一角、白薔薇の鉢に隠れるように置かれた四つの素焼きの小鉢に目を留める。

「交配用の葯《やく》です」

小鉢の中にさらりと散らばるオレンジ色の粒は、今年の父株候補のおしべから採取した葯だ。

「ほう、自分で交配もしているのか？」

「はい」

「そうか。では、この白薔薇もそうして生みだしたのか？」

「はい。といっても、まだ改良の途中ですが……」

今年は特に悩ましい。

小鉢の莟がひらいて花粉が出たら母株と交配するつもりだが、四つにまで候補を絞ったものの、レイは、いまだにどれにするか決められずにいた。

けれど、そんな迷いを知らないノヴァは「そうか」と頷くと、まばゆい笑顔をレイに向けてきた。

「たいしたものだな。独学でここまでの薔薇が作れるとは、おまえは天性の薔薇作りの名人だ」

お世辞ではなく、心からそう思ってくれていることが伝わってきて、レイは面映《おもはゆ》くなる。

自分の薔薇を褒められるのは、相手が誰であれ嬉しい。

それでも、帝国中の名高い庭師や花農家が手がけた薔薇を愛でてきたであろうノヴァからの称賛は、格別に誇らしく感じられた。

「……ありがとうございます」

気恥ずかしさに目を伏せつつ、レイは気づけば高まる心のまま、自分の夢を口にしていた。

「いつか理想の薔薇ができたなら、その花を増やして多くの人に楽しんでもらえるよう、帝国中に広めたい、私の薔薇で人々を幸せにしたい。それが私の夢なのです」

「それは……ケイビーの跡を継ぐのではなく、花農家になりたいということか？」

静かに問われて、レイはハッと我に返る。

ノヴァと出会ったあの日、「父の跡を継がなくてはいけないから」と言って彼の花係になることを拒んだのだ。

慌てて傍らに立つノヴァを見上げると、彼は眉間に微かに皺を寄せて、複雑そうな表情でレイを見つめていた。

「あ、あの……」

嘘をついたことを責められるか、「花を育てる仕事がしたいのなら、自分の花係になるのも同じことだろう」と言われるかもしれない。

不安が胸をよぎるが、ノヴァは「そうか」と静かに頷くと棚の白薔薇に視線を向けた。

「それは……おまえに似合いの、良い夢だな」

レイから目をそらして真意を隠すように睫毛を伏せたまま、どこか寂しげに呟きながらも、その口元には微笑が浮かんでいた。

不満もあるだろうが、それでも「良い夢」だと思ってくれたのも、きっと確かなのだろう。

ふわりと胸が温かくなり、レイはノヴァが見つめている白薔薇の植木鉢の縁をそうっと撫でて、

「ありがとうございます」と囁いた。

「ああ。……それで、レイの理想の白薔薇はどのような薔薇なのだ？」

話題をそらすように、ノヴァが明るく問いかけてくる。

「可憐《かれん》な薔薇か？　それとも華やかな薔薇か？　こだわりは色か香りか？　この薔薇は、どの程度まで理想に近いのだ？」

レイは彼の気遣いに甘えることにして、朗らかに答えた。

「そうですね、どちらにもこだわっておりますが、香りはほぼ完成です。あとは花の色にほんの少

し青みが加われば完璧なのですが……理想のイメージまで、もうあと一歩といったところですね！」

「ほう、どのようなイメージだ？」

「私の理想のイメージは、この世で最も清らかで美しく香る白薔薇、いわば至純の白薔薇です」

「……ほう、至純の白薔薇か。それは何とも麗しいイメージだな」

感心したように呟く声に、レイは今さらのように「大げさだったかな」と気恥ずかしくなり、慌てて言葉を付けたした。

「まあ、理想は高くと言いますからね！　ひとまず、もう一世代か二世代交配すれば、満足のいく薔薇ができると思います！」

照れくささをごまかすようにレイが明るく告げると、ノヴァは「そうか」と頷いて、莉の入った小鉢に視線を向けた。

「……レイ、私にできることはあるか？」

「え？」

「おまえの理想の薔薇を私も早く見たいのだ。温室でも人員でも、必要なだけ、好きなだけそろえてやろう。……おまえがそれを望むのならば」

おまえはきっと望まぬだろうが――という少しの寂しさが透けて見える表情で言われて、レイは申しわけなく思いながらも、彼の予想通りの言葉を返した。

「ありがとうございます！　ですが、たとえ時間がかかっても、私ひとりで完成させたいのです。お気持ちだけ頂戴いたします」

キッパリと告げてから、ふふ、と微笑む。

「ですが、そのように思ってくださって嬉しいです」

「……そうか？　気持ちだけでも嬉しいものか？」

「はい！　私も早く陛下に、理想の白薔薇をお披露目したくなりました。陛下のためにも、一日も早く完成させたいと思います！」

グッと拳を握りしめて笑顔で宣言すると、ノヴァは「そうか」と嬉しそうに目を細めた。

「では、その日に備えて、あの花園の区画をひとつ、おまえの薔薇のために空けておこう」

ノヴァの提案に「えっ」とレイは目をみはり、ふるふるとかぶりを振る。

「そんな、ダメですよ！　いつ完成するかわからないもののために空けておくなんて！　見栄えが悪くなってしまいます！」

「そうか？　では、そうだな……おまえの薔薇ができたのなら、あのガゼボに飾ろう。それならばよいか？」

「ガゼボに……」

ふむ、と考える。

レイの薔薇は、上手く誘引すれば蔓《つる》薔薇のようにも使える半蔓性のものだ。

ガゼボに伝わせることも可能だろう。

「それならば、はい。いいかもしれません！」

「うむ。……ああ、楽しみだな。あのガゼボで、おまえの白薔薇の香りに包まれたならば、きっと楽園に憩うような、至上の癒しと喜びを味わえるはずだ」

「……ありがとうございます」

大げさな物言いに面映くなりながら、礼の言葉を返す。

「陛下は本当に薔薇がお好きなのですね」

「ああ。私は薔薇が好きだ。特にあの香りには救われている」

ノヴァの言葉に「え？」とレイは首を傾げる。

「香りに、救われているのですか……？」

好きだとか癒されるというのならばわかるが、救われているとはどういう意味なのだろう。

疑問が浮かぶが、ノヴァがハッとしたように唇を引きむすぶのを目にして、レイは追究の言葉を呑みこんだ。

きっと先ほどの言葉を口にするつもりはなかったのだろう。

「……確かに薔薇はよく香りますものね！　私も薔薇の香り、大好きです！」

「……ああ、本当に薔薇は良い香りだな」

ノヴァはホッとしたように表情をゆるめると、温室の扉に目を向けた。

「さて、そろそろ帰るとしよう。長々と邪魔をしたな」

「いえ……あ、そうだ！」

レイは棚から花バサミを取って、ノヴァに微笑みかけた。

「チョコレートのお礼と言ってはなんですが、よろしければ私の薔薇をお持ちください」

「そうか？　では、一輪だけもらおう」

「はい。では、今宵《こよい》一番美しく咲いた薔薇を陛下に！」

恭しく告げて温室を見回したレイは、床の上に置かれた植木鉢の中、最も白々と輝いている花を見つけてかがみこんだ。

茎を摘まんで、ハサミを入れて、パチンと閉じる。

心地好い手ごたえが伝わってくるのと同時に、花が揺れ、ふわりと香りが立ちのぼる。

頬をゆるませながら、そっと茎を持ちあげたところで薔薇の棘《とげ》が引っかかった。

「――っ」

指を刺す痛みに息を呑み、思わず手を離してしまう。

ぱさりと薔薇が落ちるよりも早く、傍らから伸びてきたノヴァの手がレイの左手をつかんだ。

「どうした、刺さったか？」

慌てたように言いながら、ストンと床に膝をついたノヴァが、両手でレイの手を包みこみ、指先を覗きこんでくる。

「……よかった。血は出ていないな」

ノヴァがホッと息をつく。それから、小さな引っかき傷ができた指の腹を、労《いたわ》るようにやさしく撫でられて、レイは気恥ずかしさに目を伏せた。

「お気遣いありがとうございます。ですが……竜帝ともあろう御方が、軽々しく膝をついてはいけませんよ」

「安心しろ。軽々しくついたことなどない」

茶化すように口にした台詞にさらりと返ってきた言葉に、レイは「え？」と首を傾げる。

「……おまえにだけだ」

小さな呟きが耳に届いたと思うと、レイの手を握るノヴァの指に力がこもる。

「……陛下？」

「私が跪いてでも欲しいと願うのは、おまえだけだ。ふふ、実に光栄なことだろう？」

微笑を浮かべてノヴァが問う。

冗談めいた口調ではあったが、レイを見つめる金色の瞳には真摯で強い輝きが灯《とも》っていた。

レイはパチリと目をみはり、それからジワジワとうつむいていく。

「……はい。それは確かに……光栄です」

答える声が微かに震える。

欲しいのは「花係」としてだとわかっていても、トクトクと鼓動が騒ぐのをとめられなかった。

ノヴァにつかまれた左手が、絡めとられた指が、不意にジワリと熱を帯びたように感じて、頬が染まっていくのがわかる。

――手を握られるのは、初めてじゃないのに……。

最初に握られたときも恥ずかしかった。

けれど、今日は心の違う部分が騒いでいるような気がして、レイは戸惑う。

――何なんだろう、これ……すごく、変な気分。

その気持ちを振りはらうようにギュッと強く目をつむったとき、不意にノヴァが右手を離した。半分になった温もりを寂しがるように小さくレイが吐息をこぼせば、残ったノヴァの左手がいっそう強くレイの手を握りしめる。

そして、少しのためらいを置いてから、赤く染まったレイの頬にノヴァの右手がふれた。

「――っ」

途端、ひやりとした感触にレイは小さく息を呑む。

一瞬感じた冷たさは、それだけ自分の頬が熱くなっているからだろう。

レイの反応にノヴァの手がピクリと揺れ、けれどその手が頬を離れることはなかった。

「……相変わらず、照れ屋だな」

からかいを含んだ甘い声が耳をくすぐり、レイはますます気恥ずかしくなりつつ、チラリと視線を上げて、あ、と息を呑んだ。

いつの間にか、息がかかりそうなほど近くにノヴァの美貌があった。

思わずコクンと喉を鳴らしたところで、ひたりと目が合い、レイの鼓動が跳ねる。

レイを見つめる金色の瞳はいつものように温かく、いや、いつもより少しだけ高い熱と戸惑いを含んで揺れているように見えたのだ。

「……レイ、私はおまえの笑顔が好きだ」

「え?」

ノヴァはレイの頬から自分の胸に手を移し、睫毛を伏せた。

「おまえの笑顔を見ると、ここが温かくなる。この気持ちは何なのだろうな。父に抱いていた思いと似ているようで違う気もする……不思議な心地だ」

そう言ってそっと息をつくと、ノヴァはレイの手を握る手に力をこめて微笑んだ。

「……これは何という感情だ？　教えてくれ」

穏やかに問う笑顔が少しの切なさを含んでいるように見えて、にわかにレイの鼓動が速まる。

「……わかりません」

自分の気持ちも、ノヴァの気持ちもまるでわからない。

「おまえでもわからないのか？」

わかるはずがないではないか。どうしてこれほどドキドキしているのか、目がそらせないのか、この気持ちが何なのか。教えてほしいのはこちらの方だ。

「っ、先代様に抱いていたのと似ているようで違うというのなら、弟を思うような気持ちなのではございませんか⁉」

苦しまぎれにそう答えると一瞬の沈黙の後、「ああ、そうか。これも親愛か」と納得したように、どこかホッとしたように呟く声が聞こえて、レイはなぜだかチクリと胸が痛むのを感じた。

親愛を抱いてくれている。喜ばしいではないか。「女」ではない自分がもらえる最上の感情だ。

納得してほしくなかっただなんて、そんなこと思ってはいけない。

そっと溜め息をついて気持ちを切りかえると、レイはノヴァに笑いかけた。

「ご納得いただけて何よりです。では、陛下、そろそろ離していただけませんか？　私、照れ屋なものでいつまでもこうしていられると、そのうち顔から火が出てしまいそうです！」

カラリと明るく告げれば、ノヴァはパチリと目をみはり、ふふ、と口元をほころばせた。

「それは大変だ。では、大切な温室が火事になる前に離れてやるとしよう」

そう言って手を離し、その手を見下ろしながら、何かを思いだしたように楽しげに目を細める。

「それにしても、昼間のラムソンのにおいが残っていなくて何よりだな？」

「ええっ？」

レイは解放された両手を鼻に近づけ、わざとらしく眉をひそめてみせた。

「やだなぁ、きちんと洗いましたから！　きれいですよ！」

「ああ、そうだな。実にきれいだ。そのきれいな手を大切にしろ。何しろその手は、私にとって何よりも価値のある手だからな」

クスリと笑って告げられた言葉に、レイは「え？」と眉をひそめる。

「私の手がですか？　ご冗談でしょう？」

このちっぽけで荒れた手のどこがきれいだというのだ。

「またおからかいになって！」と笑うレイに、ノヴァは「いや、本当だぞ？」と冗談めいた口調で答えると、先ほどレイが落とした白薔薇に手を伸ばした。

そのままそれを拾い、スッと立ちあがるのを目にして、レイは慌てて声をかける。

「っ、お待ちください！　新しく切りだしますから！」

落ちた薔薇を贈るわけにはいかない。

「そんなものは捨ててください！」

レイの言葉に、ノヴァは「いや」と首を横に振った。

「おまえが今宵一番美しいと選んでくれたのだ。この花がよい」

そう言ってノヴァは白薔薇を鼻先に持っていき、花弁に口づけるようにして香りを吸いこむと、ふ、と目を伏せ微笑んだ。

煙《けぶ》るように長い睫毛が頬に影を落とし、温室のガラスを通して差しこむ月光がノヴァの頬と薔薇の花弁を仄白《ほのじろ》く照らす。

一枚の絵画のような光景に、レイは思わず言葉を失い見惚れた。

けれどすぐに我に返ると、トクトクと騒ぐ胸をごまかすように、明るく言葉を返した。

「さようでございますか。光栄です、陛下！」

その声にノヴァが顔を上げてパチリと目が合い、またひとつレイの鼓動が跳ねる。

「……ありがとう、レイ。では、また明日な」

金色の瞳をやわらかく細めてノヴァが微笑む。

「っ、はい！　また明日！」

「ああ、また明日。おまえに会えるのを楽しみにしている」

そう言って笑みを深めると、ノヴァは「見送りは結構だ」と言いおいてから、レイの傍らをすり抜け、温室を出ていった。

落ちた白薔薇を――捨てられるはずの花を大切そうに胸に抱えて。

静かに扉が閉まったところで、気づけばレイはノヴァを追いかけるように足を動かしていた。

とん、と扉に手をついて、去りゆく後ろ姿を見つめる。

透明なガラスごしに見えるノヴァの背が、段々と遠ざかっていく。

暗闇に白々と浮かびあがる角も、少しずつ少しずつ、夜に溶けこんでいく。

その背を見つめながら、レイは、ほう、と大きな溜め息をこぼす。

——ああ、楽しかったな。楽しかったけれど……。

何だか妙な気分にもなってしまって、不思議と胸が騒ぐひとときでもあった。

甘いものを食べながら温かいものを飲んで、花を見る。

昼間にしていることと変わらないのに。

——夜のせいかな……？

誰にともなく問いかけて、そうだと自分で答えを返す。きっとぜんぶ夜のせいだと。

今日は月もきれいだから、雰囲気に惑わされてしまったのだろう。

部屋に戻ったら、早く眠って忘れて、また明日からは楽しくお茶を飲もう。

うん、とひとり頷いて、遠ざかる彼の後ろ姿に目を凝らす。

そのまま、ぼんやりと輝く白い影が闇夜に溶けて見えなくなるまで、ずっと。

名残惜しいような、明日が待ち遠しいような——今まで感じたことのない不思議な気持ちを抱えながら、ノヴァの背中を見送っていた。

第五章　展覧会で香るのは

温室の夜から七日が経ち、生垣の移植作業も終わったころ。

庭園を彩りつつある薔薇の香りと爽やかな初夏の風を感じながら、目の前の苺のミルフィーユをいかに崩さずに食べるか、フォーク片手に奮闘していたレイの耳に、弾んだノヴァの声が響いた。

「レイ、明日は休みだろう？　ちょうど薔薇の展覧会があるのだ。お忍びで一緒に行こう！」

レイは一瞬の間を置いて、カスタードクリームと苺の饗宴《きょうえん》からノヴァへと向きなおる。

「……さては、そのために明日お休みにしましたね？」

ジトリと目を細めて問いただせば、ノヴァはスッと視線をそらした。

「……悪用ではないぞ。皆、喜んでいただろう？」

「まあ、それは確かにそうですけれど……」

今朝、作業場にノヴァの侍従がやってきて、「陛下が明日は作業を休んで、ゆっくりするようにとのことです」と労《ねぎら》いの言葉と共に臨時の褒賞金が配られたのだ。

職人たちは大いに喜んでいたが、義父は何かを察したようで「レイ、明日は用事を入れずに空けておきなさい」と苦笑いで言ってきた。

——さすが、父さん。

年の功というやつだろうか。

——それに比べて、陛下は、まだまだお若くていらっしゃるんだから……。

悪戯を咎められてすねる子犬のようにそっぽを向くノヴァの横顔をながめ、「まったくもう」と溜め息をついてから、レイはニコリと微笑んだ。

「それで、どのような展覧会なのですか？」

「っ、行ってくれるのか⁉」

パッと向きなおったノヴァが、キラリと瞳を輝かせる。

「はい。喜んでご一緒させていただきます」

「そうか！　明日の展覧会はな、国中の白薔薇を手がける花農家や庭師から、それぞれ自慢の花を持ちよらせたものだ」

誇らしげに告げられ、レイは「それは見ごたえがありそうですね！」と答えてから、ふと「持ちよらせた」という言葉に引っかかった。

「……あの、主催はどなたなのですか？」

尋ねると、ノヴァは「ああ、花がきれいだな」とあからさまに話題をそらして、本日の花である「エゴノキ」の小枝が挿さった花瓶に視線を向けた。

シャラシャラと鈴なりになった白い花が愛らしく、確かにきれいではある。

「……陛下」

「……秘密だ」

「さようでございますか」

渋々と答えるノヴァに、レイは苦笑を浮かべつつ、心の中で「陛下なのですよね、わかります」と呟くとティーカップに手を伸ばした。

――私のために、急遽《きゅうきょ》ひらいてくださっちゃったんだろうなぁ。

先日、温室で設備や人員の協力を断ったから、「せめて何か参考になれば」とでも思ってくれたのかもしれない。

――まあ、今の時期なら無理に咲かせなくてもいい具合に咲いているだろうし、集めやすかったのかもしれないけれど……。

ちょうど薔薇の盛りでよかった。

無理をさせたであろう人々に感謝と謝罪を胸のうちで捧げつつ、紅茶を一口飲んでから、レイは気分を入れかえてノヴァに笑顔で問いかけた。

「楽しみではありますが……でも、陛下。お忍びでというのは無理ではありませんか？」

尋ねる視線は、ノヴァの頭上で存在感を放つ一対の角に向けられている。

「……ああ、確かに。少し目立つか」

ノヴァはレイの視線を追うように上を向いた後、ふむ、と首を傾げる。

そして、何か思いついたのだろう。

パッと瞳を輝かせると「大丈夫だ！　目立たぬようにする！」と自信満々に言いはなった。

「え、本当に？　ごまかせるのですか？」

思わずレイが問いかえすとノヴァは「ああ、楽しみにしていろ！」と即答した。

少しどころではなく目立っているが、いったいどうするつもりなのだろう。

——まさか、カーニバルで使うような被り物でごまかすとか……？

それはそれで、隣を歩くのに抵抗を感じてしまいそうだ。

とはいえ、ここまで堂々と言いきるからには、自然にごまかせる良い策があるのだろう。たぶん。きっと。そうであってほしい。

「……では、はい。楽しみにしております」

「任せておけ！」というようにキリリとした表情でこちらを見つめるノヴァに、レイは不安半分、好奇心半分でそう返したのだった。

そして、翌朝。

二頭の黒馬が曳く黒塗りの馬車を従え、ヤード造園の門まで迎えに来たノヴァを目にしたレイは、唖然と目をみはることとなった。

「……陛下、それ、その頭……」

少し離れた場所から見守る義父も言葉を失い、ノヴァを凝視している。

フードつきの漆黒の外套。そのフードをノヴァはすっぽりと、目深に被っていたのだ。

「つ、角は……？」

震える声で尋ねれば、フードから覗く形の良い唇が弧を描いて――。

「折った！　お忍びだからな！」

得意げに返ってきた答えに、レイは一瞬気が遠くなり、直後、思いきり叫んでいた。

「何てことなさったんですかぁっ!?」

その声に驚いた鳥が梢《こずえ》から飛びたち、ノヴァもフードの下でパチリと目を丸くしたのだった。


「……本当に、また生えてくるのですね？」

絶叫から数分後。滑るように街路を進む馬車の中。

展覧会の開催場所であるフルサン伯爵邸へと向かいながら、レイは正面に腰を下ろしたノヴァに強ばった顔で問いかけた。

「安心しろ。どうせまた生える。いいから行こう」と押しきられ、ひとまず馬車に乗りこんだものの、どういうことなのか説明を聞くまで安心できるはずもない。

「ああ、本当だ」

ノヴァがあっさりと頷いてフードを下ろすと、白銀の髪がさらりとこぼれる。

その頭上に昨日まであった角がないのをあらためて確認し、レイは痛ましさに眉をひそめた。

けれど、ノヴァは「そんな心配そうな顔をするな」と微笑んで、スッと頭を下げて髪を指でかきわけ、ほら、と角跡をレイに示した。

「血など出ていないだろう？」

「……はい」

おそるおそる目を凝らせば、角があった場所には、白いかさぶたのようなものができている。

「心配なら、ふれてみろ。大丈夫だから」

「はい。……痛くはないのですか？」

そうっと指先で角跡をなぞると、ノヴァはくすぐったそうに肩をすくめた。

「ん、折った瞬間、少しはな？　今はない。むず痒いような感覚はあるが……」

感覚的には、治りかけのかさぶたに近い感じなのだろうか。

レイがそっと手を離すと、ノヴァは身を起こして座席に背を預け、ゆったりと微笑んだ。

「鹿は春になれば角が落ち、新しいものが生えてくる。私の角も仕組みは同じだ。生えかわる必要がないから落ちないだけで、落とそうと思えば落とせる」

「……そうなのですね」

確かに、鹿は時期がくればポロリと角が落ちる。

——そういえば、昔、父さんが『枝に引っかかっていた』って持って帰ってきてくれたっけ……。

それほど簡単に取れるならば、痛みもさほどではないだろう。

レイがホッと表情をゆるめると、ノヴァはレイを安心させるように笑みを深めた。

「たいしたことではない。稀によくあることだ。父も私が幼い時分、風邪をひいた私のために片角を折ってくれた」

「え？　先代様が？」

予想外の言葉にレイはパチリと目をみはる。

「ああ。鹿の角と同じく、私たちの角にも滋養や強壮効果がある。下手な薬よりも効くと思ったのだろうな。粉に挽《ひ》いて飲ませてくれた」

「……ちなみに、お味は？」

「ほとんど味はない。ただの無味無臭の粉だ」

「……そうなのですね」

どのような反応をしていいのかわからず、レイはパチパチと目をまたたかせる。

――風邪薬代わりって……そんなことのために折っていいものなの？

ノヴァはそのときのことを思いだしているのか、懐かしそうに目を細めてクスリと笑う。

「結局、一度飲んだだけで治ってしまった上、父上が逆の角も折ったせいで角が余ってしまってな」

「え？　逆も？」

「ああ。『どうも片角だと肩が凝る』と言ってな。余った分はすべて粉にして、宮殿で飼っている鶏のエサに混ぜてやったらしい」

「鶏のエサに!?」

風邪薬代わりもどうかと思ったが、鶏のエサとはひどすぎる。

――お忍びのお出かけのために折るより、もっとダメでしょう！

竜の角とは、竜帝の誇りだとか神秘性が詰まった貴重なものではないのだろうか。

呆れるレイに気づかず、ノヴァは楽しげに頷く。

「ああ。しばらくの間、卵の味がずいぶんと良くなったのを覚えている」

「それはようございましたが、何でまた鶏のエサなんかに……」

「ん？　それは当時の私がオムレツが好きだったからだろう」

つまり、良い卵を息子に食べさせてやろうと思い、鶏のエサにしたということか。

――いい話、なのかなぁ……？

うーん、と首を傾げかけ、けれどレイは「まあ、本人がいいならいいよね」と心の中で呟いて、ニコリと微笑んだ。

向かいの席で過去を懐かしむノヴァは、本当に温かな笑みを浮かべていたから。

きっと彼にとっては父親との大切な思い出なのだろう。

先代の竜帝に対して「気まぐれな暴君」というイメージしかなかったが、意外と子煩悩な一面もあったのだと知って、レイは何だか微笑ましい気持ちになった。

「……陛下は、先代様に愛されておられたのですねぇ」

ふふ、と頬をゆるめて、そう口にした次の瞬間。

レイは、え、と息を呑んだ。

スッと視線を落としたノヴァの顔から笑みが消え、苦い憂いがよぎったように見えたのだ。

けれど、パチリとまばたきをしたときには、ノヴァは元のように微笑んでいた。

「……そうだな。父は私を、ただひとりの家族として心から愛おしんでくれた。ありがたいことだと思っている」

「……はい」

相槌《あいづち》を打ちながら、レイは戸惑う。先ほどの表情は何だったのだろう。

――見間違いかな……？

本当に一瞬のことだったから、たまたまそんな風に見えただけかもしれない。

真意を探るようにそっとノヴァを見つめると、ノヴァは金色の瞳をニコリと細め、「どうした？　羨ましいのか？」と微笑んだ。

「え、いえ、そういうわけでは――」

「そうだ、レイ。私の角をおまえにやろう！」

「えっ⁉」

予想外の提案に先ほどまでの心配が一瞬で吹きとび、レイは目をみひらく。

「すりつぶして肥料にするといい。きっと良い花が咲くはずだ」

「いやいや！　いりません！」

ぶんぶんとかぶりを振るが、ノヴァは「遠慮するな。後で届けさせる」と朗らかに笑う。

「遠慮などしておりません！　本当に！　いりませんから！」

金のスコップやジョウロに続いて竜の角だなんて、どんなおとぎ話の贈り物だ。

「陛下からいただくのはチョコレートだけで充分ですので！」

キッパリと言いきると、ノヴァは「そうか？」と首を傾げる。

「そうです！」

「……そこまで言うのなら仕方がない。角は鶏にでもやることにしよう」

ふう、とノヴァは残念そうに溜め息をこぼし、けれど、すぐに新たな案を思いついたのだろう。

パッと笑顔になると意気揚々と宣言した。

「では、その鶏に産ませた卵で茶会の菓子を作らせよう！　それなら、かまわぬだろう？」

「……それならば、まあ」

貴き竜の角が鶏のエサになってしまうのは忍びないが、ノヴァをして「ずいぶんと良くなった」と言わせる卵の味を知りたいという気持ちはなくもない。

いや、正直に言えば、ぜひとも味わってみたい。

「……楽しみにしております」

食欲に負けて、レイはそう付けたしたのだった。

＊＊＊

ヤード造園から馬車に揺られること小一時間。

豊かな森を背にして建つ、フルサン伯爵邸のロングギャラリー、そこが展覧会の会場だった。

かつては日光浴や屋内で運動をするために使われていたという、東西に伸びた歩廊のような部屋は、南側の壁一面に、腰ほどの高さから天井に届くほどの大きなアーチ窓が並んでいる。

その窓にそって床置きの枝つき燭台《しょくだい》が点々と置かれ、その合間に艶やかなマホガニー材を用いた花台が配置され、そこに展示された花瓶の薔薇を、アーチ窓から差しこむ初夏の陽ざしが舞台照明のように照らしていた。

窓の反対、北側の壁には花をながめながら休めるようにか、肘かけのついた安楽椅子が並べられ、その傍には飲み物の載ったトレーを手にした従僕が控えている。

レイたちが会場に入ったときには、三十人ほどの客が思い思いに薔薇を楽しんでいた。

「……大丈夫か、レイ？　招く客は煩わしくない者を選んだつもりだが……」

ギャラリーの入り口で思わず立ちどまってしまったレイに、ノヴァがそっと尋ねる。

以前に人混みが苦手だと言ったことを覚えているのだろう。

「煩わしくない」の意味はよくわからないが、確かに客人は落ちついた物腰の年配者が多く、人数の割には騒がしくない。

「ええと、はい。大丈夫なのですが、むしろ、私のこの格好は大丈夫なのかと……」

品よく笑みを交わしながら薔薇をながめている人々は、皆、一目で上等とわかる装いをまとった紳士淑女ばかりだ。

ノヴァと外出するということで、顔合わせの日と同じく、手持ちの中では一番上等なものを選んできたが、いつものベストにキュロット姿のレイは、いかにも場違いに見える。

けれど、同じく場違いな黒い外套姿のノヴァは「大丈夫だ」とやさしく微笑んだ。

「気にする必要はない」

「……そうでしょうか」

「ああ。万が一にでもおまえを笑う者がいれば、即刻この国から叩きだしてやるから安心しろ」

「おやめください……！」

権力を悪用しないと約束しただろうに。ノヴァの中では「これくらいは悪用のうちに入らない」ということなのだろうか。

とはいえ、こんなことで国外追放者を出すわけにはいかない。

――まあ、どこかのお坊ちゃんには見えなくっても、小姓くらいには見えるよね。

レイは「お忍びの主人についてきた小姓」らしくふるまおうと決めて、スッと背すじを伸ばすと「行きましょう、旦那様」とノヴァに呼びかけた。

ノヴァはその一言でレイの意図を察したのだろう。

一瞬不満そうに唇を尖らせたが、すぐにニコリと微笑んで「わかった」と頷いて歩きだした。

けれど、ギャラリー内を進みはじめてすぐ、レイは違和感を覚えた。

思い思いにくつろぐ人々はチラリとこちらに視線を向けて、レイを興味なさそうに一瞥した後、外套姿のノヴァを目にするやハッと息を呑み、次いで、彼の頭上に目を向けてギョッと目をみはる。

それから慌てて視線をそらし、パクパクと動いた唇が「角が……」と呟く。

ひとりふたりではなく、皆一様に同じ反応をするのを目にして、レイはすべてを察した。

おそらく彼らはノヴァ本人、もしくはフルサン伯爵から「竜帝がお忍びで来る」ことを聞かされ、言いふくめられていたのだろう。

ノヴァと会っても声をかけず、同伴者もろとも見なかったことにするようにと。

――「煩わしくない」って、「わかっている」人たちだから大丈夫って意味……？

屋敷の使用人たちにも周知されているのだろう。

明らかに怪しげな装いのノヴァに、この催しの警備も担っているであろう従僕たちが声をかけることはない。

むしろ決して視線を向けまいと、強ばった表情でまっすぐに向かいの壁を見つめている。

――全然、お忍びになっていないじゃないですか！

レイはノヴァの背中めがけて、心の中でツッコミを入れる。

その角、折った意味あるんですか⁉――と。

刺さる視線を感じたのだろう。ノヴァがクルリと振りむく。

そして、フードを軽くめくるとレイにだけ聞こえるような声で「どのような薔薇があるか楽しみだな、レイ」と囁き、ふわりと微笑んだ。

――ああっ、その笑顔はずるいです、陛下！

そんな風に楽しそうで嬉しそうな笑顔を見てしまったら、お説教などできないではないか。

ふう、とレイは小さく溜め息をついてから、苦笑を浮かべる。

――まあ、「お忍び」のお出かけをやってみたかったんでしょうね。

結果として形だけになってしまったが、それでも、彼なりに「忍ぼう」と頑張ったのだろう。

レイが教えた「いっそう目立たない」黒い外套を用意して、レイが「お忍び」では「無理」だと指摘した目立つ角を折ってまで。

――私が言ったからって、ぜんぶ真に受けなくってもいいのに……。

呆れつつ、けれどそんなノヴァの無駄とも言える努力が嬉しく、可愛らしく思えてきて、レイは気づけば頬をゆるめて、「そうですね、楽しみです」と返していた。

それから、主従らしく見える距離を取りつつ、ノヴァと一緒に展示の薔薇をながめていった。

さすがは帝国中から選《え》りすぐっただけあって、どの薔薇も見事だった。

幾重にも花弁が重なった華やかなロゼット咲きもあれば、花びらの縁がツンと尖った高貴な剣弁高芯咲きのものもある。

カーネーションに似たポンポン咲きの賑やかなもの、花びらの数が少ない半八重咲きの愛らしいものもあった。

香りもしっとりと濃厚なものから、フルーツを思わせる甘いもの、素朴で可憐なものまで様々で、レイは気づけば傍らのノヴァの存在さえ忘れ、薔薇に見入っていた。

放っておかれたノヴァはというと特に不満を口にすることなく、満足そうにレイをながめていた。

そうして、夢中で鑑賞していくうちに、気づけば残すところ一点となった。

最後の展示はずいぶんと人気があるらしく、他の薔薇よりも人々が足をとめる時間が長い。

――どんな薔薇なんだろう。

レイは期待に胸を高鳴らせて、自分の番を待つ。

感嘆の溜め息をこぼした恰幅《かっぷく》の良い紳士が展示の前を離れ、その背に遮られていたものが見えて、レイは、え、と目をみはった。

――あれって……私の薔薇？

花の中心が高く、それを囲う花びらの縁がやんわりと尖った半剣弁高芯咲きの白薔薇。

花の大きさも形も毎日のように見慣れたものとそっくりだった。

――でも、色が少し違う……？

展示されている品は、レイの温室にあるものよりも、ほんの少しだけ青みが強い。

けれど、鼻に届く香りも嗅ぎなれたものとよく似ている。

戸惑いながら足早に展示品に近づいて、出展者の名を確かめたところでレイの疑問は解けた。

花台に置かれたキャプションには「出展：トロウェル造園」と記され、その下に「育種・育苗：R」と書かれていたのだ。

義父の友人であるトロウェル親方に、レイは何度か薔薇の苗をわけたことがある。

今年も何株か渡したので、きっとそれを育てて出展したのだろう。

レイの温室とは異なる土壌で栽培されたために、花びらの色味に違いが出たのかもしれない。

――いい青み。

求めていたのはこの色だ。これを父株にできたなら、きっと理想の白薔薇が完成する。

食い入るように見つめていると、耳元でノヴァの声が響いた。

「……これが気になるか？」

「っ、はい」

「これはおまえがトロウェルにわけてやった薔薇だろう？」

ノヴァが展示の薔薇に視線を向け、楽しそうに目を細める。

「え？　ご存じだったのですか？」

「ああ。いい青みだな。気に入ったか？」

「……はい」

レイがコクリと頷けば、ノヴァは上機嫌に「そうだろう？」と微笑んで、ギャラリーの長椅子でくつろいでいた赤毛まじりの白髪の紳士に視線を向けた。

きっと彼がこの屋敷の主人である、フルサン伯爵なのだろう。

こちらに顔を向けていなかったにもかかわらず、目配《めくば》せを受けた伯爵はすぐさま立ちあがって、足早にギャラリーを出ていった。

そして、しばらくしてから戻ってきたときには、ひとりの男――トロウェル親方を連れていた。

どうやら先ほどの目配せは「この薔薇の出展者を連れてこい」という意味だったらしい。

トロウェル親方は、日に焼けた頬を緊張に強ばらせながらレイたちのもとへ足早にやってくると、レイに気づいて反射のようにくしゃりと破顔してから、ノヴァに向きなおり姿勢を正した。

「お呼びでしょうか、へい――旦那様」

お忍びの設定に合わせてガラガラ声で呼びかけるトロウェル親方に、ノヴァは「ああ」と頷いてレイを横目で示し、心もち大きな声で命じた。

「……この薔薇について詳しく知りたい。この者に教えておいてくれ」

え、とレイは首を傾げるが、ノヴァはトロウェル親方を見ながら言葉を続ける。

「私は他の展示を見てくる。その間に話をすませておけ」

「あの――」

「……おまえもトロウェルと話したいことがあるだろう？　この薔薇について」

問いかけようとするレイをそっと制するように囁くと、ノヴァは微笑をひとつ残し、外套の裾をひるがえして歩きだした。

そこでレイは、あ、と察した。

――もしかして、今日はこの薔薇を見せるために連れてきてくれたのかな？

レイが青みのある薔薇を欲しがっていたから。

けれど、レイの薔薇とまったく違う薔薇では意味がないので、レイが苗をわけたトロウェル造園の薔薇を展示させたのかもしれない。

――こんな遠回しなことしなくてもいいのに……。

相変わらず贈り物のスケールが大きすぎる。

遠ざかっていく足音を聞きながら、ふふ、と頬をゆるめたところでトロウェル親方と目が合った。

「……おまえからもらった薔薇なのに、勝手に出展して悪いな、レイ」

気まずそうに頭をかきつつ、ひそめた声で謝られる。

「いえ、すごくいい色に育ててくださってありがとうございます。それに、こうしてたくさんの方に見ていただく機会をいただけて嬉しいです」

同じように声をひそめながら微笑むと、トロウェル親方は「そりゃあ、よかった」と目を細めて、けれどすぐに申しわけなさそうな表情に戻った。

「実はな……離宮の審査で陛下に送る薔薇も、これと同じ株から取ったんだ」

「えっ、そうなんですか？」

「ああ。……あのときは手元に紅薔薇しかなくってな。それに、どうせうちみたいな小さい造園所が選ばれるわけがないとも思ったんだが……」

ふ、と目を伏せ、トロウェル親方は溜め息まじりに言葉を続ける。

「もし選ばれたらデカい儲《もう》けになる。そうしたらうちのやつを良い医者に診せられるかもしれない。そう思ったら諦めきれなくてな……そんなとき、レイの薔薇が目に留まって、『花さか少年の薔薇ならもしかして』と思って、ダメもとで送っちまったんだよ」

大きな身体を縮めて恐縮するトロウェル親方に、レイは彼が義父と祝杯を挙げていた夜のことを思いだした。

——ああ。だから、私の薔薇を送るように父さんに言ったのか……。

やけに熱心に勧めていたのは、そのような理由があったからだったのだ。

ちょっぴりずるいような気もするが、「レイの薔薇ならば竜帝に気に入られるかもしれない」と思ってもらえたのは素直に誇らしい。

——それに、奥さんの足が良くなったら私も嬉しいし！

美味しいミートパイのお礼にもなるだろう。

レイはニコリと笑って「気にしないでください」とかぶりを振った。

「きっと薔薇で決まったのではなく、トロウェルさんの図面を気に入ってくださったんですよ」

「……本当に、そう思うか？」

「ええ、そうですよ。薔薇だけで選ぶなら、ふたりとも選ばれるはずないじゃないですか。だって、同じような薔薇なんですから、同じ庭はふたつもいらないってなっちゃいますよ？　だから、図面で選んだに決まってます」

笑顔で言いきれば、不安そうに首を傾げていたトロウェル親方はホッとしたように頷いた。

「ああ、言われてみればそうだな……！　ありがとう、レイ……！」

そう嬉しげに礼を言ってから展示の薔薇に視線を向け、くしゃりと目を細める。

「それでも、陛下がレイの薔薇を気に入っているのは間違いないと思うぞ」

「……そうなら光栄ですね」

知っています。おかげで花係に誘われました——とは言えず、レイは照れ笑いでごまかした。

「ああ。三日前、陛下がこの薔薇を見にいらして、この展示会に出すようにとお命じになったんだ。『いただきものを育てただけなので』とお伝えしたんだが、『ならば、提供者の名を添えればいい』とおっしゃって……」

「……そうだったのですか」

花台に置かれたキャプションに目を向け、レイは首を傾げる。

てっきり、レイを父株に使う薔薇と引きあわせるために、このような大がかりなことをしたのだと思っていたのだが……。

――それだけじゃなかったのかな？

わざわざ育種家・育苗家として、レイのイニシャルを掲示させた意味は何だったのだろう。

浮かんだ疑問の答えは、トロウェル親方が「それでな、レイ」という前置きに続いて、嬉しげに口にした言葉でわかった。

「この薔薇、今日の展示で気に入ってくださった方が何人かいらして、我が家の庭に植えてほしい、応接間に飾りたいから届けてほしい、とご要望をいただいたんだよ……！」

「えっ、ほ、本当に？」

パチリと目をみはり、「いったいどなたが……？」とおそるおそる背後を窺う。

そして長椅子でくつろいでいる客人のうち、何人かが興味深そうにこちらをながめていることに気がついて、レイは何だか気恥ずかしくなった。

「ええと、それで、何とお返事を？」

「そりゃあ、俺が『はい、喜んで！』って請けおうわけにはいかないし、『品種改良の途中なので育種家と相談します』と答えたさ」

そう言って展示の薔薇に目をやってから、トロウェル親方は日に焼けた顔をほころばせた。

「……で、どうする？　めったにない機会だとは思うが」

「そうですね……」

レイは微笑を浮かべ、噛みしめるように呟いた。

「……夢に一歩踏みだす、いい機会ですよね」

ノヴァがこの展覧会をひらいた、ふたつ目の意図がようやくわかった。

彼は、温室で打ちあけたレイの夢を、花農家への道を後押ししようと思ってくれたのだろう。

――あのときは、あんなに複雑そうな顔をしてらしたのに……。

「良い夢だ」と言ってくれた、あの言葉は嘘ではなかったのだ。

ジンと胸が熱くなって、レイは視界が潤むのを感じた。

それを単に感激していると思ったのだろう。

トロウェル親方は「よかったな、レイ」とガラガラ声でことほいで、ニコリと笑った。

「ケイビーとも相談して、どうするか決まったら教えてくれ」

「はい……！」

声をひそめつつもしっかりと頷いて、それから、レイは「あっ」と我に返った。

「そうだ、トロウェルさん」

肝心なことを忘れていた。

「もしよければ、今年の交配でこの薔薇を父株にしたいのですが、かまいませんか？」

展示の薔薇を示して尋ねると、トロウェル親方は「ああ、もちろん」と満面の笑みで頷いた。

「元々レイの薔薇だからな。明日にでも届けるから、待っててくれ」

「ありがとうございます、お願いします……！」

ペコリと頭を下げてから、レイは「では、失礼します」と踵を返して、離れたところで展示品をながめているノヴァのもとへと駆けよった。

「……話はすべて聞いたか？」

レイに気づいたノヴァが振りかえり、フードから覗く金色の瞳がやさしく細められる。

「……はい」と頷いて、レイは次に何と言うべきか迷ってしまう。

素直に「お気遣いありがとうございます！」と喜んでしまっていいのだろうか。

だって、花農家になるということは、ノヴァの花係にはならないということなのだ。

感謝と後ろめたさが入りまじり、モジモジと口ごもっていると、ノヴァはクスリと笑ってレイの耳に唇を寄せて囁いた。

「花農家と花係の兼業も悪くはないと思うぞ」

「え？」

「おまえの望み通り、理想の薔薇を完成させるところまではひとりでやればいい。その後は人手を雇って増やせば、私の花係をしながらでも続けていけるはずだ」

どうだ良い考えだろう——と言わんばかりの得意げな口調で告げられて、レイは一瞬目をみはり、それから、ふふ、と頬をゆるめた。

「……そうかもしれませんね。検討させていただきます」

「ああ、前向きに検討してくれ」

「はい。……ありがとうございます」

まっすぐに見つめて微笑めば、そこにこめられたいくつもの感謝の気持ちが伝わったのだろう。

ノヴァは「ああ」と頷くと、少しだけフードを上げ、やわらかく目を細めて微笑んだ。

「……喜んでもらえたのなら何よりだ」

やさしいを通りこし、まるで「愛おしくて仕方ない」と言わんばかりのまなざしが面映く、レイは何だか胸がくすぐったくなった。

それでも目をそらしたくはなくて、はにかみながら見つめかえす。

ふたりの間に温かく、どこか甘い空気が流れた――そのときだった。

不意にノヴァがピクリと眉をひそめ、ギャラリーの入り口の方を振りかえった。

「……陛下？」

呼びかけて、え、と戸惑う。

ノヴァは金色の瞳に初めて見るような不快げな色を浮かべて、扉を睨みつけていたのだ。

いったいどうしたのだろう。

戸惑いながらレイがギャラリーの入り口に視線を向けると同時に、扉の傍に控える従僕が恭しく扉をひらく。

ふわりと空気が動いて、颯爽《さっそう》と現れたのは鮮やかな真紅のドレスをまとったひとりの少女だった。

途端、ギャラリー内にざわめきが広がっていった。

目に見えない「何か」が霧のように押しよせ、その「何か」を感じとった男たちが次々に顕著な反応を示していく。

長椅子でくつろいでいた紳士は思わずといった様子で立ちあがり、展示の薔薇に見とれていた者もハッと息を吞んで振りむき、少女に熱いまなざしを注ぐ。

媚香を感じないはずの女性たちも同じように少女に視線を向けてはいたが、男性たちとは対照的にそのまなざしは冷ややかで、嫉妬や警戒に満ちたものだった。

そんな人々の反応を見て、レイは察した。

どうやら少女は社交界では名が知れた、かなりの――いや、類いまれなるというレベルの媚香の持ち主のようだと。

――どうしよう。全然わからない。どれくらいすごい匂いなの？

並の媚香の女性ならば、うっとりと見つめればごまかせるが、それではきっと足りないだろう。相応しい反応ができなければ、男ではないと気づかれてしまうかもしれない。

思わず逃げるようにノヴァの後ろに隠れると、ノヴァが訝しげに振りかえった。

「どうし――」

声をかけようとしてレイが怯えていることに気づくと、ノヴァは驚いたように言葉を呑みこんだ。

それから一瞬考えこむようなそぶりを見せた後、スッと前へと向きなおり、レイが少女から見えないように立ち位置を変えた。

「……ごきげんよう、皆様！」

人々の視線を一身に浴びながら、艶やかな黒髪をさらりとかきあげて少女が微笑む。

年のころは十六、七ほどだろうか。

雪のように白い肌に華奢《きゃしゃ》な体軀《たいく》で、その顔立ちは遠目にも愛らしく整っている。

けれど、顎をツンとそらしてギャラリー内を見渡す態度や、歪《ゆが》んだ弧を描く赤い唇からは、周囲を見下すような傲慢な雰囲気が滲みでていた。

少女はキョロリと首を巡らせて、外套姿のノヴァを見つけたのだろう。

「――まあ、陛下！　その角はどうなさったのですか⁉」

甲高い声が響くなり、長椅子の傍に立っていたフルサン伯爵が慌てたように少女に駆けよる。

「おそれながら、どなたかとお間違えではございませんか？　この方は陛下ではございません！」

「え？　ああ、そういう設定でしたっけ？　まったく、殿方はこういうお遊びがお好きですわよね」

くだらないというように肩をすくめると、少女は「では、『旦那様』とお話があるの。あっちに行ってちょうだい」とヒラヒラと手を振って伯爵を追いはらった。

どうやら少女はかなり身分の高い家の令嬢のようだ。

レイは、おそるおそるノヴァの背から顔を覗かせて、あ、と目をみはった。

――あのドレス、もしかして……⁉

少女のまとう鮮やかな赤。

幾重ものレースが花弁のように重なった髪飾り、大きく裾が広がったドレス。咲きほこる薔薇を思わせるそのデザインは、以前、洋品店の飾り窓で見かけたものとよく似ている。

紅薔薇の乙女――オディール・ジェネットのために作られたドレスに。

ハッと少女の前髪に目を向け、そこに一房の白が交じっていることを見てとると、レイは慌ててノヴァの背後に身をひそめた。

瞳の色はよくわからなかったが、きっと深い琥珀色をしているに違いない。

一房の白が交じった黒髪に深い琥珀色の瞳は、ジェネット公爵家の血すじの特徴なのだ。

「……ジェネット家に招待状を出した覚えはないが？」

ノヴァが静かな、ともすれば冷ややかに聞こえるほど凪いだ声音で少女に声をかける。

その言葉で、レイは自分の予想が当たったことを知り、ドクドクと鼓動が騒ぐのを感じた。

やはり少女はジェネット公爵家の娘、つまりはレイの妹にあたる存在なのだ。

——ああ、あれが……本物の「ジェネット家の娘」なんだ。

類いまれなる媚香で男たちを虜にし、公爵家に多大なる利をもたらす「ジェネット家の至宝」。

噂には聞いていたが、こうして少女——オディールの持つ媚香の力を目の当たりにして、レイはあらためて自分には「ない」ものの価値を思いしらされたようでズキリと胸が痛んだ。

——本物はこんなにすごいんだもの……「媚香のない、できそこないの娘なんていらない！」と思っても無理はないよね……。

そっと睫毛を伏せたレイの耳に、オディールの楽しげな笑い声が響く。

「ふふ、こちらの御家のご令息は私にとても親切にしてくださいますの！　陛下、いえ、旦那様につれなくされる私に同情して、教えてくださったのです」

「ほう、そうか」

ノヴァは青褪めているフルサン伯爵を一瞥して、オディールに視線を戻すと淡々と命じた。

「この展覧会の客になりたいのなら、そのうるさい媚香を抑えろ。薔薇の匂いが台無しだ」

「まあ、ひどい。旦那様ったら！」

クスクスと笑うオディールは、ノヴァがからかっているだけだと思っているのだろう。

「旦那様は『香重ね』がお好きでしょう？　ですから、こうして香りを添えに参りましたのに！」

ひどいわと唇を尖らせると、カツンとヒールを鳴らしてノヴァとの距離を詰める。

「それよりも、その角どうなさったのですか？　このようなお遊びのために竜の誇りを折るなんて、度が過ぎますわよ？　まったく、くだらない。傷を見せてくださいませ！」

世話が焼ける恋人をたしなめるような口ぶりで言いながら、オディールはノヴァのフードに手を伸ばして――。

「ふれるな」

冷ややかな拒絶に、ピタリと動きをとめた。

「っ、旦那さ――」

「興がそがれた。宮殿に戻る」

醒めた宣言が響いた瞬間、いくつもの息を呑む気配がして、ギャラリー内に緊張が走った。

「なっ、そんな……私はただ、陛下のためを思ってご忠告を！」

焦ったようなオディールの声が響く。

「私を思ってか。では、私が何を思ってこの遊びを思いついたのか、おまえは知っているのか？」

静かに問われ、オディールは「え？」と戸惑う。

「い、いえ。存じませんが……」

「知らぬのに『くだらない』と決めつけたのか？」

「それは……」

オディールは一瞬口ごもり、けれど、すぐにキッとノヴァを見据えて言いつのった。

「ですが、ただの花の展覧会に、たいした理由などあるはずないではありませんか！　そのために角を折るなんて、やはりくだらないとしか思えませんわ！」

誰か何とか言ってちょうだい——とばかりにギャラリー内を見渡すが、先ほどまで彼女を陶然と見つめていた紳士たちは目を伏せ、押しだまっている。

時折チラリと上げる視線はオディールをかすめてノヴァへと向かい、再び床へと落ちる。

媚香に惹かれながらも、竜帝の怒りに気圧されているのだろう。

痛いほどの沈黙が広がり、オディールはさすがに分が悪いと思ったのか、悔しげに一歩後ずさり、その拍子にノヴァの背後に隠れていたレイに気づいたようだった。

「あら、その方は——」

ハッとレイが息を呑むと同時に、レイに向けられたオディールの視線を遮るようにノヴァが身体の位置をずらした。

「陛下？」

訝しむようにオディールが顔を上げる気配がした。

それに合わせるようにノヴァがスッとフードを持ちあげ、ふたりの視線がぶつかって——。

《後ろを向け。そこから動くな》

凜《りん》と響いた言葉に、レイはゾクリと肌が粟立《あわ》った。

いつものノヴァの声と同じようで、まるで違う。

それは鼓膜から頭へと染みいり支配されるような、抗いがたく、深く重たい響きを帯びていた。

自分が命じられたわけではないのに身体がすくむ。まるで次に下される命令に備えるように。

──ああ、これが「竜の声」なんだ……。

腹の底からこみあげる畏怖に身を震わせたとき、そっとレイの肩にノヴァの手がふれた。

「すまない、驚かせたな。……動けるか？」

ひそめた声でやさしく問われる。その途端、強ばっていた身体から力が抜け、レイはホッと安堵の息をつくと、ぎこちないながらも笑みを浮かべて言葉を返した。

「……大丈夫です」

「そうか」

「はい」と頷いて、おそるおそるオディールの様子を窺えば、彼女は身体をこちらに向けたまま、不自然に首をひねって北側の壁を見つめていた。

怒りか屈辱かそれとも怖《おそ》れか、ブルブルと身を震わせている。

他の客人たちはというと、竜帝の不興を買うのを恐れるように、ノヴァからもオディールからも視線をそらしていた。

「……では、行こうか」

「なっ、陛下！　お待ちください！」

「おまえと話すことはもうない」

「そんなっ、このまま放っていくなんてあんまりですわ！」

そっけなく突きはなされ、オディールが悲鳴じみた叫びを上げる。

「……そうだな、《半時過ぎたら動いてもよい》ぞ」

「半時ですって⁉　冗談じゃないわ！　今すぐ解いてくださいませ！」

「それだけあれば頭も冷えるだろう」

オディールの懇願を冷ややかに切りすてると、ノヴァは外套の裾をひるがえした。

もうここにはいたくないというように足早に歩いていくノヴァを、レイは慌てて追いかけながら、チラリとオディールを振りかえる。

「陛下！　ご冗談が過ぎます！　陛下！」

怒りと屈辱に満ちた声がギャラリー内に木霊《こだま》する。

ねじきれそうなほど首をひねりながら身体だけをこちらに向け、必死に手を伸ばす様子が哀れに思えて、レイはそっとノヴァに声をかけた。

「あの、陛下……」

「あれの頭に反省の念はない。今解けば、騒がしく詰めよってくるぞ。放っておけ」

煩わしげに言われてしまえば、「はい」と頷くほかない。

「あの、ですが、あのようなことをしてよろしいのですか？　だって……」

レイはグッと声をひそめて、ノヴァに問うた。

「……花嫁候補の方ですよね？」

それも筆頭候補と噂されるほどの――。

オディールが現れたとき、紳士然とした男たちは一斉に彼女に熱っぽいまなざしを注ぎ、かつて強い媚香を誇っていたであろう淑女たちは、嫉妬と警戒に満ちたまなざしを向けていた。

あれほど人の心を、本能を揺さぶる「価値のある娘」を、あんな風に冷たくあしらうなんて。

――確かにちょっと勝気な感じだけれど、でも、あれだけすごい媚香の持ち主なのに……。

ふれたくは、ならないのだろうか。

疑問が頭をよぎった途端、胸のどこかがチクリと痛んで、え、とレイは戸惑う。

いったい自分は今、何に傷ついたのだろう。

――陛下に、そう思ってほしくないってこと？　どうして？

もやもやと考えながら足を進めるうちに、気づけばギャラリーの入り口に着いていた。

「……いい。あれにはふれたくない」

小さく溜め息をこぼし、傍らのレイにだけ聞こえる声で囁いたノヴァがレイの肩にふれ、従僕のひらいた扉の向こうへとやさしく押しだす。

――あの子にはふれたくないのに、私にふれるのはいいんだ……。

そう思った瞬間、トクリと鼓動が甘く跳ねて、レイは先ほどの疑問の答えがわかった気がした。

自分にだけふれられるのが嬉しくて、他の誰かにはふれてほしくない。

それは独占欲というものだろう。その欲がどこから、何という思いから来るのか。

――温室で感じたあの気持ちも、きっとそうだったんだ。

レイの言葉に納得してほしくなかった。

ノヴァがレイに抱いている感情。それは「親愛」ではなく、別の名前がつけられるものであってほしかったのだ。

レイがノヴァに望んでいたもの、今、彼に対して抱いている気持ち。

それはきっと――「恋」だ。

扉をくぐりながら、レイはギュッと胸を押さえて、そっと溜め息をこぼした。

――ああ、バカだな、私。恋なんてしちゃダメだったのに……！

だって、媚香のないレイの恋が叶うはずないのだから。

「……どうした、レイ？」

扉が閉まったところで、レイの様子がおかしいことに気づいたのだろう。

ノヴァが案ずるように顔を覗きこんでくる。

「もっとゆっくり薔薇を見たかっただろうに……嫌な思いをさせてしまったな、すまない」

申しわけなさそうに眉を下げるノヴァに、レイは慌ててかぶりを振り、ニコリと笑顔を返した。

「いいえ、大丈夫です！」

「そうか？」

「はい！　ええと、ちょっとお腹が空いて元気がなくなっちゃっただけです！」

そう言ってわざとらしくお腹を押さえると、ノヴァは「そうか」とホッとしたように微笑んで、レイの髪をやさしく撫でた。

「……確かにそろそろ昼どきだな。何が食べたい？　どこかの店に入るか、それとも宮殿の料理人に作らせるか。何でもいいぞ。私はおまえと食べるのならば、どこでも何でも楽しめる」

言葉通りの楽しげな声で告げられ、レイは思わず小さく噴きだして、それからふわりと微笑んだ。

先ほどとは違う、心から出た笑みだった。

——まあ、恋しちゃったものは仕方ないか……。

気づいてしまったこの気持ちをどういなし、どうつきあっていくかは、家に帰ってからひとりでゆっくり考えればいい。

今は、ノヴァとの時間を楽しく過ごすことだけを考えよう。

問題から目をそらすようにそう決めつけて、レイは弾んだ声で答えた。

「本当に何でもいいんですか？　なら、そうですねぇ……」

そうして、楽しい昼食の計画を立てながら、展覧会の会場を後にしたのだった。

第六章　これからもずっと、陛下に花を

展覧会から十日が過ぎ、初夏の風がほのかに熱を帯びはじめたころ。

秘密の花園は、完成間近となっていた。

薔薇の立ち木はすべて植えおわり、薔薇の下草やアクセントとなる樹木の選定もすんだ。

あとは生垣の刈りこみや薔薇の樹形の調整、十日後に控えた竣工《しゅんこう》の式典で花が見ごろとなるように肥料などの調節をしつつ、細々とした花を植えれば完成する。

すでに職人の大半は役目を終えて、他の現場に移った者も少なくない。

そんな穏やかな六月の花園で、レイは花の香と焼き菓子の匂いに包まれながら、いつものようにノヴァと午後のお茶を楽しんでいた。

「……すごく、きれいな金色ですね」

手のひらに載せた一口――いや二口サイズのエッグタルトをジッと見つめて、ポツリと呟く。

タルトに使われている卵は、ノヴァの角を食べた鶏が産んだものだ。

ミルクティー色の香ばしいタルト生地にぽってりと収まったカスタードのフィリングは、今まで食べたことのあるものよりもずっと色味が濃い。

マーマレードジャムやマリーゴールドを思わせる鮮やかな黄金色だ。

――色からして、普通の卵とは違うのね……。

感心しながらながめていると、ノヴァが嬉しそうに声をかけてくる。

「気に入ったか？」

「はい！」

「そうか。色も濃いが味も濃いぞ。食べてみろ」

目を細めて促され、レイは「はい」と頷いて、そっとタルトにかぶりついた。

サクリとしたタルト生地の心地好い歯ごたえを感じたと思うと、滑らかなフィリングが舌に絡みついてきて、レイはパチリと目をみはった。

「……ん」

――わ、すごい。卵が……強い！

そう、濃いというよりも強い。

たぶんフィリングに生クリームは使っていない。

シナモンやレモンの香りづけもなく、砂糖と卵黄とミルク、それに少しの小麦粉を加えただけのシンプルなレシピだと思う。

砂糖の量も控えめにしてあるようで、卵自身の持つ深い甘みを引きたたせている。

素朴といえば素朴な味つけだが、すべての材料が上質なものだからだろう。噛むほどにバターと小麦の香ばしさと濃厚なフィリングが混ざりあい、何とも言えない美味しさだった。

――ああ、美味しい。これが竜の卵の味なんだ……。

誤解を招きそうな感想を抱きながらタルトの残りをほおばり、目をつむってじっくりと味わう。

やがて名残りを惜しみつつゴクンと飲みこんで目をひらくと、微笑を浮かべてこちらを見つめるノヴァと目が合った。

どうやらレイが食べる様子をずっとながめていたらしい。

金色の瞳には温かな光が灯り、形の良い唇には満足そうな笑みが浮かんでいる。

「気に入ったか？」

「……はい、とても美味しかったです」

「そうか。それは何よりだ」

ふわりと目を細めると、ノヴァは何かに気づいたようにパチリとまたたき、微笑ましそうに頬をゆるめた。

「レイ、クリームがついているぞ」

トントンと自分の唇の左端を指で叩いて示され、レイは「えっ」と唇の右端に手を当てた。

「逆だ。逆」

「えっ、あ！　そうですね！」

向かいあわせなのだから右ではなく左だ。

慌てて拭おうとしたとき、スッとノヴァが手を伸ばしてきた。

あ、とひらいた唇に冷たい指先がふれ、思わずドキリと鼓動が跳ねる。

「っ、大丈夫です！　自分でやります！」

レイはグンとのけぞってノヴァの手から逃げると、グイとシャツの袖で唇を拭って――。

「あっ」

ハッと我に返って袖を見れば、真っ白な木綿がじんわりと卵色に染まっていた。

「あぁ～！」

「やってしまったな？」

ノヴァはレイの行儀の悪さを咎めることなく、クスクスと楽しそうに笑っている。

「……笑わないでくださいよぉ」

しょんぼりとしながら抗議すると、ノヴァは「ああ、すまんすまん」とまったく反省していない口調で謝ってきた。

「おまえを見ているとどうしてか妙に楽しくて、無性に胸が温かくなる。ふふ、この感覚を幸せと呼ぶのかもしれないな」

金色の瞳をやわらかく細めながら甘やかすような声で言われ、レイはパチリと目をみはってから、そっと睫毛を伏せた。

「……光栄です」

嬉しいけれど、何だか妙に心がくすぐったくて何と返していいのかわからず、そんな定型文しか出てこない。

――ああもう、私ったら何をキュンとしているのよ！

ノヴァはきっと、そそっかしい子供を見て和んでいるだけだろうに。

「失態が恥ずかしくて顔が熱いです」というようにパタパタと顔を手で扇《あお》ぎながら、レイは自分をたしなめた。

ノヴァへの恋心を自覚してから、早十日。

いつも通りにふるまいながらも、変に意識してしまっている自分がいる。

彼の仕草や言葉にたやすく鼓動が跳ねて、少し気を抜くと頬に熱が集まってくるのだ。

――ああ、恋って、こんなにふわふわしてくすぐったくてドキドキするものなんだなぁ。

初めての恋に少しだけ舞いあがってしまっているのを、レイは自覚していた。

浮ついた気持ちをなだめるように、両手で顔を覆い、深く息をつく。

――大丈夫。思いあがったりなんてしない。叶わないのは、ちゃんとわかっているもの。

ノヴァが気に入っているのは、あくまで「花さか少年」のレイなのだ。

彼の好きな花を育てている少年だから、好きでいてくれているのだ。

――大丈夫、ちゃんとわかっているから。でも……想うくらいなら、別にいいじゃない？

告白なんてしない。ただ心の中で想うだけ、勝手にドキドキするだけ、一緒にいる時間を楽しむだけならば……。

――それくらい、私にだって許されてもいいでしょう？

心の中で呟き、そっと溜め息をこぼしたところで、向かいの席でノヴァが身じろぐ気配がした。

「……すまない、レイ。笑われるのが、それほど嫌だったか？」

「えっ？」

神妙な声で問われ、レイはパッと手をどける。

そこで悄然とうなだれるノヴァを目にして、慌てて首を横に振った。

「いえ、嫌ではないです！　まったく！　ちょっと恥ずかしかっただけで！」

「……本当か？」

「はい！　ええと、あと、このシャツ気に入っているので染みになったら嫌だなぁと思って！」

シャツの袖を示して早口でごまかすと、ノヴァはホッとしたように表情をゆるめた。

「そうか。ならば、やはり私が拭ってやるべきだったな……レイ、ハンカチはあるか？」

「はい、ございます」

レイが頷くと、ノヴァは上着のポケットに手を入れ、白いハンカチを取りだした。

「では、これも使って水場で叩いてくるといい。二枚で挟んだ方が染みが取れやすいからな」

「……ありがとうございます」

受けとりながら、どうしてそんなことを知っているのだろうと不思議に思うと、ノヴァはそれを感じとったのか、クスリと微笑んだ。

「子供のころ、洗濯婦の仕事をながめていたときに教わったのだ」

「洗濯婦の仕事を？　陛下がですか？」

洗濯婦といえば、本来彼と顔を合わせることもないような身分の低い女性が就く仕事だ。

「ああ。……シャボンの匂いに惹かれてな」

「なるほど！　確かに爽やかで良い匂いですよね！」

どうやらノヴァは花や菓子だけでなく、香りの良いものは何でも好きなようだ。

「そうだな」と頷くノヴァに、レイは何だか和やかな気持ちになる。

「ありがとうございます！　では、ちょっと行ってまいります！」

あらためて礼を伝えた後、少し離れたところにある井戸へと走っていった。


それから、十分後。

レイは濡《ぬ》れた二枚のハンカチを両手に下げ、ひらひらと初夏の風になびかせながら、ノヴァのもとへと向かっていた。

――ふふ、陛下のおかげで助かっちゃった！

シャツの袖にチラリと目をやり、頬をゆるめる。

なにせ汚れは時間が経つほど落ちにくくなる。

早々に対処したことで、袖の染みは目を凝らさなくてはわからないほど薄くなった。

帰ってから石鹸《せっけん》で洗えば元の真っ白な状態に戻るだろう。

軽やかな足取りで進みながら、レイは澄みわたる青空を見上げて、ふと思った。

――花係……なろうかな。

そうすれば、これからもずっとノヴァの傍にいられるはずだ。

たとえ、恋人や夫婦にはなれなくても、ずっと彼の傍に。それで充分だろう。

そう思った途端、胸の奥がチクリと痛む。そんなのはごまかしだと自分を責めるように。

けれど、レイはそっと胸をなだめるように押さえて、ふふ、と微笑んだ。

――いいじゃない。一緒にお茶を飲んで、笑いあえるだけで幸せだよ！

そう心の中で呟いて、いっそう楽しげに足取りを弾ませて歩いていった。

木漏れ日が揺れる森の中、弾む足取りで進んでいくうちに緑の壁――高い生垣が見えてくる。

生垣にそってぐるりと回り、ぽっかりと扉の形にくりぬかれた緑の門に近づいたところで、不意に甲高い少女の声が耳に届いた。

「邪魔をしに来たわけではございません！　誰も陛下の気まぐれを諫めないから、私が憎まれ役を買って、ご忠告申しあげているだけですわ！」

我の強さが滲むその声には聞きおぼえがあった。

つい十日前に展覧会で耳にしたオディールの声に似ている気がして、レイはおそるおそる生垣の陰から花園を覗きこんだ。

芝生の上、まっすぐに伸びたタイルの小道の先に見える白いガゼボ。

それを背にして立つノヴァの前に、彼と向きあうように真紅のドレスをまとった黒髪の少女――オディールが立っているのが見えた。

あたりを窺っても侍女や従僕などの気配はない。どうやら、ひとりで会いに来たようだ。

オディールの表情は見えないが、ノヴァの表情は好意的とはとうてい言えない厳しいものだった。

「忠告？　どんな忠告だ、聞くだけ聞いてやろう」

「ええ、どうぞお聞きくださいまし！　よろしいですか？　私はあなたの花嫁候補なのですよ⁉

それなのにここ三カ月、まともにお会いする機会さえ設けてくださらないではありませんか！」

「……それはおまえに限ったことではない」

「ええ、そうですわね。私だけではなく、他の候補にもお会いになってらっしゃいませんわよね！

未来の国母たる大切な花嫁候補を放っておきながら、たかだか花係候補と毎日お茶会三昧。抗議の
ひとつもしたくなったとしても無理はないと思いませんこと⁉」

腰に手を当てて叩きつけるような口調で言いつのるオディールから、ノヴァは静かに視線をそら
すと低い声で呟いた。

「……話はそれだけか？」

「はい⁉」

「花嫁候補とどう向きあうかは私が決める。おまえの指図は受けない。茶会の邪魔だ。帰れ」

淡々とした口調だが断固とした拒絶が滲む声で告げられ、オディールはショックを受けたように
よろりと後ずさる。

けれど直後、グッと拳を握りこんだと思うと、癇癪《かんしゃく》を起こした子供のようにダンッと地面を踏み
ならして、真紅のドレスの裾をひるがえした。

そして一歩踏みだしたところで首だけひねって振りかえり、ノヴァに言いはなった。

「どうぞ、一日でもお早いご判断をお願いいたします！　すべての民が、あなたが花嫁を選ぶ日を
待ちのぞんでいるのですから！」

「……わかっている」

険しい顔でノヴァが答える。その声はひどく強ばっていた。

自分の言葉が彼に刺さったのを感じて、少しは満足したのだろう。

オディールは前へと向きなおり、颯爽と歩きだした。

――ど、どうしよう、こっちに来る！

咲きほこる花々には目もくれず、まなじりをつりあげた怒りの形相で、まっすぐにタイルを踏みならして近づいてくる。

キョロキョロと見渡しても隠れられそうな手ごろな樹はない。

いよいよ足音が間近に迫り、レイは慌てて緑の門を離れて、真紅のドレスの裾が見えたところで深く頭を垂れた。

一呼吸の間を置いて、忙《せわ》しない足音がコツリととまる。

下げた頭に突きささる刺々《とげとげ》しい視線を感じて、レイはキュッと胃のあたりがすくむのを感じた。

「ああ、あなたが……確か、展覧会にも来ていたわよね？」

冷ややかな口調で問われるが答えていいものかわからず、黙ったままいっそう深く頭を垂れると、オディールは苛立ったように足を踏みならして、ノヴァの方へと振りむいて叫んだ。

「いつまでもこんな子供と遊んでらっしゃらないで、あなたがまっとうな男であることを証明してくださいませ！」と。

――ひどい！

息を呑み、キュッと拳をにぎりしめて顔を上げるが、そのときにはもうオディールはドレスの裾をひるがえし、レイに背を向けていた。

そして、そのまま振りむくことなく、肩をいからせながら森の奥へと消えていった。


「……レイ、大丈夫か？」

「ひゃっ⁉」

オディールの姿が見えなくなったところで背後から響いた声に、レイが悲鳴を上げて振りむくと、いつの間にかノヴァがすぐ傍まで来ていた。

「あやつに何かされなかったか？」

「え、いえ、大丈夫──」

オディールが去った方を睨んでいたノヴァが振りむき、目が合ったところでレイは、あ、と言葉を呑みこんだ。

レイを見つめるノヴァはうっすらと笑みを浮かべていたが、長い睫毛に半ば隠された金色の瞳は、どこか傷ついたような色をしていた。

「……あの、陛下」

「ん？　どうした、レイ」

「私は大丈夫ですが、陛下は……その、大丈夫ですか？」

おずおずと尋ねるとノヴァはパチリと目をみはり、それから、ふっと眉を下げて微笑んだ。

「大丈夫ではなさそうに見えるか？」

「……少しだけ」

「……そうだな。少しだけ、こたえた」

睫毛を伏せて呟いて、小さな溜め息をこぼした後。

一呼吸の間を置いて顔を上げると、ノヴァはレイに囁くように尋ねた。

「だから少しだけ……抱きしめてもいいか？」

淡い微笑と共に弱々しく乞われる。レイは胸が締めつけられるような心地になって、「はい」と答えながら、彼が動くのを待たずにその胸に飛びこんで、ギュッと抱きしめた。

落ちこんだ子供がぬいぐるみや犬を求めるように、今のノヴァがレイの温もりを必要としているのなら、今すぐに抱きしめて励ましてあげたい。そう思ったら、身体が自然と動いていたのだ。

ノヴァは一瞬驚いたように身を強ばらせてから、おずおずとレイの背に腕を回してきた。

その腕に徐々に力がこもっていくのを感じながら、レイはそっと目をつむる。

――あったかい。

初めて会った日はふたりの間に薔薇の花束があったが、今はない。

衣服ごしに伝わる体温に心まで温められていくような気がする。

――何だか、子供のころを思いだすな……。

義父から出生の秘密を聞かされてしばらくの間、今のように割りきることができず、「どうして私は他の女の子のように生きてはいけないの？」と泣いてしまうことがよくあった。

そんなとき、いつも義父や義母はレイが泣きやむまでずっと抱きしめてくれた。

その温もりに、背中をさする手のひらに何度癒され、励まされたことか。

懐かしい記憶を思いだしながら、レイはノヴァの心も温まることを願い、やさしく抱きしめて、その背をそっと撫でた。

——背中、広いなぁ……。

すらりとして見えたノヴァの身体は、こうして抱きあってみると思ったよりも硬くて大きくて、レイの腕では義父や義母がしてくれたようには包みこんであげられない。

それでも精一杯手を伸ばして背をさすっていると、強ばっていたノヴァの身体から少しずつ力が抜けていくのが伝わってきた。

「……陛下、落ちつかれましたか?」

「……ああ、ありがとう」

ひとりごとめいた呟きが頭上で響いたと思うと、レイを抱く腕に少しだけ力がこもる。

「それにしても……相変わらず女のように小さいな」

ポツリと囁かれた言葉に、トクリとレイの鼓動が跳ねる。

けれど、すぐにレイは「いやだなぁ、陛下」と茶化すように言葉を返した。

「私は男ですよ?」

この状況で打ちあけるなんてできるはずもない。

ただでさえ傷ついているノヴァに自分の裏切りを知らせて、さらに傷つけたくはなかった。

「……そうか。そうだな……おまえは男なのだよな」

ノヴァは溜め息をこぼすように呟き、そっと腕をほどいた。

レイもゆっくりとノヴァから手を離そうとして、その手を彼につかまれる。

え、と顔を上げると、ノヴァはレイではなく、何か考えこむように生垣を見つめていた。

「……陛下？」

おずおずと声をかけると金色の瞳が動き、レイを捉える。

「……レイ、おまえの大切なものは何だ？」

真剣なまなざしで問われ、レイは戸惑う。

「……私の大切なものですか？」

どうして今そのようなことを聞くのだろう。

不思議に思いながらも、頭に浮かぶまま答える。

「……父と亡くなった母と、温室と薔薇、私の薔薇を好いてくださるお客様や、ヤード造園で一緒に働いてくれている職人たちも大切ですし、トロウェル親方もそうです……もちろん、陛下も！」

ニコリと笑って告げると、ノヴァは目を細めて「そうか」と頷いた。

「たくさんあるのだな」

「そうでしょうか？　誰でも皆、これくらいはあると思いますが……」

レイが首を傾げると、ノヴァは「いや」とかぶりを振った。

「私は……いや、私たちはそうではない」

「私たち？」

「竜の血を引く者たちだ」

ノヴァはひたとレイを見つめて告げる。

「私たちの……シャンディラの竜の愛は偏っているのだ」

「偏っている？」

「ああ。普通の人間には心にたくさんの部屋がある。その分、大切なものをたくさん持っている。レイのようにな？　だが私たちの心には、きっとひとつしか部屋がないのだ。そこを占める存在に、すべての愛情や関心、執着が向けられる。そして、他のことはどうでもよくなってしまう」

そのため、傍《はた》から見ると「竜は気まぐれで気難しく、傲慢で残忍」に思える。

「それはたいてい一番近しい者、伴侶や子に向けられることが多いが、父には伴侶がいなかった。本人が言うには、『運命の伴侶』と思える者に出会えなかっただけだということらしいが……」

ノヴァの父にとって数多いる寵姫は伴侶ではなく、一時の無聊《ぶりょう》を慰める遊び相手でしかなかった。だから彼の偏った愛情は、ただひとりの子――ノヴァにだけ向けられることとなった。

「父は私が生まれて『初めて愛に目覚めたのだ』と言っていた。『この子を幸せにしたい。自分のすべてを与えてやりたい。そのためには、この子の邪魔になりうる存在は、今のうちに消しておかなくては』と、そう考えたのだと……」

だから、我が子に自分の持つすべてを残すため、他の皇族を根絶やしにしたのだ。

「つまり、今、シャンディラの一族が私ひとりなのは、私のせいでもあるというわけだ」

唇の端をつりあげて自嘲めいた笑みを浮かべるノヴァに、レイは取られた手をギュッと握りかえして叫んだ。

「そんなの！　陛下のせいではありません！」

必死に訴えるが、ノヴァはゆるゆるとかぶりを振って「いや、事実だ」と答えた。

「それに……私のせいでないにしても、私が子を残さねば、シャンディラの血が絶えることは確かだからな」

「それは……そうかもしれませんが……」

「くれと望んだわけではないが、愛情を注いでもらった恩は感じている。だから、私は父の罪……まあ、当人はそう思っていないだろうが。それを贖《あがな》うためにも、父の想いに応えるためにも、この血を残さねばならぬのだ」

重々しく呟いた後、ノヴァは「だが……」と口ごもり、レイの手に視線を落とした。

「レイ、私は一族の中でも少し体質が変わっていてな……」

視線を合わせぬまま、ポツリとノヴァが呟く。

「媚香が苦手なのだ」

「え？」

予想外の告白にレイは目をみはる。

「いや、苦手というような生易しいものではないな。あれは私にとって、耐えがたい悪臭なのだ。いつもひどく苛立ち不快になる。どうしてかわからない。媚香はその香りでもって雄を従わせようとするものだから、従ってたまるものかと竜の本能が反発するのかもしれない」

レイに何かを言われる前にすべてを語ってしまおうというように、ノヴァは少しだけ早口で語りつづける。

「あるいは、父に殺された一族の呪いなのかもしれないと思うこともある。『その血を残せるものなら残してみろ』という……。どちらにしても、あのにおいを嗅ぎながらでは、色めいた気分になどなれるはずもない。だが、そのようなこと誰にも言えなかった。父にさえも。媚香に惑わされないのが竜帝だ。悪い意味であれ、媚香に心乱されていると知られるわけにはいかない。……だから、閨教育では媚薬を用いて……まあ、どうにかやり過ごした」

「やり過ごした？」

「ああ。薬で無理に奮いたたせて『身体の機能には問題ない。抱けないのではなく抱かないだけだ』と思わせたのだ。……ふふ、怪しまれはしなかったぞ。竜は気まぐれな生き物だからな」

「……そんな」

痛々しい告白にレイは言葉を失い、ノヴァを見つめることしかできない。

「とはいえ、后を迎えるとなると本当に抱かぬわけにはいかない。媚薬で身体をごまかすにしても限度がある。さりとて、皇后に相応しい娘となれば、自然と媚香の強い娘を選ばざるをえない」

だから幼いころから花嫁候補に会うたび、苦痛で仕方がなかったと、ノヴァは呻《うめ》くように言う。

「ずいぶんと多くの娘に会ったが、ほとんど顔も覚えていない……においに気を取られ、顔の造作を気にするゆとりなどなかったのだろう。いつも不快で、吐き気を堪えるので精一杯だった」

「そうだったのですね……」

レイは痛ましげにノヴァを見つめながら、ふと展覧会で聞いた彼の言葉を思いだした。

ノヴァは「招く客は煩わしくない者を選んだ」と言っていた。

あれはきっと、「媚香が強い者はいない」という意味でもあったのだろう。

「……どうにかしなくてはと頭を悩ませていた矢先、父が崩御した。その喪が明けて最初にひらかれた夜会で、酒に酔って花冠を頭に載せて誘いをかけてきた女がいたのだ」

レイは眉をひそめた。

どこの誰かは知らないが、ずいぶんと浮かれた女性がいたものだ。

けれど、ノヴァはどこか懐かしむように目を細めて呟いた。

「……なかなかに良い花だった。思えば、あれも白薔薇だったな。良い香りだったから、この冠をつけたままならば抱けるかもしれないと思った」

そこで言葉を切り、そっと溜め息をつくとノヴァはゆるりと首を横に振った。

「だが、無理だった。服を脱ぎおえる前に耐えがたいほど気分が悪くなって……そのまま部屋から追いだしてしまった」

一度は興味を示して閨に引きいれた女性を、途中で「興が醒めた」と追いはらったこともある。

あの噂は本当だったのだ。レイや皆が思っていたような意味合いではなかったが……。

レイはノヴァが不憫《ふびん》でたまらなくなった。

先代の竜帝が亡くなったのは十年前。当時、ノヴァは十四歳だ。

きっと唯一の肉親であり一族の生き残りであった父親が亡くなり、一日も早く子を残さなくてはいけないと思いつめていたのだろう。

どうにか励ましたくて、いっそう強くノヴァの手を握りしめると、ノヴァは心に溜まった憂いを吐きだすように深く息をついた後、微かに笑みを浮かべた。

「……それでも、その出来事で『花の香りと一緒ならば、媚香をまぎらわせられる』とわかったのは大きな収穫だった」

だから、ノヴァは花嫁候補と会うとき、いつも花のあるところを選んでいたのだ。

花と一緒ならば、どうにか我慢できる媚香を持つ者がいるかもしれない――と思ったから。

そのままでは無理でも、花と一緒ならばどうにか――と一縷の望みを託して。

「いわば花は私にとって、苦痛を和らげてくれる薬のような存在だったのだ……」

「……そうなのですか」

そうして自分をごまかしつづけ、それでもノヴァは今もひとりでいる。

彼の抱える苦しみの根深さを思い、レイは胸が締めつけられる。

慰めの言葉が見つからず、何を言っても嘘っぽくなりそうで黙っていると、ノヴァは不意に顔を上げ、レイの目をまっすぐに見つめてふわりと微笑んだ。

「そして、最上の薬、いや、救い主と出会ったのが……二月にひらかれた、あの舞踏会だ」

そう言ってノヴァは片手をほどくと、上着のポケットから一枚の白い封筒を取りだした。

そこから引きだした二つ折りのカードをパラリとひらいて現れたのは、白い薔薇の押し花。

ふわりと香る匂いに、あ、とレイは目をみはる。

自分の育てた薔薇の香りは、たとえ押し花になっていてもわかる。

「そうだ……おまえの薔薇だ」

ノヴァは静かに微笑むと、指先でそっと押し花の花弁をなぞった。

「……あの舞踏会の後、女たちが帰った後に見つけたのだ」

大広間に残る媚香から逃げるようにバルコニーに出て深呼吸をしていると、ふと香りに呼ばれたような気がした。

振りかえったところで、バルコニーの陰に一輪の白薔薇が落ちているのが見えた。

「薔薇には誰かの媚香が染みついていた。だが、それさえ気にならぬほど、薔薇そのものの香りに惹かれた」

この薔薇ならば、と思ったのだ――とノヴァは言う。

「この薔薇さえあれば、きっと私は花嫁を迎えることができる。シャンディラの血を繋《つな》げる。この薔薇は私を救ってくれるだろうと……そう、思った」

だから、薔薇を育てた者を探し、花係として召しあげるために離宮を造ると決めたのだ。

そう告げられ、レイは驚きに目をみはる。

「では、あの離宮は私を――私の薔薇を探すために建てようとなさったのですか!?」

贈り物のスケールが大きいとは思っていたが、人探しの方法までそうだったとは……。

「そうだ。おまえを見つけるためだ」

ノヴァは迷いなく頷いた後、ふっと苦笑を浮かべた。

「帝国中から白薔薇を取りよせ、近い匂いの薔薇を送ってきた者に区画を任せていったのだが……見つからないはずだな。まさか趣味で丹精している品だとは思わなかった」

「……申しわけありません」

「レイが謝る必要はない。その可能性に気づかなかった私が悪いのだ」

眉を下げるレイに微笑むと、ノヴァは押し花に視線を戻した。

「これでは埒が明かないと、あらためて花を調べてみて気づいた」

花に残っていた媚香は、ひとりではなくふたり分だと。

そして、そのうちのひとつには覚えがあった。

「それは……もしかして、モスクス侯爵夫人の媚香だったのですか？」

「ああ。言葉を交わしたことは数えるほどしかないが……」

先代竜帝の誘いを蹴った奇特な女性ということで印象深く、媚香も覚えていた。

そして、彼女ならば何か知っているのではとモスクス侯爵邸を訪ねたところ、応接間に飾られていたレイの薔薇を見つけたのだ。

「あのとき、どれほど嬉しかったことか……！」

しみじみと噛みしめるように呟いて、ノヴァはスッと視線を上げた。

「レイ、おまえの薔薇は私の救いだ。おまえの薔薇でなくては……おまえでなくてはダメなのだ。代わりはいない」

まっすぐなまなざしに、レイは心を打たれる。

初めて会った日、父の跡を継がなくてはならないとノヴァの誘いを拒んだレイに、彼は言った。

それはおまえでなくとも務まるはずだ――と。

あの言葉の本当の意味がようやくわかった。

ノヴァは庭師の仕事を軽んじていたわけではなく、ただ、伝えたかったのだろう。

自分にはレイの薔薇でなくてはダメなのだ――と。

彼は切実にレイの薔薇を必要としていたのに、「単なる気まぐれだ」と決めつけて、面倒がっていたことが今さらながらに申しわけなく思えて、レイは何と答えていいのかわからなくなる。

ノヴァはレイの言葉を待つようにジッと見つめていたが、やがて諦めたように目を伏せて、ふ、と口元をほころばせた。

「……いっそすべてを投げだして、おまえと花だけを愛でて生きていけたなら幸せだろうな」

叶わないとわかっている夢を語るような寂しげな呟きに、レイは眉を下げる。

「私が竜帝でなければ、あるいは他の一族が残っていれば、そうできたかもしれない」

ノヴァはそっと視線を上げ、静かな決意を秘めたまなざしでレイに告げた。

「だが私が玉座を降りれば、シャンディラは国威を保てなくなる。国は荒れ、おまえものんびりと花を育ててはいられなくなるはずだ。なにせ、花は嗜好品《しこう》だからな」

クスリと笑って、ノヴァはゆっくりとレイの手をほどいた。

「いつまでも皆が花を楽しめるように、私はこの血でもって、この国を栄えさせよう」

「それは、つまり……」

小さく息を呑むレイに、ノヴァは「ああ」と頷いた。

「ようやく決心がついた。花嫁を決める。シャンディラの皇帝として務めを果たす日が来たのだ」

「……大丈夫、なのですか？」

「大丈夫だ。花嫁には、おまえの薔薇をつけさせる。おまえの香りがする女ならば、きっとどんな女でも受けいれられる……ふれたいと思えるはずだ」

穏やかな笑みで告げられ、レイはこみあげる複雑な感情に胸を押さえる。

なんと残酷なことを言っているのだろうと、まだ見ぬ花嫁を哀れむ気持ちと、その哀れな花嫁への嫉妬と、ノヴァの言葉を――自分の花にそこまで惚《ほ》れこんでくれたことを嬉しく思う気持ち。

それから、初めての恋に舞いあがっていた自分を心から恥じる気持ちもあった。

――私ったら、何を浮かれていたんだろう。

ふわふわしてドキドキしてくすぐったいだなどと、なんてバカなことを思っていたのか。

ノヴァがずっと悩み、苦しんでいたことにも気づかず、「傍にいられるだけで充分」だなんて、自分に都合のいい、浮かれたことを考えていた。

――陛下が覚悟をお決めになったのなら、花嫁を娶るとおっしゃるのならば……。

レイは目をつむり、心を決めるとそっとひらいてノヴァに微笑みかけた。

「……ならば陛下、私はやはり陛下の花係にはなれません」

告げた途端、ノヴァが小さく息を呑む。

「……傍にいてもくれぬのか？」

見捨てるのか、とすがるようなまなざしで問われ、レイは目をそらしたくなるのを堪えて頷いた。

「はい。申しわけありません。……だって、いつまでもこのような子供と戯れていては、お后様がお可哀想ですよ！」

先ほどノヴァは言っていた。竜の愛は「たいてい一番近しい者」に向けられることが多いと。

うぬぼれと言われようが、きっと今、ノヴァに一番近しいのはレイだろう。

――だって、誰にも……先代様にも言っていなかった秘密を打ちあけてくださったものね……。

けれど、彼の心を占めるべきはレイではない。

竜帝である彼に相応しい伴侶であり、その子供たちだ。

娶るからにはどうか花嫁を愛し、愛され、温かな家庭を築いて、誰よりも幸せになってほしい。

レイが花係として傍にいることで、万が一にでもその邪魔をするようなことがあってはならない。

だから、離れなくてはいけないのだ。

「……花係にかまってばかりいては、后が可哀想ということか」

おまえまでオディールと同じようなことを言うのだな――とは口にしなかったが、悲しげなまなざしがそう訴えていた。

レイはギュッと胸が締めつけられ、うつむいてしまいたくなるのを必死に堪え、自分の痛みにも彼の痛みにも気づかないふりをして「そうですよ！」と頷いた。

「きっとご不快に思われるでしょうし、やきもちだってお焼きになるはずです。夫婦喧嘩《げんか》の原因にはなりたくありませんので、私は身を引かせていただかなくては！」

おどけたように言いながら、頭の片隅で「嫉妬するのは自分の方じゃない」と笑う声がするが、レイはそれにも耳を塞いで、ノヴァに笑顔を向けつづけた。

「……そうか」

ポツリと呟いたきり、ノヴァはしばらくの間、目を伏せてジッと黙りこんでいた。

けれどやがて、ひそやかな溜め息をひとつこぼすと唇をひらいた。

「おまえがそう言うのなら……わかった。おまえが嫌な思いをせぬよう、后を尊重するとしよう」

そう言って浮かべた笑みは穏やかではあったが、金色の瞳は伏せられたままだった。

「ええ、ぜひそうなさってください！」

精一杯明るい声で返しながら、レイはそっと手を伸ばし、ノヴァの手を取って告げた。

「……あなたのお傍にはいられませんが、新しい薔薇ができあがったら、真っ先にお届けします」

その言葉にハッとノヴァが顔を上げ、金の瞳に光が灯るのを見て、レイはしっかりと頷いた。

見捨てるわけではない、と伝えるように。

「私は陛下だけの花係にはなれません。ですが花農家として、ここを離れたとしても、これからもずっと陛下に花をお捧げしますから！　陛下の御心が安らかであられますように！」

傍にいられなくても、彼のためにできること、レイにしかできないことはある。

元々ノヴァが必要としていたのはレイではなく、レイの薔薇だ。

想いを告げられなくても、レイの薔薇を救いだと言ってくれたノヴァを、初めて恋したこの人を

「花さか少年」として支えていきたい。

この先もずっと、この命がある限り。

それが今のレイに許される唯一のわがままで、望みだろうから。

「……ありがとう、レイ」

ノヴァは溜め息にまぎれるように呟いて、そっと顔を上げると口元をほころばせた。

「……では、私はおまえの一番の上客になるとしよう。そしてこれからもずっと、おまえにチョコレートを届けよう。おまえが笑顔でいられるように。それくらいなら、許されるだろう？」

尋ねる声は甘くやさしく温かいのに、微笑みはひどく寂しそうで……。

「……はい、ありがとうございます！」

そう笑顔で返しながらも、レイはズキリと胸が痛むのを感じていた。

第七章　路地裏の女王

一日一日、庭園が完成に近づくにつれて、レイは心が重くなっていくのを感じていた。

ノヴァの花係になることを辞退した後も、約束の期限――庭園の竣工まではと望まれ、お茶会を続けていたが、以前のようには楽しめない。

和やかに話していても、ふと会話が途切れたときに奇妙な沈黙が広がって、互いに言いたいことがあるのに呑みこんでいるような雰囲気になるのだ。

毎日一緒に過ごせるのもあとわずかだというのに、こんな状態で別れたくない。

精一杯明るくふるまいながらも、レイは気まずさと焦りを感じていた。


そして、竣工まであと二日となった日。

ノヴァがいつものお茶の時間よりも十分ほど遅れて現れた。

「……すまない、レイ。待たせてしまったな。詫びと言っては何だが、今日の茶菓子は一段と良いものを用意させたぞ」

そう言って、手つきだけはいそいそとバスケットをひらくノヴァの顔は、ひどく疲れて見えた。

物憂げに翳《かげ》る金色の瞳に、レイは眉をひそめる。

「……陛下、何かあったのですか？」

そっとノヴァの腕に手をかけて尋ねると、ノヴァはその手をすがるように握りしめ、それから、やんわりと外して微笑んだ。

「あったが、今その話はしたくない。この時間を、おまえといられる残り少ないひとときを楽しみたいのだ。さあ、お茶にしよう」

「……はい」

やさしい拒絶にレイは力なくうなだれ、頷くほかなかった。

そして、その日の帰り道。

レイは義父から聞かされた。

ノヴァがあらためて花嫁を選ぶため、候補との顔合わせを再開したらしいと。

一番手に選ばれたのは義父の取引先の令嬢だそうで、その伝手でたまたま耳に入ってきたらしい。

「……そうなんだ」

レイはポツリと呟く。その声は、自分でもわかるほどに沈んでいた。

自分が後押ししたこと、民としても祝うべきことだというのに……。

「ああ、そうだよ。……なあ、レイ。陛下がその気になってくださったのは喜ばしいことだろう？」

「っ、うん、そうだね！　喜ばしいことだね！」

意味ありげに義父に問われたレイは慌ててニコリと笑顔を作り、溌剌と言葉を返した。

その夜、レイはなかなか寝つけなかった。

きちんとミルクとチョコレートで就寝前の儀式をすませたのに、どうしてか胸が落ちつかなくて。

ゴロンと寝返りを打てば窓の外、白々と輝く満ちかけの月が見える。

ノヴァがチョコレートを届けに来てくれた日は満月だった。

彼の瞳によく似た美しい金色の月。

それが欠けて、こうして満ちていって、今度の満月のときにはもう竣工式も終わっている。

――寂しがる必要なんてないのに……二度と会えなくなるわけじゃないんだから……。

今のように毎日顔を見て言葉を交わすことはできなくとも、月に一度は会えるはずだ。

それに、レイの贈る薔薇をノヴァはきっと大切に愛でてくれるだろう。それで充分ではないか。

レイは金色の月から視線をそらして、窓の傍に置かれた白薔薇の鉢に目を向けた。

トロウェル親方から父株を受けとり、交配はすでにすませた。

秋になれば実が熟し、冬には種を蒔いて、来年の春には芽が出る。

――きっとそのころには……お后様も決まっているんだろうな。

ズキリと胸が痛んで、レイは寝間着の胸元を握りしめた。

――辛《つら》いのは私よりも陛下の方なのに……。

昼間のノヴァの様子を思いだして、小さく溜め息をこぼす。

顔色も悪く、本当に辛そうだった。

最初の顔合わせで選ばれた女性は、さぞ張りきってノヴァに会いに来たのだろう。

彼の花嫁候補は、ただでさえ媚香の強い令嬢ばかりだというのに、媚香は女性が昂《たか》ぶると匂いが強まる性質がある。

最も昂ぶる瞬間といえば――下世話な想像が頭に浮かんで、レイは胸が苦しくなった。

ノヴァが自分以外の誰かにふれるのは嫌だ。でも、それ以前に彼が心配だった。

自分が同じ立場ならば、悪臭としか思えない体臭の持ち主と交わらなくてはいけないとなったら、きっと辛くて逃げだしたくなる。

――私だったら、そんな思いをさせないですむのに……！

そう思ったところでレイはバッと寝台を叩いて起きあがり、握った拳をゴツンと額に押しあて、深い溜め息をこぼした。

――ああもう、またバカなこと考えて……！

あの花園でノヴァに秘密を打ちあけられてから、何度も同じことを思ってしまった。

自分ならば彼を苦しめなくてすむのに、と。

いっそ女だと打ちあけてしまおうか。

媚香が苦手なノヴァにとって、レイほど都合のいい女はいないはずだ、と。

――でも、そんなの、弱みにつけこんでいるだけじゃない！

ノヴァは「レイならば」と積年の悩みを、苦しみを明かしてくれたのだ。

それなのに「奇遇ですね！　実は私、媚香のない女なのです！　どうぞ便利にお使いください！」

などと、どの面を下げて言えるというのだ。最低の卑怯者《ひきょう》ではないか。

――そうだよ。あんなに信頼してくださっているのに……。

その尊い信頼を、安っぽい同情と図々《ずうずう》しい恋情で裏切り――いや、穢したくない。

レイはキュッと唇を引きむすび、虚空を睨んで呟いた。

「……絶対に言わない。もう決めたんだから」

女としてでなく、花農家としてノヴァを支えていくのだと。

だから、言ってはいけないのだ。

ウジウジと諦め悪く疼《うず》く心をいなすように、ギュッと胸を押さえて溜め息をついたそのとき。

「……レイ、起きているかい？」

控えめなノックの音と共に、穏やかな義父の声が響いた。

レイは小さく息を呑み、慌てて寝台を下りて扉に駆けよった。

「――ごめんね、父さん。ベッド叩いちゃって、うるさかった？」

扉をひらいて謝ると、寝間着にガウン姿の義父は「いや、大丈夫だよ」とやさしく笑ってかぶりを振った。

「そう、よかった……」

ホッと胸を撫でおろしてから、レイは「あれ？」と首を傾げる。

では、何の用だろう。子供のころのように夜更かしをたしなめに来たのだろうか。

――ふふ、懐かしい。

義父の仕事を手伝いはじめたばかりのころは、色々な屋敷や庭園に連れていってもらうたび、目にするもの聞くものすべてが目新しく感じられた。

明日はいったいどこに行くのかとワクワクして寝つけず、いつまでも寝台でゴロゴロしていると、義父か義母がやってきて「もう寝なさい」となだめて寝かしつけてくれたものだ。

「……大丈夫だよ、父さん。もう寝るから。明日も早いもんね！」

ニコリと笑って伝えると義父は「ああ」と頷いて、それから少しためらった後、部屋の奥、窓辺に置かれた白薔薇の鉢に視線を向けた。

「……なあ、レイ。陛下の花係の件だが――」

「断ったよ」

皆まで聞かれる前に答えると、義父は驚いたように目をみはり、それからスッと眉を下げた。

「どうしてだい？」

「どうしてって……だって、ほら、私は父さんの手伝いもしたいし、花農家になりたいから」

「でも、陛下の傍にいたいだろう？」

穏やかなまなざしで問われ、レイは言葉に詰まる。

「え……あ、はは、何？　どういう意味？」

「好きなんだろう、陛下のことが」

新たに投げかけられた問いが胸に刺さり、はぐらかすように浮かべた笑みが凍りつく。

しんと沈黙が広がり、ややあってレイは呻くように問いかえした。

「……どうしてわかったの？」

「それはまあ、見ていれば何となくなぁ……そうかもしれないとハッキリ思ったのは、前の満月の日だよ」

「前の満月って……陛下が来た日？　でも、父さん、寝てたよね？」

レイの問いに義父は気まずそうに眉を下げると「立ち聞きするつもりはなかったんだが……」と前置きをしてから語った。

あの夜、実は玄関の扉がひらく音で目を覚ましていたのだ。

レイの部屋を覗いたら空だったため、まさかこんな夜中に出かけたのかと一階に下りていったら、居間でレイとノヴァが話しているのが聞こえた。

その声がとても楽しそうだったから邪魔をしないように、二階に戻っていった。

それからしばらくして窓から外を見たら、温室からノヴァが出てくるのが見えたのだ――と。

「……そのとき、うっすらとしか見えなかったが、温室で陛下を見送っていただろう？　ガラスに手をついて、陛下が見えなくなるまでずうっと……だから、もしかしたらと思ったんだよ」

「……そう、なんだ」

レイはポツリと呟く。あのとき、気づけばノヴァを追っていた。

きっと離れがたくて身体が動いてしまったのだろう。それを見られていたなんて……。

気恥ずかしさにうつむくと、義父がレイの肩に手を置き、やさしく語りかけてきた。

「……レイ、可哀想だが、おまえの立場では陛下の花嫁にはなれないだろう」

「うん、わかっているよ、父さん」

迷わずそう返すと義父は「そうか、わかっているならいいんだ」とホッとしたように頷いて、皺に埋もれた目を細めた。

「……わかった上で、傍にいるくらいはいいんじゃないか？」

想いは告げず、ただ傍にいるだけならば許されるはずだ。

数日前のレイも同じことを思っていた。

「でも……ダメだよ。花係にはなれないよ。だってほら、女の人の媚香がわからないから、宮廷で変に思われるだろうし……」

そうだ。そんなことさえ忘れていた。

――本当に浮かれていたんだな、私。

あらためて自分に呆れ、溜め息をこぼしたところで、「なあ、レイ」と励ますような義父の声が耳に届いた。

「いっそ陛下に打ちあけてみたらどうだい？」

「打ちあけるって……本当は女だってことを？」

「そうだよ」

コクリと頷いて、義父はやさしく微笑んだ。

「今の陛下ならば、きっと理解して助けになってくださるはずだ」

「……どうしてそう思うの？」

「おまえも変わったが、陛下も最初にお会いしたときからずいぶんとお変わりになった。おまえを見る陛下は、本当にやさしいお顔をしてらっしゃる……きっとおまえが思っているよりもずっと、陛下はおまえを大切に思ってくださっているはずだ」

「……そうかもしれないね」

ポツリと返しながら、レイの脳裏にノヴァと過ごしてきた日々がよぎる。

最初は本当に迷惑だとしか思っていなかった。

政務があるだろうに、毎日毎日飽きずによく来るものだと呆れもしたが、それでも一緒にお茶の時間を過ごすのが楽しくなってきて……。

あのチョコレートショップの一件で、ノヴァが「初めての贈り物」に試行錯誤しながら、精一杯レイを喜ばせようとしているのだとわかって、彼の好意を素直に受けとめられるようになった。

たぶん、あの日から、少しずつレイはノヴァに恋をしていったのだろう。

夜の温室で、展覧会で、ガゼボで、「レイ」と呼びかけるノヴァの声と笑顔を思いだす。

日を重ねるごとに親しさを増し、甘くやわらかくなる微笑みに、レイの心も甘くやわらかく蕩かされていったのだ。

けれど――レイは浮かびそうになった笑みをグッと奥歯を噛みしめて堪え、自分を戒める。

言葉にしたら同じ「好き」になるとしても、恋情と親愛ではまるで違う。

勘違いしてはいけない。レイがノヴァに向ける想いとノヴァのそれは違うのだから。

「……でも、父さん。陛下は私を信頼してくださっているんだよ。その信頼を裏切りたくない」

「そんなことはないさ。きちんと事情を伝えれば裏切りだなんて――」

「裏切りだよ」

義父の言葉をレイは静かに遮った。

「ずっと嘘をついていたんだよ？　裏切りじゃなくて何なの？　一度言ったらもう取りけせないんだから、そう簡単に勧めないで。父さんは……軽く考えすぎてる」

「……ああ、そうか。そうだな、すまない」

義父は決まり悪そうに謝ってから、そっと溜め息をついて、慰めるようにレイの肩を撫でた。

「まあ……想いが叶わないのに、ずっと傍にいるのも辛いか……」

きっと義父はレイの心に寄りそおうと思って、そう口にしたのだろう。

けれど、その言葉を聞いた瞬間、レイは肩に置かれた義父の手をパシンと振りはらっていた。

「っ、レイ？」

「もういいよ、父さん。それ以上何も言わないで。叶わないなんて、私が一番わかっているから！」

そう、わかっている。だから、これ以上もう、思いしらせないでほしかった。

震える声で訴えれば、義父はハッと息を呑み、それから、しおしおと目を伏せた。

「そうだな……すまない。余計なことだった」

ポツリと悲しげに呟くと、義父は肩を落として部屋を出ていった。

＊　＊　＊

翌日は朝から雨だった。

離宮での作業は休みになり、レイはヤード造園の得意先を義父と手わけして回り、離宮にかかりきりだったここ三カ月の間にできなかった、細々とした手入れをしていくこととなった。

やがて日が暮れ、鳥たちがねぐらに急ぐころ。

茜《あかね》に染まる帝都の目抜き通りを傘を揺らして歩きながら、レイは物思いにふけっていた。

——いよいよ明日で完成かぁ……。

実際のところ庭園自体はもうほとんど完成していて、今日は元々予備日だった。

明日の昼から行われる竣工式では、ノヴァが主だった貴族を集めて庭園のお披露目をし、その後、宮殿に移動して晩餐を楽しむのだそうだ。

本来はノヴァも他の貴族たちと同様、竣工式で初めて完成した庭園を見る予定だったらしい。

——毎日見に来ていらしたからな……今さらといえば、今さらだよね。

ふふ、と思わず笑みがこぼれて、すぐにシンと心が沈む。

——明日は陛下とお茶会できるかな……無理かな……最後のお茶会、したかったな。

竣工の日にはできないだろうと思っていたから、今日は晴れてほしかったのだが……。

小さく溜め息をこぼしたところで、ふと、傘の持ち手を握る自分の指先が目に入る。

白い指の先、爪の間が黒く汚れているのが見えた。

今日は一日花の植えかえなどをしていたので、土が潜りこんでしまったのだろう。

奥まで入ってしまうと軽く洗ったくらいでは取れない。帰ったら針で取りのぞかなくては。汚れた手を見つめながら、染みひとつない純白の装束に身を包んだノヴァの姿を思いうかべて、またひとつ溜め息をこぼす。

──つりあわないのはわかっているし、叶わないのもわかっているんだよ、父さん。

心の中で呟き、そっと足元に視線を落とせば、傘を打つ雨音がレイを責めるように大きくなったような気がした。

──昨日は八つ当たりなんてして……子供みたいだったな。

わかっている。義父だって、あんなことをわざわざ言いたくなかっただろうに。

それでも義父にとってレイはまだまだ頼りない守るべき子供だから、初めての恋に舞いあがって無茶をしないか心配で、釘を刺しておかなくてはいけないと考えたのだろう。

期待が破れて傷つくのはレイなのだから。

──それなのに、私ったらあんな邪険にしちゃった。父さん、悲しそうな顔していたな。

はあ、と大きく息をついて、傘の持ち手を握りしめる。

──謝らないと……何かお詫びに買っていこうかな……。

うつむきながらトボトボと歩いていると不意に、ちりん、と聞きおぼえのあるベルの音が聞こえ、一拍遅れて甘い香りが鼻をくすぐった。

あ、と匂いの方に顔を向ければ、「イニミニ・ショコラ」の飾り窓が目に飛びこんできた。

レースのカーテンが揺れる飾り窓には、夏至祝いの商品が並びはじめている。

庭園の建設に取りかかったときには春の商品が並んでいたのに、季節が過ぎるのは早いものだ。

懐かしむように店の中を覗きこんだところで、今しも飾り窓の方に向かってこようとする店員の姿が目に入る。

——あ、あの人……！

最後にここに来た日に、会計台の横に立っていた女性だと気づいた。

ノヴァが来る前にオーナーに追いだされたが、オーナーからレイの話を聞いているかもしれない。

目が合いそうになり、レイは慌てて顔をそらすとブーツの踵《かかと》で水たまりを蹴って、足早に店の前を離れた。

——あのときのホットチョコレート、美味しかったなぁ……。

二度と飲めないのが残念だ。

過ぎさりし光景と味わいを思いだし、ほう、と溜め息をこぼしたところで、ふと思いつく。

——今度、作ってみようかな？

チョコレートを刻んで温めたミルクで溶かして、ひとつひとつ丁寧に工程を進めていけば、それなりのものができるはずだ。

ほんの少しの塩を加えてみても美味しいかもしれない。

今のうちから練習しておいて、次にノヴァがチョコレートを届けに来てくれたときにふるまってみようか。

——いい考えかも……いつもの飲み方じゃ、ちょっとはしたないもんね。

ミルクとチョコレート別添えではなく、竜帝であるノヴァに相応しい状態で用意した方がいいだろう。

それにホットチョコレートならば、飲みながらでも話ができるはずだ。

そんなことを考えているうちに、ほんのりと気持ちが上を向いてくるのを感じた。

――いつまでもウジウジしていても仕方ないよね。嘘をつかなきゃいけないのは後ろめたいし、申しわけないけれど……。

それでも、ノヴァがレイの薔薇を必要としてくれていることだけは確かなのだ。

そして、レイと過ごす時間に少しの安らぎを感じてくれているのも、きっと確かだと思うから。

レイが暗い顔をしていたら、ノヴァまで暗い気持ちになってしまう。そんなのは嫌だ。

だから、一緒にいて楽しいと思ってもらえるように、どんなに苦しくても、ノヴァと会っているときには笑っていたい。

――そうだよ。私は陛下の花さか少年なんだから……役割を果たさないとだよね。

この先、ノヴァが花嫁を迎え、子が生まれたとしてもずっと、逃げることなく薔薇と笑顔を捧げつづけよう。

それはきっとレイへの褒美で罰で、嘘への償いにもなるはずだ。

うん、とひとりで納得すると、レイは傘を持ちなおし、いつの間にか丸めていた背を伸ばした。

――よし、頑張ろう……！

そう自分を励まして、足を速めようとしたときだった。

不意に横の路地から真っ赤な傘が――正確には傘を持った人物がスッと飛びだしてきた。

レイは思わず、身を守るように傘を前に傾けて、あ、と目をみひらく。

レイの進路を阻むように立ちはだかったのは、上半身は傘に隠れて見えなかったが、その下から見える大きく広がったスカートから若い女性だろうと思われた。

黒い外套の下から覗く、真紅の絹サテンの地には見覚えがあった。

咲きほこる紅薔薇のごとき、鮮やかな赤色には――。

まさかと息を呑み、思わず一歩後ずさると、赤い傘の持ち主はひらいた距離を詰めるように一歩前に出て、スッと傘を上げた。

傘の下から覗く赤い紅を引いた唇。

それが歪んだ弧を描くのが見えて、レイの背にゾクリと冷たいものが走る。

「ごきげんよう、ちょっとよろしいかしら？」

ひらいたオディールの唇から発されたのは言葉遣いこそ上品だが、好意的とはとても思えない刺々しい声だった。

――どうしてオディール様がここに……？

レイが言葉を失い、傘に身を隠すようにして震えていると、傘の持ち手を握るオディールの指にグッと力がこもるのが見えた。

「……学も礼儀もない平民は、挨拶も返事もできないのかしら？」

「あっ、も、申しわけございませ――」

「まあ、いいわ。お話があるの、ついてきてくださる？」

断られるとはまるで思っていない、従って当然だというような口調で言いおくと、オディールはドレスの裾をひるがえして歩きだした。

カツカツと鳴るヒールの音が遠ざかってゆく。

どうしたらいいのかわからず立ちすくんでいると、レイの視線の先で鮮やかな赤色がひるがえり、甲走った声が路地に響いた。

「さっさとついてきなさい！　大事な話があるのよ！」

「っ、はい！　ただいま！」

大事な話が何かはわからないが、彼女は公爵令嬢だ。怒らせては面倒なことになる。

いったい何を言われるのだろうと怯えながらも、レイは慌ててオディールを追いかけたのだった。


細い路地を奥へと進むにつれて、人々の足音や話し声、通りの喧騒が遠ざかっていく。

傘を叩く雨音とふたりの靴音だけがやけに大きく耳に響いて、レイは段々と不安になってくる。

いったいどこまで行くのだろう。

そう思ったところでオディールのドレスの裾がひるがえり、スッと姿が見えなくなる。

どうやらこの先は少しひらけた場所になっているようだ。

けれど奥の方に別の建物の背面が見えることから、袋小路のように思われる。

——こんなところで話って……何なんだろう。

訝しみながら路地を抜け、オディールの方を向いた瞬間、レイはハッと息を呑んだ。

そこにいたのはオディールだけでなく、彼女を守るように五人の男たちが立っていたのだ。

男――いや青年たちは皆若く、良い身なりをしていた。おそらく皆、貴族の子息なのだろう。

青年たちは女王を守る番犬のようにぴったりとオディールの傍について、レイを威嚇するように見つめている。

「早く、もっと近くへ。大きな声を出させないでちょうだい！」

「は、はい！」

苛立った口調で急《せ》かされ、レイはオディールの前へと駆けよると、傘の持ち手を握りしめたまま、深く頭を垂れた。

「ふふ、そうよ。そのままひれ伏してなさい。おまえのような卑しい民は、私の顔を見ることさえおこがましいのだからね」

そう言ってオディールはクスリと笑うと「重いわ、持って」と一番近くにいた赤毛の青年の胸にドンと傘を押しつけ、手を離した。

そして、慌てて持ち手をつかんで彼女の上に傘を差しだす青年に視線を向けることなく、優雅に背すじを伸ばして、白い手をドレスの前で重ねると口をひらいた。

「面倒だから用件だけ言うわね。あなたに協力してほしいの」

「……何にでございましょうか」

冷ややかに告げられ、レイは頭を垂れたままおずおずと尋ねる。

オディールは「そんなこともわからないの？」と鼻先で笑い、肩をそびやかして答えた。

「そんなの、『陛下と結ばれるために』に決まっているじゃない！」

え、とレイが息を呑めば、オディールは香油で艶めく長い黒髪を指先でクルクルといじりながら、忌々しげに唇を歪めた。

「何の気まぐれかわかりたくもないけれど、陛下はどうやらおまえを気に入ってらっしゃるようだから……おまえから、私を花嫁に選ぶように進言なさい」

「そ、それは……」

レイは口ごもりながら、そっと傘の下から取りまきの青年たちの様子を窺う。

彼らの視線はオディールへと向いていたが、展覧会で紳士たちが浮かべていたような蕩けた表情はしていなかった。

――ということは、今、媚香はそんなに出していないってことなのかな？

どのような反応をするのが正解なのかと必死に考えながら、レイはおそるおそる言葉を返した。

「その、オディール様のおっしゃる通り、私は気まぐれで目をかけていただいているだけで……」

緊張して上手く言葉が出ないふり――をするまでもなく実際にそうだったので、わざわざ震わせなくても声が震えてしまう。

「私ごときが進言したところで、陛下が聞きいれてくださるとは思えません……」

レイの言葉を聞きおえたオディールは小さく舌打ちをすると、一歩前に出た。

ふたりの距離が詰まり、何をされるのかと身がまえたところで、オディールの手がこちらに伸びてくるのが見えた。

白い指先が傘の持ち手を握りしめるレイの手の甲にふれ、レイはビクリと身を強ばらせる。

「……ねえ、お願いよ。私、どうしても陛下の花嫁になりたいの」

ねっとりと鼓膜にへばりつくような鼻にかかった甘い声に、レイは寒気を覚えた。

「私を助けると思って……ね？」

お願い、と囁きながらオディールが思わせぶりにレイの手をなぞりあげる。

悍《おぞ》ましさにふるりと身を震わせたのを情欲の昂ぶりによるものだと思ったのだろう。

オディールがますますレイに身を寄せたところで、取りまきの青年が声を上げた。

「オディール様、たかが平民相手にそこまでしてやらなくても……」

レイへの嫉妬と不満、それから嘲りが混ざった言葉が耳を打つ。レイは思わず顔を上げ、目の前の少女から声の主へと目を向けて――。

次の瞬間、スッと手を上げたオディールに顎をつかまれた。

指先にこもる力、ズキリと走る痛みにレイは慌てて少女へと視線を戻し――ハッと息を呑んだ。

展覧会では遠くから目にしただけで、オディールが近くに来てからはずっとノヴァの背に隠れていたため、まともに彼女の顔を見るのは初めてだった。

オディールにとってもそうだろう。

だから、今の今まで気づかなかったのだ。

――こんなに似ていたなんて……！

そう、レイとオディール、ふたりの顔はよく似ていた。

鏡うつしというほどではないとはいえ、思わず息を呑むくらいには……。

互いに言葉を失い、見つめあう。

けれど、互いの瞳に灯る感情はまるで違う。

怯えたように見つめるレイに対して、オディールは燃えるようなまなざしでレイを見つめていた。

怒りか敵意か、それとも別の何かか、それともそれらすべてが混ざっているのか。

深い琥珀色の瞳は毎朝鏡で見る自分のものとよく似ているのに、得体の知れない激情でギラギラと輝いている様子は、ゾッとするほど不気味に感じられた。

「っ、あ、あの、お役に立てず、ご気分を損ねてしまい、申しわけ――、っ」

取り繕うような謝罪の言葉は、オディールがレイの顎をつかむ手に力をこめたことで途切れる。

ギリギリと指がめりこみ、磨きぬかれた爪の先が肌に突きささる痛みにレイは顔を歪める。

どうかおやめください――そう懇願しようとしたそのときだった。

オディールが汚らわしいものでも見るように目をすがめ、レイに問いかけたのだ。

「ねえ……あなた、本当に男なの？」と。

問いかけの形を取りつつも、その声は「そうではないとわかっている」という確信に満ちていた。

その瞬間、レイは頭が真っ白になった。

すべての音が遠ざかり、自分の鼓動の音だけがドクドクと大きく感じられる。

いつの間にか呼吸さえも忘れていたようで、息苦しさにハッと息を吐きだしたところでようやく頭が働きはじめて、音が戻ってくると共に足元から焦りと恐怖がこみあげてくる。

「……ど、どうして……」

「そう思うのかですって？　わからないの？」

鼻先でせせら笑った後、オディールはギリリとレイを睨みつけて叫んだ。

「私に見つめられているのに、よそ見ができる男なんてこの世に――陛下以外にいないからよ！」

嘲りと憤りに満ちた声が耳を打ち、レイはビクリと肩を震わせる。

「……ずっと引っかかっていたのよ。あのくだらない展覧会でも薔薇臭い庭園でも、おまえは私の媚香に反応していないようだったから。まだ子供だから私の魅力がわからないだけだと思っていたけれど……わからなくて当然よね。おまえは女なのだから」

「……あの、オディール様」

オディールの糾弾をおずおずとした青年の声が遮る。

「なにかしら、フルサン卿？」

「っ、邪魔をして申しわけありません」

苛立ったようなオディールの問いかけに、フルサン卿と呼ばれた青年――展覧会の会場主だったフルサン伯爵の子なのだろう――は反射のように謝ってから、冷ややかな視線をレイに向けた。

「それが女だというのはありえません。だって、何の香りもしないではありませんか！」

「ええ、しないでしょう？　この女には媚香がないの」

「はい？　媚香がない女なんて、この世に存在しませんよ！」

青年のまなざしが嫌悪と困惑が入りまじった――奇妙な生き物を見るようなものへと変わって、レイが思わず睫毛を伏せると、オディールは赤い唇を愉快げにつりあげて「いいえ」と答えた。

「存在するのよ、ひとりだけ」

そう言ってから、クスリと笑って付けたす。

「本当は『もう存在していない』、はずなのだけれどね」と。

そして、いたぶるような視線をレイへと向けた。

「お母様……いいえ、おまえのようなできそこないの姉を本当に産んでいたとわかったのですもの、もう敬う必要もないわね」

蔑みに満ちた声で告げられ、レイは息を呑む。オディールはレイの正体を知っているのだ。

同じように、え、と息を呑んだ取りまきの青年たちがレイとオディールの顔を見比べ、まさか、と口々に呟く。

「そんな……オディール様、嘘でしょう？　これとあなたが姉妹だなんて……！」

「私も嘘だと思いたいけれど、本当よ。これはね、私の姉なの。とっくの昔に消したはずのね」

忌々しげに答えてから、オディールはレイに視線を戻すとスッと目を細めた。

「あの女はね、酔うといつも媚《こ》びるような笑顔で私に言うのよ。『あなたを産めてよかった』『媚香の強い娘を授かることができて幸せだわ』って……」

その言葉の意味を考えて、レイはズキリと胸が痛むのを感じた。

オディールはそんなレイを嘲るようなまなざしで見下ろしながら、ふんと鼻先で笑う。

「私が十歳ぐらいのときだったかしら？　あの女が酔っぱらってまた同じようなことを言いだしたのだけれど、いつもと違うことを言ったのよ。『私ならあなたのような子を産めると思っていたわ。最初が何かの間違いだったのよ』とね。どういうことか問いつめたら教えてくれたわ。最初に生まれて捨てた、できそこないの娘のこと」

私のことだ――レイは思わず目を伏せる。

「ふふ、それであの女、何と言ったと思う？　『あんなできそこないを産んでしまって、一時はどうなることかと思ったけれど、あなたが生まれてきてくれて本当にホッとしたわ。あなたを産めて幸せよ』ですって！」

クスクスと笑うオディールの声が胸に突きささり、レイは唇を噛みしめて顔を背けようとしたが、顎をとらえる手がそれを許してはくれなかった。

「……ねえ、お姉様」

姉への敬意など微塵《みじん》も感じられない冷ややかな声が響く。

「今もあなたに媚香はないけれど、陛下の信頼と寵愛はある。あなたは陛下のお気に入りの花さか少年ですものね？　……何の価値もなかった娘が家の役に立てる、良い機会だと思わない？」

意味ありげな問いかけに、そこにひそむ真意は何だろうとレイは頭を巡らせる。

「……それは……少年ではないことを陛下に暴露されたくなければ、家のために、あなたを花嫁にするよう陛下に進言しろということでしょうか？」

「半分正解ね」

「え?」

「進言はいいわ。もうおまえを陛下の傍に置いておきたくはないから」

オディールは唇の端をつりあげて不快げに吐きすてると、自由な左手をドレスのポケットに入れ、何かを取りだした。

「陛下に真実を告げられたくなければ、彼にこれを……媚薬を盛りなさい」

そう言って目の前に差しだされたのはガラスの小瓶だった。

「……媚薬?」

少女の手でも握りこめば隠してしまえるほどの小さな瓶。

それをこぼれおちんばかりに目をみひらいて見つめながら、レイは呻くように尋ねる。

「それを、陛下に?」

「ええ、そうよ。……ふふ、怪しい薬には見えないでしょう? 味も香りもほとんどしないのよ?」

そう語るオディールの声は場違いなほど楽しげだった。

「心と身体をくつろげて、気持ちよくしてくれるお薬なの。まだ男には使ったことがないけれど、女にはよく効くから、たまに躾《しつけ》に使っているのよ」

「し、躾?」

「ええ。たいした媚香もないくせに、私に逆らう身のほど知らずな女のね」

不穏なことを口にしながら、オディールが小瓶の口を摘まんでユラユラと振れば、ガラスの中で透明な液体が揺れる。

一見すると水のように見えるが、水よりも少しばかり粘着性を帯びているようにも感じられた。

「これを次のお茶会で、陛下のお茶に入れなさい」

「っ、できません！」

考えるよりも早く、レイは叫んでいた。

「そのようなことをするくらいなら、どうぞ私の正体を陛下にお告げください！」

どちらにしても二度と合わせる顔がなくなるのならば、苦しむのは自分だけでいい。

彼の意思や尊厳を踏みにじるような手助けはしたくない。

そのようなことをレイが必死に訴えると、オディールはスッと目をすがめた。

「そう。『できそこないの嘘つき女だと知られてもいいから彼を守りたい』だなんて、ずいぶんとご立派な心がけだこと。それほど陛下を想っているのね」

冷ややかに呟くなり、取りまきの青年たちにチラリと意味ありげな流し目を送る。

それから、レイへと向きなおると唇の端をつりあげた。

「……ねえ、お姉様。おまえに媚香がなくたって、私がいれば彼らは昂ぶることができるのよ？」

そう言って小首を傾げ、さらりと髪をかきあげる。

見えない何かが香り立つような気配に、レイの背すじに冷たいものが走った。

「っ、まさか――」

レイが息を呑むのと、いつの間にか背後に回った取りまきのひとりの手が伸びてきて羽交いじめにされるのは同時だった。

「やめてっ」

もがいた拍子に傘が手を離れ、路地裏に転がる。

降りしきる雨でレイはまたたく間にずぶ濡れになり、濡れたシャツが腕に張りつく。

横から伸びてきた別の青年の手にベストの胸倉をつかまれ、たまらず悲鳴を上げようとひらいた口は、さらに別の青年の手のひらで塞がれた。

もがくレイの足が当たらぬようにか、オディールは一歩後ろに下がると楽しげな笑い声を上げた。

「あらあら、お洋服を破ってはダメよ？　……まだ、お話の途中ですもの」

その言葉に、ベストのボタンを引きちぎろうとしていた青年がビクリと手をとめ、オディールに謝ってから、あらためてボタンに手をかけ、外しはじめた。

ひとつ、またひとつ――丁寧な仕草がかえって悍ましく感じられて、レイは寒さと嫌悪と恐怖で身体が震え、ガチガチと歯が鳴るのを抑えられなかった。

「……へえ、本当に女なんですね。何の匂いもしないのに……」

ベストのボタンを外しおえた青年がレイのシャツの胸元――濡れた布ごしに透けて見える白布《さらし》に目を向け、薄気味悪そうに呟く。

「そうよ。できそこないでも身体は女、使えなくはないでしょう？」

愉《たの》しげなオディールの声と、それに追従して「まあ、確かに、使うだけなら困りませんね！」と嘲笑う青年たちの言葉がレイの耳に刺さり、心を抉《えぐ》っていく。

「……それで、お姉様、協力してくださる？」

レイは頬を打つ雨だれにまぎれて涙をこぼしながらも、ぶんぶんと首を横に振った。

「そう」

チラリとオディールが取りまきの青年たちに目配せをすると、ベストの前をはだけた青年の手がシャツのボタンにかかった。

レイが声にならない悲鳴を上げたところで、四人目の手が伸びてきてレイのキュロットの前立てのボタンを外しはじめる。

青年たちの手つきにためらいも戸惑いもない。

オディールは媚薬について「女にはよく効くから、たまに躾に使っている」と言っていた。

もしかしたら、このようなことをするのは初めてじゃないのかもしれない。

何重もの意味で戦慄を覚えたところで、ずるりとキュロットを引き下げられそうになる。

——いやっ！

ギュッと目をつむり、必死に足をばたつかせてもがいていると、不意に、それまで無遠慮に動きまわっていた青年たちの手がピタリととまった。

え、と安堵と戸惑いに目をひらいてみれば、オディールが右手をスッと真上に掲げていた。

猟犬に「待て」をさせる主人のように。

——あれが振りおろされたら……。

レイが怖気《おぞけ》に身を震わせると、オディールの唇にいたぶるような笑みが浮かぶ。

「……このまま続けさせても私はまったくかまわないのだけれど、それではお姉様が可哀想だから、頷くための理由をもうひとつあげるわ」

いったいどのような理由があるというのだろう。

レイは涙で曇る目をオディールに向けて――。

「捨てられたお姉様が生きていたということは、あのチビの庭師がお姉様を育ててくれたのよね？

でも、それは見方を変えたら、公爵家の娘を誘拐して隠していたということにもなると思わない？」

予想外の言葉に、レイは愕然《がくぜん》と目をみひらいた。

そして今までとは違った種類の恐怖に大きく身を震わせると、オディールは満足そうに頷いて、レイの口を塞いでいた青年に目配せをした。

「……っ、ぁ」

手がどけられ、今こそ悲鳴を上げて助けを呼ぶべきだとわかっていたが、レイは喉が干上がったように声が出てこなかった。

「ふふ、平民が公爵家の娘を誘拐したとなれば、死罪は免れないでしょうねぇ……まったくもってお気の毒だこと」

「そんなっ、ダメ、やめて……やめてください……っ」

必死の形相でレイが訴えると「そうよね、やめてほしいわよね？」とオディールは笑みを深めた。

「それじゃあ、最後にもう一度だけ聞くわね？　この獣のような男たちに犯されたあげく育ての親を処刑台に送るか、私に従うか……どちらがいいの、お姉様？」

レイはガクリとうなだれ、答えを返した。

「……あなたに……従います」

他の答えなど選べるはずもなかった。

「そう、それが利口よ！　ようやくわかってくれたのね、嬉しいわ！」

あはは、と背をそらしたオディールの勝ちほこったような高笑いが雨の路地裏に響きわたる。

やがてひとしきり笑いおえると、オディールはスッと目を細めてレイに向きなおった。

「……陛下に告げ口しようなどと思わないことね。私の崇拝者はおまえが思うよりもずっと多いの。無価値なできそこないのおまえと違って、私のためならば何でもしてくれる男たちばかりよ？」

得意げに笑い、レイを押さえつける青年たちにチラリと視線を送ってから、オディールはグッとレイに顔を近づけて告げた。

「少しでも妙な真似をしたり、裏切ったら命はないと思いなさい？　万が一のときには、おまえもあの庭師も道連れにしてやるから！」

そう脅しつけた後、オディールは鼻先で笑って付けたした。

「おまえがひとりで罪を被って犠牲になるのなら、あの庭師だけはジェネット家で守ってあげる」

「っ、……本当でございますか？」

「ええ、本当よ。庭師のひとりくらい、どうとでもできるわ。生かすも殺すも思うがままですもの。だからね、お姉様が頑張ってくださるのなら、その頑張りに応えてあげる。このオディール・ジェネットの名にかけて約束するわ！」

そう言って、そっとやさしげにレイの頬を撫で、オディールは笑みを深めた。

「ふふ……よかったわね、育ての親に恩を返す絶好の機会じゃない。その命でもって、ね？」

あまりにも残酷な慰めの言葉だったが、レイは唇を噛みしめて「はい」と頷くほかなかった。

その惨めな表情を見て、ようやく満足したのだろう。

オディールはレイのベストのポケットに媚薬の小瓶を押しこんで、青年たちに目配せをした。

レイを捕らえる手が一斉に離れたと思うと、ドンと胸を押される。

あっ、と声を上げたときには、レイは水しぶきと共に仰向《あおむ》けに地面に転がっていた。

「……では、約束よ、お姉様。次に陛下とお茶をするときに媚薬を盛ってちょうだい」

「で、ですが、もう庭園は完成いたしますので……」

「おまえから頼めば陛下はいくらでもお茶会をひらいてくださるでしょう？　ねだりなさいな、図々しくね！」

オディールは不快そうに吐きすてた後、にんまりと目を細めた。

「次に陛下があの薔薇臭い庭に向かわれたら、私も準備をするわ」

「……準備？」

「そうよ。陛下と結ばれて、その子を宿す、心と身体の準備をね」

自分の身体を抱きしめながら、オディールは陶然と天を見上げて、ほう、と吐息をこぼす。

「一度でも私を抱けば、きっと陛下も私の魅力をわかってくださるはず……私が陛下をまっとうな、本物の男にしてさしあげるの……ああ、楽しみだわ！」

声を弾ませてそう言うと、オディールは呆然と見上げるレイに「期待しているわよ、お姉様」と愉悦に歪んだ笑みで告げ、ドレスの裾をひるがえして青年たちを従え去っていった。

レイは彼らの足音が聞こえなくなるまで、凍りついたように動けなかった。

やがて周囲を雨音だけが支配するようになり、ようやくノロノロと首を巡らせてあたりを見渡す。

「あ……傘が」

取りまきの誰かが踏んでいったのか、それとも落ちたときに壊れたのか。

レイが差してきた傘は無残なありさまになっていた。

ひっくり返って骨が折れ、破れた布地に濁った雨水が溜まった惨めな姿。

それが自分と義父の末路を暗示しているようで、レイはゾクリと身を震わせる。

「ダメ……そんなの、絶対ダメ……！」

ゆるりとかぶりを振り、頬を伝う雨まじりの生温《ぬる》い滴を手のひらで拭う。

拭っても拭っても頬が乾くことはない。

嗚咽がこぼれそうになるのを懸命に呑みこみながら、レイはヨロヨロと立ちあがり、乱れた衣服を整えた。

ずりおちかけたキュロットを引きあげ、シャツとベストのボタンをひとつひとつ留めていって、ようやく元に戻しおえたところで、また頬を拭う。

それから深々と息を吐きだし、重たい頭を持ちあげて前を向いた。

「……帰ろう。父さんが心配しちゃう」

震える声でポツリと呟き、すん、と鼻をすする。

泣いてはいけない。家に着くころには、どうにか笑顔を作れるようになっていないと。

そう自分に言いきかせながら、レイはすっかり夜に沈んだ路地を重たい足取りで帰っていった。

＊　＊　＊

その翌朝。

レイは熱を出してしまい、心配そうに眉を下げる義父を寝台から見送ることとなった。

「……レイ、本当にひとりで大丈夫かい？」

「うん、大丈夫だよ」

こほん、と咳《せき》をひとつして毛布を首元まで上げ、ニコリと義父に笑いかける。

「父さんがいないと始まらないでしょう？」

今日は昼から庭園の竣工式だ。せっかくの義父の晴れ舞台を邪魔したくない。

いつもの庭仕事用の服ではなく、パリッとノリの利いたシャツと上着をまとった義父を、レイは目を細めてながめながら笑みを深めた。

「一緒に祝えないのは残念だけれど……気持ちだけは一緒にお祝いするから」

「そうか。ありがとう、レイ」

くしゃりと顔をほころばせる義父に、レイは少しためらってから言い足す。

「……父さん、寄り道なんてしないで気をつけて帰ってきてね。ひとりで人通りのないところとか歩いちゃダメだよ？」

レイの言葉に義父は小さく噴きだすと、くしゃくしゃとレイの頭を撫でた。

「はは、それは私が言うことだろう？　レイこそ、熱が下がってもひとりで猫を探しに出かけたりするんじゃないよ？　なるべく早く帰ってくるからな」

子供をあやすように言いおいて、義父は部屋を出ていった。

トントントンと階段を下りていく音。

玄関の扉がひらいて、パタンと閉まる。

しん、と静寂が広がって、レイは少しだけ身を起こすと寝台横のサイドテーブルに目を向けた。

ミントの葉が入った水差しと並んで、小皿に盛られた木苺とブルーベリーが置かれている。

義父が朝食の後、市場に行って買ってきてくれたものだ。

「これなら食欲がなくても、寝たままでも食べられるだろう」と言って。

――父さんはやさしいなぁ……。

心の中で呟いて、ふふ、と微笑みながら枕に頭を戻す。

――本当に、父さんはいつも、いつでもやさしかったなぁ……。

じわりと潤んだレイの目から一滴の涙があふれ、こめかみへと伝う。

昨夜、ずぶ濡れで帰ってきたレイを見た義父は、レイの方が驚いてしまうほどにうろたえ、心配してくれた。

レイをタオルで包んでから、大急ぎで温めたミルクをカップに注ごうとして盛大にこぼしたり、

「すぐに火にあたりなさい！」と大量の薪《まき》を暖炉に放りこんでかえって火を消してしまったり。

ずぶ濡れになった理由を「可愛い猫を見つけて追いかけていったら思いっきり転んじゃった」と嘘をついたら、「猫が飼いたいなら何匹でも引きとってくるから、二度と無茶をしてはいけないよ」と神妙な顔でお説教をされたりもした。

――迷惑かけたくないのに……どうすればいいの。

相談すべきなのだろう。けれど、オディールのことを話せば、きっと義父はレイを守るために、すべてを捨てて一緒に逃げようとしてくれるはずだ。

――でも……逃げきれなかったら？

オディール個人だけでなく、ジェネット公爵家にとってもレイは消したい汚点だ。

生きていると知られてしまった以上、家をあげて排除しようとするに違いない。

相手は公爵家だ。力も伝手もある。オディールの崇拝者たちも血眼になってレイたちを探そうとするだろう。

見つかれば、ふたりとも命はない。いや、死ぬよりも辛い目にあわされるかもしれない。

――そんなの絶対に嫌……父さんにこれ以上、私のせいで辛い思いをさせたくないよ。

自分はどうなってももう仕方ないが、せめて義父だけは助けたい。

そのためにはオディールに従うほかないのだろうか。

レイは溜め息をこぼしながら毛布の下から手を伸ばし、サイドテーブルの引きだしをあけ、媚薬の小瓶を取りだした。

ガラスの中で揺れる透明な液体をながめながら考える。

──陛下に、お茶会をねだれって言われたけれど……。

オディールの言う通り、レイが頼めばノヴァは喜んで承知してくれるだろう。

自分を陥れるための誘いだとは思いもせず、嬉しそうに笑いながら。

「……っ」

その笑顔が怒りや失望、軽蔑へと変わるさまを想像した途端、ギュッと胸が苦しくなって、レイは小瓶を引きだしに放るように戻すと、毛布の下に潜りこんで縮こまった。

──どうしてこんなことになっちゃったの？

悲しくて悔しくてたまらない。

身を切られるような思いで花係を諦めたというのに、もう月に一度会うことさえできなくなる。

──それさえも贅沢だったってことなの？　私ができそこないの嘘つき女だから？

愉悦に歪むオディールの赤い唇が頭に浮かび、ジワリと涙がこみあげてくる。

彼女はどうしてこんなことをするのだろう。できるのだろう。

何でも持っているくせに、どうしてレイのささやかな望みさえ奪っていくのか。

──本当にどうして？　貴族って勝手すぎるよ！

けれど、その身勝手な貴族だからこそ、オディールにはノヴァの花嫁になる資格があるのだ。

公爵家に生まれた娘で、強い媚香を持っているから。彼女はノヴァに相応しい女なのだ。

──どうして……私はそうじゃないの？

同じ両親から生まれたはずなのに、どうして自分だけ踏みにじられなくてはいけないのだろう。

そんな思いが胸にこみあげる。

もう割りきったつもりだった。それなのに、今さらながらに自分の境遇が恨めしい。

なくてもかまわないと思っていたものが、今さら欲しくてたまらない。

オディールのようにすべてを持っていれば、こんな風に苦しむことはなかったはずだ。

——陛下との恋だって、叶ったかもしれないのに……。

ふっとそう思ってしまい、途端に自己嫌悪がこみあげる。

強い媚香はノヴァを苦しめると知っているくせに、それを望むなんてどうかしている。

いや、そもそも、義父の命が危ういかもしれないというときに考えることではないだろうに。

——本当に、私ってダメだなぁ。

ノヴァのことも義父のことも大切だと言いながら、結局は自分のことばかり考えている身勝手な女。だから、きっと罰が当たったのだ。

ノヴァの傍にいたいなどと欲を出さず、恋心を自覚した時点で花係を辞退すればよかった。

そうすれば、オディールとあの庭園で会わず、目をつけられることもなく、このようなことにはならなかったかもしれない。きっとぜんぶ、レイのせいなのだ。

目をつむり、グズグズと自分を責めたところで状況は何も変わらない。

ただただ惨めで悲しい気持ちになるだけだ。

それでもグルグルと考えるうちに熱が上がり、いつの間にかレイの意識は朦朧《もうろう》と薄らいでいった。

階段を上がってくる足音で、ふっとレイは目を覚ました。

ひらいたカーテンから差しこむ光は茜色を通りこし、青白い月光へと変わっていた。

どうやらすっかり眠りこんでいたらしい。

相変わらず熱は高いままのようで、頭がぼうっとして思考がまとまらない。

ただ、ひどく喉が渇いている感覚はあった。

チラリと水差しに目を向けて、身体を起こそうとするが上手く力が入らない。

——いいや、父さんに頼もう。

そう思ってから、ホッと安堵の息をつく。

——よかった……無事に帰ってきてくれたんだ。

目をひらいているのも怠《だる》く、目蓋を閉じたところでノックの音が響いた。

「……レイ、起きているかい？」

「……お帰りなさい」

かすれた声で返事をすると扉がひらき、やさしいミルクの香りと共に、スープ皿の載った木製のトレーを手にした義父が入ってきた。

どうやら、義父は今帰ってきたわけではないようだ。

「……ごめんね、気づかなかった……」

半分目を閉じたまま謝ると、義父は「いや、いいんだよ」と言ってから、手つかずの果物に目を向けて、心配そうに眉を下げた。

「……ポタージュを作ってきたんだが……食べられそうかい？」

どうだろう。喉は渇いているが、胃が動いている感じはしない。

無理かもしれない――と謝ろうと口をひらいたところで、ケホリと噎《む》せてしまう。

慌てて駆けよってきた義父がトレーをサイドテーブルに置いてレイを抱きおこし、グラスに水を入れて口元に差しだしてくる。

「っ、けほ、あ、ありがと……っ」

レイは咳が収まったところでグラスに口をつけた。

水はすっかり温くなっていたがコクリコクリと飲みほして、ひりつく喉を潤してからあらためて答える。

「今は、無理かも……ごめんなさい」

「そうか……それじゃあ、後で食べようなぁ」

義父はやさしくそう言って、そっとレイを寝台に横たわらせた。

せっかく作ってくれたのにと申しわけなく思いながら、レイは気怠さに目をつむり、すんすんと鼻を蠢《うごめ》かせた。

ほんのり香ばしいミルクの香り。

タマネギとジャガイモをバターで炒《いた》め、じっくりコトコト溶けるまで煮こんだ、ほんのりと甘く喉にもお腹にもやさしいポタージュは、昔、風邪をひくたびに義母が作ってくれたものだ。

その味を義父が引きつぎ、こうして時々食べさせてくれる。

「……ありがとう、父さん。後でいただくね」

レイは目をつむったまま微笑んで、そういえば、と義父に尋ねた。

「……今日はどうだった？」

「……ああ、そうだなぁ。お褒めの言葉を一生分くらいもらってしまったよ」

喜びを噛みしめるように義父が呟く。どうやら竣工式は上手くいったようだ。

「よかった……、っ」

けほんとまたひとつ咳をしてから、レイは薄目をひらいて、ふふ、と笑う。

「でもまあ、父さんの造った庭だもの、褒められて当然だよ。これでお客さん、増えるといいね」

「はは、ありがとう、レイ」

義父は気恥ずかしそうに嬉しそうに笑い、それから、ふと何かを思いだしたように目を細めた。

「何、父さん？　何か楽しいこと？」

「ああ、新しいお客さんかどうかわからないがね」

そう前置きしてから、義父はくしゃりと笑いながら答えた。

「離宮を出てから家に着くまで、ずっと誰かがついてきていたんだよ。チラリと見えた感じでは、若い紳士のようだったな」と。

その言葉に、レイはドクンと鼓動が跳ねるのを感じた。

――ついてきたって……まさかオディール様の……!?

見張っているというのは脅しではなかったのだ。

慌てて寝台から起きあがろうとした途端、くらりと眩暈《めまい》が起こって倒れこんでしまう。

「ああ、レイ。無理をしてはいけないよ……まだ寝ていなさい」

「でも……」

息を喘《あえ》がせながら義父に訴えようとしたところで玄関からノックの音が響いて、レイはビクリと肩を揺らす。

「……もう遅いのに、誰だろうな」

「ダメ、行かないで……っ」

身を起こそうとする義父を引きとめようと、レイは慌てて手を伸ばす。

もしかすると、今日レイが庭園に行かなかったせいで、怪しんだオディールが取りまきを連れて義父を攫《さら》いに来たのかもしれない。

けれど、義父はレイの手を取ると、やさしく毛布の中に戻して微笑んだ。

「大丈夫だよ、レイ。出かけるわけじゃない。すぐに戻るから」

きっと風邪で弱ったレイが、子供のころのように甘えているのだと思ったのだろう。

「違うの……だって、変な人だったら……！」

「はは、そうだなぁ」

かすれた声で訴えるが、義父は微笑ましそうに目を細めるだけだ。

「大丈夫、きちんと確かめてからあけることにするよ。ありがとう、レイ」

そう言って、義父は踵を返して部屋を出ていってしまった。

一緒に行くべきだったと気づいたのは、義父が階段を下りた後で。

慌てて寝台から下りて追いかけようとしたが力が入らず、レイはその場に倒れこんでしまった。

「きゃっ」

悲鳴を上げるのと同時に階段を駆けあがってくる音がして、勢いよく扉がひらき、黒い外套の裾がひるがえる。

レイはひ、と息を呑んで顔を上げて――。

「どうした、レイ⁉」

聞こえた声にパチリと目をみひらく。

「……陛下？」

部屋の入り口、さらりと髪を乱して立っていたのは、ここにいるはずのないノヴァだった。

――どうして陛下がここに……⁉

熱にぼやけた頭が上手く回らず呆然と見上げていると、ノヴァはレイの前に膝をつき、顔を覗きこむように尋ねてきた。

「……レイ、いったい何があったのだ？」

「っ、え――」

一瞬、オディールとのことを尋ねられたのかと思いレイは息を呑む。

けれど一呼吸を置いてから、寝台から落ちた理由を聞かれているのだと思いあたって、ええと、と視線をさまよわせた。

「あの……カーテン、を……」

「……そうか、カーテンを閉めようとしたのだな？」

やさしく問われ、レイはコクリと頷く。

「ならば私が代わりに閉めてやろう。おまえはもう少し休むといい」

そう言ってノヴァはレイをひょいと横抱きに抱えて寝台に戻すと、手早くカーテンを引いていく。

月光にきらめく白銀の髪を見つめながら、レイはぼんやりと尋ねた。

「陛下、今日はどうして……？」

「見舞いに決まっているだろう」

当然だと言わんばかりの口調で答えて、ノヴァは笑顔で振りむいた。

「まあ、それは名目で、もう一日に一度はおまえの顔を見ないと落ちつかないのだ」

え、とレイが目をみはると、ノヴァはサイドテーブルの傍らに置かれた丸椅子に腰を下ろして、そっとレイの手を取った。

「昨日はずっと落ちつかなかった。二日も会えないのは耐えられないから、こうして見舞いがてら来てしまったというわけだ」

クスクスと笑いながら、ノヴァはチラリと部屋の入り口に目を向ける。

そのタイミングで、ひらいたままの扉から義父が顔を覗かせて、その手には、艶々とした林檎が入った籐かごが下がっていた。

「……陛下からお見舞いだよ」

「風邪には菓子よりも林檎だろう？」

得意げに笑ってノヴァが義父に目配せをする。

義父は心得たように「では、剝いてまいります」と頷いて、扉を閉めると階段を下りていった。

再びふたりきりになり、しんと沈黙が落ちる。

レイはぼんやりとノヴァの顔を見つめたまま、熱で曇る頭で「どうしよう」と考えていた。

――オディール様とのこと……今、ぜんぶ、お話しした方がいいよね……。

そう思い、口をひらきかけた瞬間、オディールと青年たちの嘲りに満ちた笑い声が頭に響いて、グッと喉が絞めあげられたように言葉が出てこなくなる。

打ちあけるべきだ。助けを求められるとしたら、彼以外にはいないのだから。

そう頭ではわかっているのに、どうしてか怖くてたまらなくて、言葉の代わりにこみあげてきた涙が一粒、瞳からこぼれる。

「……ああ、レイ。苦しいか？　すまない。角を鶏にすべてやらずにとっておけばよかったな……生憎《あいにく》、おまえに食わせてやれるほど、まだ新しい角が伸びていないのだ」

手を握ったまま、逆の手をそっとレイの額に当てて、ノヴァが悔しげに呟く。

ひんやりとした手のひらが心地好く、相変わらずずれた言葉が愛しくて、ふふ、と頰がゆるむ。

「……笑うな、レイ。私は真剣に案じているのだぞ」

すねたような物言いにますます面白くなってしまって、クスクスと笑いながら、レイは胸が締めつけられるのを感じた。

きっとすべてを打ちあけたとしても、オディールに従ったとしても、こんな風に笑いあうことは、もう二度とできなくなる。そう思ってしまって。

「……なあ、レイ。庭園の完成を一緒に祝えなかったのは残念だが……熱が下がったら、ふたりで最後の茶会をしよう」

握った手に力をこめて、ノヴァが囁く。

最後の茶会——その言葉にジワリとレイの瞳が潤む。

きっとどのような選択をしたとしても、次の茶会が本当に「最後の茶会」になるだろう。

「……泣くな、レイ」

ホロホロとこめかみを伝う温い滴をノヴァの指が拭う。

「大丈夫だから……泣くな」

囁く声があまりにやさしく——いや、愛おしげに聞こえて、レイは胸が苦しくなる。

そんな風に聞こえるのは、きっと自分の願望のせいだとわかっている。

それなのに、もっとふれてほしいと思ってしまう自分が恥ずかしくて、申しわけなかった。

ずっと彼に嘘をついていたくせに、これから裏切るかもしれないくせに。

泣いて同情を誘っているのがたまらなく卑怯に思えて、レイは「もう大丈夫ですから」と笑って答えようとして、息を吸いこんだ瞬間、大きく咳《せ》きこんでしまう。

「っ、けほ、っ、えっ、げほっ」

「ああ、レイ。無理をするな」

ノヴァはなだめるように言いながらレイを抱えおこすと、自分の胸にもたれさせるようにして、やさしく背を撫でた。

「……大丈夫だ、大丈夫だから、ゆっくり息をしろ……」

「っ、けほっ、……っ、……はぁ」

ようやくレイの咳が収まったところで、ノヴァはレイを抱えたまま上着のポケットに手を入れて何かを取りだした。

「……角はないが、代わりによく効くらしい薬を持ってきたぞ」

そう言ってカサリとひらいたのは薬包紙のようで、薔薇の種ほどの丸薬が何粒か転がっていた。

「日に三度、一度に一錠だ」

そう言って一粒摘まむと、ノヴァは微笑を浮かべてレイの口元に近づける。

「おまえは苦いものが嫌いだろうからな。砂糖で包ませたが、嚙むなよ。苦いのが出てきてしまうぞ？　……さあ、口をあけろ」

「ぁ……、ん」

ひらいた唇に長い指が潜りこみ、グッと奥へと押しこまれる。

吐き気を覚える前に指は引きぬかれ、甘くて苦い味が舌をかすめて喉に落ちていく。

目をつむってコクンと喉を鳴らしたところで、今度はグラスが唇にあてがわれた。

舌に残る微かな苦みが爽やかなミントの香りに洗いながされていく。

「……よし、これで大丈夫だ。……何も心配しなくていいからな、レイ」

やさしくあやす声が耳に心地好く、レイはホロリと涙をこぼしながらコクリと頷く。

「きっと明日になればよくなる。熱が下がったら茶会をしよう」

「……はい」

「おまえの好きなときでいい。ケイビーにでも伝言を頼め。いつでもかまわないからな」

ポンポンと背を撫でながら囁かれ、またひとつコクリと頷く。

よし、と満足そうに頷いて、それからノヴァは黙ってレイの背をさすっていた。

そうして、温かな腕に抱かれているうちに、トロトロと目蓋が落ちてくる。

泣いてあやされて眠りにつくなんて、まるで赤ん坊のころに戻ったようだ。

――こんな風にしてもらう資格なんてないのに……。

切なさにまたひとつ涙をこぼしながら目をつむり、今だけ、これが最後だからと自分に言いわけを繰りかえす。

やがて、泣きつかれたレイの意識が落ちようとするころ。

「……なあ、レイ。おまえが――のを、待っているぞ」

愛おしげに囁く声が耳をくすぐったと思うと、そっと顎をすくわれて、額に温かな何かがふれて離れていったような気がした。

第八章　白日の下、花の中で

　さすがはシャンディラ皇室御用達の薬らしく、夜のうちに熱は下がり、翌朝には食欲も戻って、寝台を下りて動きまわれるようになった。

　身体の怠さは残っていたが、それも昼前にはなくなり、そのころにはレイの心は決まっていた。

　だから、居間に下りていき、仕事休みで暖炉の掃除をしていた義父に頼んだ。

「お茶会がしたいですって陛下に伝えてもらえる？　できれば今日、お願いしますって……」と。

　義父は「そうだな、快気祝いにお願いしてこよう」と微笑ましげに頷いて出かけていった。

「では、いってくるよ」と手を振って。

「うん、いってらっしゃい」とレイも笑顔で手を振りかえした。

　義父を見送った後、居間に戻ったレイは長椅子に腰を下ろし、義父が入れていったホットミルクのカップを両手で持ちながら、テーブルの真ん中に置かれた一輪挿しの花瓶に視線を向けた。

　そこには一輪の薔薇が活けられていた。目にも鮮やかで美しい、けれど鋭い棘が生えた紅薔薇が。

　朝、玄関の前に置かれていたものだ。

　義父は「誰かからのお見舞いかな？」と笑っていたが、レイにはわかった。

オディールからのメッセージだと。やはり昨日離宮に行かなかったので怪しまれているのだ。

——このままじゃ、父さんが……。

レイへの脅しとして直接的な危害を加えられるまで、そう時間はかからないだろう。

レイはカップを握りしめ、ふるりと身を震わせた。

もうもうと湯気の立つカップは温かいはずなのに、指先がひどく冷たく感じられる。

どうにかしないといけない。今すぐに。

だから、レイは決めたのだ。ノヴァにお茶会をひらいてもらおうと。

彼を裏切るためではなく、オディールをつかまえてもらうために。

一晩かけて考えたが、やはり彼女は信用できない。本当に義父を助けてくれるとは思えない。

——何より、オディール様の好きにはさせたくない。

オディールは、ノヴァがあの庭園に向かったら準備をすると言っていた。

お茶会をひらけば、あの場所に来るはずだ。レイの罪を見届けに。それを利用してやるのだ。

そっと押さえた寝間着のポケットの中には媚薬の小瓶と一枚のメモが入っている。

「媚薬を盛られたふりをしてください」と書かれた手のひらサイズの紙切れが。

媚薬を盛るふりをした後、このメモをそっと見せれば、きっとノヴァは察してくれる。

ノヴァが身体の異常を訴えはじめたところで、オディールは意気揚々と現れるはずだ。

そこでノヴァにすべてを打ちあけて、オディールをつかまえてもらえばいい。

義父は言っていた。

「おまえが思っているよりもずっと、陛下はおまえを大切に思ってくださっているはずだ」と。

その言葉に賭けてみよう。そう決めたのだ。

――嘘をつかれていたと、私の正体を知ったら……陛下の御心も変わるでしょうけれど……。

それでも、最後の慈悲で義父の命だけは救ってもらえると信じるほかない。

こみあげる不安を呑みこむように、レイはカップを一気に傾けて、コンッとテーブルに戻すと、勢いをつけて立ちあがった。


その後、ザッと寝汗を流し、身支度を整えて待つこと一時間。

帰ってきた義父は、シャンディラ皇家の紋章入りの馬車を従えていた。

パチリと目をみはるレイを見て、義父は「今日は忍ぶ必要はないだろうとの仰せだよ」と笑った。

白く塗られた客車は金の装飾が施され、馬車を曳くのはぶちひとつない四頭の白馬。二頭の先導までついている。

艶やかな馬体につけられている鞍《くら》や手綱、頭絡は金色でそろえられていた。

――忍ばないとこれなんだ……。

展覧会に出かけたときは黒い車体に黒鹿毛の馬で、馬の数も二頭だった。

――あのときは本当に頑張って忍ぼうとなさっていたんだなぁ……。

全然忍べていなかったけれど、と頬がゆるむ。

きっともう、あんな風にふたりで馬車に乗ることはないだろう。

切なさと過ぎた幸福を噛みしめながら、レイは「じゃあ、行ってくるね！」と明るく笑って義父に告げ、従僕がひらいた扉から客車に乗りこんだ。

それからゆるやかに揺られること二十分。

通いなれた百花離宮の敷地に入り、そこからさらに五分ほどかけて、青々と茂る森の前に着いたところで、レイは馬車を降りた。

「ここから先はおひとりでどうぞ」

恭しく従僕に言われて、レイはひとりきり、緊張と不安で段々と重たくなる足を一歩一歩前へと動かし、木漏れ日が揺れる森の奥へと進む。

そのうちに、自分の足音を追うようにいくつかの足音が聞こえはじめたが、レイは強いてそちらには目を向けず、歩きつづけた。

やがて樹々の合間に緑の壁——生垣が姿を現す。

生垣を回ってひっそりとひらかれた扉型のアーチをくぐれば、陽ざしに輝く芝生の上、まっすぐに伸びたタイルの小道の先に白いガゼボが見えた。

その前に佇《たたず》む、白き竜帝の姿も。

「……っ」

思わずレイが足をとめたとき、一陣の風が庭園を吹きぬけていった。

さらりとノヴァの白銀の髪がなびき、薔薇の梢が揺れ、芳しい花の香が初夏の風と混じりあう。

「……よく来たな、レイ。準備はできているぞ。さあ、茶にしよう」

甘く誘う声に呼びよせられるように、レイはふらりと足を前に出した。

タイルの小道に踏みこめば、両脇に並ぶ細長い鳥籠状のオベリスク、そこに巻きついた半蔓性の薔薇が左右から香りの歓迎を示してくる。

芝生には大輪の花を咲かせたブッシュローズが、ガゼボを幾重もの薔薇の輪で囲むように、同心円状に植えられている。

ガゼボに近いものほど樹高が低く、離れるにつれて高くなっていき、その最後を引きとるように、生垣の内側にそって点々と支柱が立てられ、その間に渡された花綱《ガーランド》で愛らしい蔓薔薇が揺れている。

色はといえば、ひとつの輪の中で白に近い薄紅に始まって段々と赤が深まり、やがて深く艶やかな薔薇色になった後、また薄紅へと戻っていく。

そんなグラデーションを描くように配置されている。

外に行くにつれて少しずつ始まりの色をずらしてあるため、ノヴァがガゼボから庭園をながめるとき、見る位置によって違った色の重なりを楽しめるという趣向だ。

薔薇の下草としては、ノヴァの好みを反映しつつ、なるべくその薔薇の色に合う花を選んだ。

白に近い薔薇の足元にはキク科のマーガレットやアスター、カモミール、薄紅の薔薇の傍らには桃色のゼラニウムにフロックスという具合に。

生垣の近くには、ニワシロユリやチュベローズなど甘く濃厚に香る花々を植えた。

薔薇の匂いを邪魔しないよう、それでもガゼボに座って息を吸いこんだときに、遠く甘い香りが鼻をくすぐるように。

そこにはひそかにナイトジャスミンの花も忍ばせてある。

夜にノヴァが庭園を訪れたとき、昼とは違った香りの重なりが楽しめるように。

庭園の端にはアクセントのようにライラックの樹が一本立っていて、その根元では淡い紫の花が愛らしいタイムに菫、ニオイアラセイトウ、セージがやさしい香りを放っている。

目に映る何もかもが美しかった。

咲きほこる花々も、その中心で微笑むノヴァも。

最初で最後であろうその光景を目に心に焼きつけながら、レイはゆっくりと進んでいった。

「……体調は？　もういいのか？」

ガゼボに入り、ノヴァに手を取られて、すっかり馴染んだ位置に腰を下ろしながら、レイは頷く。

「はい、もうすっかりよくなりました。陛下にいただいた薬のおかげです」

「そうか。何よりだ」

やさしく目を細めてノヴァが囁く。

慈しむようなまなざしが嬉しくて、けれどそんな風に見てもらえるのもこれが最後かもしれないと思ったら苦しくて、レイはそっとノヴァから目をそらし、テーブルに視線を向けた。

真っ白なテーブルクロスの上に並ぶのは見慣れた白いティーポットと二客のカップとソーサー、皿に載った焼き菓子の数々。

「……今日の菓子は今までの総ざらいにしてみたぞ」

楽しげな言葉通り、用意された菓子は今までのお茶会でレイが好きだと言った品ばかりだった。

初めてノヴァに食べさせてもらった甘い雪のメレンゲ。

貝殻型のマドレーヌはプレーンなものとミントの葉がのったレモン味と紅茶味、それから危うくラムソンのにおいがつくところをノヴァの手で回避した苺味があった。

──なんだかんだで、マドレーヌが一番陛下に食べさせてもらった気がする……。

懐かしみながら苺のミルフィーユに目を向ければ、展覧会の思い出が頭をよぎる。

──お忍びだからって角を折るなんて、あれは本当に驚いたなぁ……。

二口サイズのエッグタルトは、あのときよりも少しだけ黄身の色の主張がやさしい。普通の卵で作ったからだろう。

どれもこれもノヴァと過ごした日々を思いおこさせ、食べる前から胸がいっぱいになりそうだ。

でも、ここで泣きだしたりしたらノヴァに怪しまれてしまう。

──まだダメ。まだ早い。泣くのはぜんぶ終わってからにしないと……。

できることならそれが安堵の涙になってくれることを祈りながら、レイは媚薬とメモを忍ばせたキュロットのポケットをそっと押さえるとノヴァに笑いかけた。

「ありがとうございます、どれも美味しそうですね！　食べるのが楽しみです！」

「そうか。では……茶にしよう」

宣言したノヴァがティーポットを持ちあげ、鮮やかな紅色《あか》の茶がカップに注がれる。

夏摘みの茶葉の豊かな香りと、六月の花園と焼き菓子の甘い匂いが混ざりあう。

そんな香りの饗宴の中、最後のお茶会が始まった。

ティーカップを傾け、差しだされた菓子を味わいながら、計画を実行に移す機会を窺う。

けれど、「これが最後だ」と思えば、少しでも長くノヴァとの時間を味わいたくて、レイはなかなか踏んぎりをつけることができなかった。

あと少し、もう少しだけとためらう間にお茶会は進んでいって……。

気づけば菓子をあらかた食べおえ、紅茶もカップに半分残すだけとなってしまった。

「……さあ、レイ。最後のひとつはおまえにやろう」

ノヴァがミントの葉を飾ったマドレーヌを摘まみあげ、半分に割る。

差しだされた欠片を見つめて、レイは決意した。

これが最後、これを食べたら計画を実行しようと。

「……半分こでいいです」

別れを惜しむように提案すれば、ノヴァは嬉しそうに頷いた。

「そうか、では半分こだ」

パクリ、パクリ、と互いの口にマドレーヌの欠片が消えていく。

見つめあい微笑みあいながら、レイはキュロットのポケットに手を差しいれ、そっと媚薬の小瓶を抜きとった。

ノヴァからは見えないが、生垣から覗いているであろう観客の目には留まるよう、テーブルの下で機会を窺うそぶりでユラユラと揺らし、そっと栓を抜く。

「……うむ。わけあうといっそう美味だな」

ノヴァが目を細めて楽しげに笑う。

その笑顔があまりにもまぶしくて、レイは胸が引きしぼられるような痛みを覚える。

できることならずっとこの笑顔を見ていたかった。月に一度でかまわないから、ずっと。

けれど、やるしかないのだ。緊張で汗が滲み、鼓動が速まる。

ぬるつく手のひらから小瓶がこぼれぬよう、キュッと握りなおしたところで、ノヴァがカップを持ちあげ口元に運ぶ。

――ダメ、ぜんぶ飲まれちゃったら……！

媚薬を盛るふりができなくなってしまう。

すべて飲みきる前にとめなくてはと焦りを覚えたそのとき、ノヴァは何かに気づいたように庭園に目を向け、カップをソーサーに戻した。

「……見ろ、レイ。コマドリがいるぞ」

庭園の片隅、ライラックの樹がある方向を振りかえって楽しそうに声を上げる。

レイの視界には入っていないが、コマドリがライラックの枝に留まりに来たのだろう。

「……本当だ。愛らしいですね」

そう答えながら、レイは今しかないと思い、サッと手を動かした。

ノヴァのティーカップの上で小瓶を傾ける。中身がこぼれない、ギリギリの角度まで。

――もっと近づけないと……入れたように見えないかも！

焦りながら腕を下げて、勢いがつきすぎてしまったのだろう。

小瓶の縁がカップの縁に当たってカチンッと澄んだ音を立てる。

あ、と思った瞬間には、手がぶれて小瓶の中身が一気に流れ、紅茶の中へと吸いこまれていった。

一瞬呆然としてから、さあっと血の気が引いていく。

「……ああ、飛んでいってしまったな」

残念そうな呟きが耳に届き、レイはハッと我に返って手を引っこめ、うつむいた。

そっと小瓶の中身を確かめると、半分以上なくなっていた。

――ああ、どうしよう！　本当に入っちゃった！

膝の上で小瓶を握りしめ、ふるりと身を震わせる。

これでは計画が台無しだ。飲んだふりをしてもらうも何もない。

カチリと微かに響いた音に弾かれたように顔を上げれば、ノヴァがカップの持ち手を摘まんで、持ちあげるところだった。

瀟洒《しょうしゃ》なカップが口元に運ばれ、ゆっくりと傾けられていく。

ダメだ。飲ませてはいけない。本当にノヴァが襲われてしまう。レイの胸に焦りが渦巻く。

白いカップの中で揺れる紅い茶が、今しもノヴァの口に入ろうとして――。

「――いけません！」

「っ、レイ!?」

レイは椅子を蹴って立ちあがると、ノヴァのカップを奪いとり、自らの口に中身を流しこんだ。一息に飲みほし、はあ、と大きく息をつく。

「……なぜ、おまえが飲むのだ？」

困惑気味に尋ねるノヴァに「申しわけありません」とだけ答えると、レイは握りしめていた小瓶をテーブルの上に置いた。

「……媚薬です」

問われる前に告げる。計画とは違ってしまったが、打ちあけるなら今しかない。

「オディール様に陛下に媚薬を盛るように命じられました。逆らえば父を殺すと言われて……」

本当に盛る気はなかったが、彼のカップに入れてしまったのは事実だ。

「……この罪は償います。ですが、父の命だけはどうか……どうかお救いください！」

深々と頭を垂れて震える声で願う。あまりに図々しい頼みだとはわかっていた。けれど。

「……大丈夫だ」

一呼吸の沈黙を挟んで返ってきたノヴァの声はひどく穏やかなものだった。

え、とレイが顔を上げると、ノヴァはやさしく微笑んでいた。

「……陛下？」

金色の瞳には怒りも悲しみもなく、ただ慈しみめいた温かな色と、そして、何かを期待するかのような不思議な光が灯っていた。

「昨夜も言っただろう？　何も心配ないと。大丈夫だ。手は打ってある」

「そう、なのですか……？」

呆然と尋ねると「ああ」と力強い肯定が返ってくる。

何をしてくれたのかはわからないが、ノヴァが断言するからには大丈夫なのだろう。

――そっか……父さん、大丈夫なんだ……よかった……！

ホッとした途端、身体の力が抜けて、レイはストンと椅子に座りこむ。

「……ありがとうございます、陛下」

ポツリと呟きながら、こみあげる安堵にジワリと瞳が潤む。

――父さんの言うことを……陛下を信じてよかった。

しみじみと心の中で呟き、けれど、もうひとつだけノヴァに告げなくてはならないことがあるのを思いだして、レイは表情を引きしめた。

――まだ、終わりじゃない。

大切なことが残っている。オディールの口から明かされる前に、今、言わなくてはいけない。

「陛下、私は……っ」

レイは睫毛を伏せたまま、膝の上で拳をギュッと握りしめ、心を吐きだすように打ちあけた。

「私は……男ではありません」

たったそれだけの告白で鼓動が騒ぎ、胸が苦しくなる。彼の反応が気になるのに、どんな表情をしているのか確かめるのが怖くて、顔を上げられない。

「ずっと隠しておりましたが……私は媚香のない女なのです」

ポツリポツリと告げながら、少しずつ息が上がっていく。

緊張のせいか、それとも媚薬の効き目が出てきたのだろうか。

そっと息を整え、ジッとノヴァの言葉を待つ。

「……そうか」

静かな呟きに、レイが思わずビクリと肩を跳ねさせると、ノヴァが席を立つ気配がした。

きつく目をつむり、コツリコツリとテーブルを回ってくる足音に耳をすませる。

何を言われるのだろうと思えば震えるほどに恐ろしくて、それでも、ノヴァが近づいてくるのを嬉しいと感じる自分もいた。

そんな風に思っている場合ではないだろうに。

トクトクと脈が速まるにつれて、心のタガがゆるんでいくような不思議な感覚を覚える。

——媚薬のせいかな……。

「……顔を上げろ、レイ」

命じられ、おずおずと従おうとすると「遅い」というように顎をすくわれ、上向かされる。

あ、とレイは目をみはる。ノヴァの顔から笑みが消えていた。

かといって怒りや侮蔑の表情を浮かべているわけでもない。感情が削ぎおとされた、仮面めいた美貌を見つめながら、レイは身を震わせる。

いったい、今、彼は何を思っているのだろう。

その表情からは何の感情も読みとれない。それがかえって恐ろしくてたまらなかった。

「っ、あの……っ」

「……つまり、私をずっとたばかっていたというわけか？」

感情がこもらない――いや、抑えこんでいるような声で淡々と問われ、レイは小さく息を呑み、ジワリと瞳を潤ませる。

「……申しわけありません」

「……簡単には許せぬな」

涙でぼやけた視界で、ノヴァが眉をひそめるのが見える。

――ああ、やっぱり、ダメなんだ。

先ほどのことは許されても、やはりこれは受けいれてもらえないのだ。

覚悟はしていたはずなのに絶望がこみあげる。

「っ、ごめんなさいっ」

「なぜ、黙っていたのだ？」

静かに問われ、レイは「それは……」と言葉に詰まる。

何と言えばいいだろう。何と言えば許してもらえるのか。

あなたを傷つけたくなかった、弱みにつけこむような気がして申しわけなかった。

もっともらしい言葉が胸に渦巻き、喉元までこみあげてくる。

けれど、ポロリとこぼれた涙が頬を伝い、次いで唇からこぼれでたのは――。

「あなたに……嫌われたくなかったのです」

そんな子供じみた言いわけだった。

口にした後で、ああ、そうか、そうだったのか、と気づいた。

どうして昨夜、ノヴァにすべてを打ちあけられなかったのか。

オディールや取りまきの青年たちのことを思いだして感じた、言いようのない恐怖の正体。

それは、ノヴァに嫌われることへの恐怖だった。

「おまえはできそこないの奇妙な生き物だ」と思いしらせてくる、侮蔑と嫌悪に満ちたまなざし。

同じような視線を、ノヴァから向けられるのが怖かったのだ。

彼を傷つけたくないだとか弱みにつけこみたくないだとか、そんな理由はすべてごまかし。

結局のところ、レイの本音はそれだったのだ。

ずっとノヴァを騙《だま》していたかった。親愛でもいいから好きでいてほしかった。

「できそこないの娘」ではなく「陛下の花さか少年」として、彼の心の片隅にきれいなものとして居座っていたかったのだ。自分の育てた薔薇の花と一緒に。

——ああ、なんて卑怯で図々しい。

自分の身勝手さ、愚かさが情けなくて恥ずかしくて、じわりと涙が滲んでくる。それでも——。

「どんな罰でも受けます……でも、お願いです、嫌わないで……っ」

媚薬に侵され、くつろいだ心と身体が、隠していた本音と願いを涙と一緒に吐きださせていく。

「好きなんです、あなたが……叶わないのはわかっているのに……どんな形でもいいから繋がっていたくて、嫌われたくなくて、言えなかった……！　だからお願い、嫌わないでください……っ」

ポロポロと涙をこぼしながら訴えると、ノヴァは「そうか」と呟いて、レイの顎をすくったまま、反対の手でそっと頬を撫でた。

「……それほど、私が好きか？」

レイはギュッと目をつむり、コクリと頷く。

「そうか……それほど好きか」

凪いだ声が耳に痛い。

「っ、ごめんなさい……っ」

レイが身をすくめ、またひとつ涙をこぼして謝ると、ノヴァは深い溜め息をついた。

きっと呆れているのだろう。このようなときに愛の告白か、と。

余計に嫌われてしまったかもしれないと思えば、いっそう胸が痛む。

嗚咽を堪えながら、もう一度謝ろうとして――。

「――私もだ」

ぶわりと花ひらくように歓喜に満ちた囁きが、レイの耳に届いた。

え、と目蓋を跳ねあげれば、いつの間にか睫毛がふれあいそうなほど近くに、世にも美しい顔が迫っていて。

パチリとまばたきをしたときには、驚きにひらいた唇に彼の唇が重なっていた。

やさしい衝撃に、レイは、ん、と反射のように目をつむる。

彫像めいた印象とは裏腹にノヴァの唇はやわらかく、滑らかで、息を呑むほどに熱かった。

その行為の意味を頭が理解するより早く、身体の芯に歓喜の炎が灯る。

知らず彼の首に腕を回して、初めての口づけに酔いしれようとした、そのときだった。

「……ん、ふ」

「――陛下、何をしてらっしゃるのですか⁉」

甲走った少女の叫び声が庭園に響きわたった。

ハッと声の方に顔を向ければ、オディールが庭園の入り口からレイたちを睨みつけていた。

レイは慌てて目元を拭ってノヴァから身を離すと、背すじを伸ばし、上がりかけた息を整える。

情けない姿を彼女に見せたくなかった。

オディールはノヴァに呼ばれるのを待つことなく、踵を鳴らして足早に近づいてくると、レイを射殺しそうなまなざしで睨みつけてから、キッとノヴァを見据えて叫んだ。

「そのような下賤《げせん》の輩に口づけるなど、何を考えてらっしゃるのよ⁉」

「……なぜ、おまえがここにいる？」

ノヴァがオディールの問いを無視して問いかえすと、オディールは一瞬悔しげに唇を歪めた。

けれど、すぐに胸の前で両手を握りしめ、しゅんと眉を下げて殊勝な表情で訴えた。

「その者がここに向かう途中、たまたま見かけたのですが……何やら企むような、ずいぶんと思いつめた顔をしていたので、もしや陛下に何か害をなすつもりではと心配でたまらず、こうして追いかけてきてしまったのです！」

どうやらオディールは白を切り、すべての罪をレイに押しつけることにしたらしい。

レイは慌ててノヴァを見上げ、潔白を訴えようとした。

けれど「嘘です」と告げるためにひらいた唇は、再びノヴァの唇に塞がれてしまう。

「っ、だから！　何をしてらっしゃるのですか⁉」

ん、と吐息をこぼし、目をつむったレイの耳に、オディールの怒りに満ちた叫びが突きささる。

「そのような下賤な、卑しい者にふれては陛下が穢れてしまいます‼　今すぐお離れください！」

甲高い声で責めたてながら、オディールが今にもレイにつかみかかろうとしたところで、ノヴァはようやくレイを離した。

そして、オディールを真っ向から見据えると冷ややかに告げた。

「実の姉に向かって、ずいぶんな物言いだな」と。

え、と息を呑んだのはオディールだけではなく、レイも同じだった。

オディールに向けていた冷ややかな表情から一転し、ノヴァはしおらしくレイに詫びた。

「……すまない、レイ」

「あ、え……どうして、私に謝るのですか？」

レイが戸惑いながら尋ねると、ノヴァは気まずそうに睫毛を伏せた。

「先日ここにそれが来たとき、おまえを見て悪態をついていっただろう？　くだらぬ嫌がらせをしてくるやもと思ってな。おまえにもケイビーにも警護を兼ねて密偵をつけていたのだ」

予想外の告白にレイはパチリと目を丸くして、一瞬遅れてから、あ、と声を上げた。

「では、父が言っていた『昨日、離宮からついてきた誰か』というのは――」

「いや、昨日のそれは、その娘の取りまきのひとりだ。……つけていることに気づかれるようでは密偵の意味がないだろう？」

苦笑まじりの言葉にレイはパチパチとまばたきをしてから、「それもそうですね」と眉を下げる。

そんなことにも気づかないなんて、相当ぼんやりしてしまっているようだ。

そんなレイの頬をそっと撫でると、ノヴァは笑みを深めて言った。

「まあ、何にせよ、ケイビーは無事ということだ」

「っ、ありがとうございます！」

そうだ。義父にも警護がついているのなら、オディールの崇拝者に襲われる心配はない。

――「手は打ってある」って、そういう意味だったんだ……！

レイが瞳を潤ませてノヴァの手を握りしめると、ノヴァは嬉しげに顔をほころばせ、それから、ふっと表情を引きしめた。

「……礼を言うのは早いぞ。密偵をつけていたということは、おまえとそれの会話も報告を受けていたということだ」

「え？　は、はい」

「つまり、おまえの秘密を知り、不安を抱えていることも知りながら、すぐには動かなかったということだ」

「……はい。そうなります……ね？」

すぐには動かなかったといっても、オディールと話したのは、つい一昨日のことだ。

ノヴァが後ろめたく思うほどの期間ではないだろう。

首を傾げるレイの足元に跪き、その手を取るとノヴァは恭しく頭を垂れた。

「……私から指摘するのではなく、おまえから打ちあけてほしくて、この日を待っていたのだ」

「私から……？」

「そうだ……黙っていてすまなかった」

「そんな――」

「竜帝ともあろう御方がそのような下賤の輩に頭を下げるなど、みっともないとは思いませんの⁉」

レイの言葉を、たまりかねたようなオディールの叫びがかき消す。

「あなたはこの国の皇帝なのですよ！　相応しい花嫁を選ぶべきなのに！　そんな媚香もない平民の小娘に跪くなんて！　どうかしているわ！」

「……そうか、私が跪いてはおかしいか」

「ええ、おかしいわよ！」

甲高く喚《わめ》くオディールに、ノヴァは「そうか」と答えて静かに立ちあがると、醒めたまなざしで彼女を見下ろし、命じた。

「――では、私ではなくおまえが詫びろ。《跪け》」

力ある言葉が響くと同時に、オディールが膝から頽《くずお》れる。

タイルに膝を打つ鈍い音、パンッと手をつく音が鳴り、またたきの後にはその場に跪いていた。

予想外の光景にレイが息を呑むのと同時に、生垣の方からガサガサと騒がしい物音が聞こえる。

慌ただしく走りさろうとする乱れた足音に、今度はオディールが息を呑んだ。

「……おまえたちもだ。《跪け》」

オディールを見下ろしたままノヴァが凛と命じた瞬間、男たちの悲鳴と倒れこむ音が聞こえた。

「……偶然通りかかったというすじ書きにしては、取りまきが多すぎるな」

「ど、どうして？　皆、隠れていたのに」

呆然と問うオディールに、ノヴァは唇の端をつりあげる。

「目を合わせなければ大丈夫だと思っていたのか？」

竜帝は「その目と声でもって」すべての生き物を従えると言われていたから。

「それでは夜は力が使えないことになる。闇討ちでもされればひとたまりもない。そんな半端な力など役に立たないだろう」

そう淡々と告げると、ノヴァはレイに視線を向けて眉を下げた。

「……ああ、すまない。だいぶ薬が回ってきたようだな……」

案ずるような声に、レイは「え？」と首を傾げかけて、ハッと目をみはる。

いつの間にか身体がかしいで、肘かけにもたれかかっていたのだ。

――やだ、いつの間にこんな……！

きちんと座っていたはずなのに。慌てて身を起こそうとするが上手く力が入らない。

どうにかまっすぐに座りなおそうとギュッと全身に力をこめた拍子に、下腹部にジンとした疼きが走り、レイは小さく息を呑んだ。

脚の付け根がジワリと熱を持ち、何かが滲むような感覚に思わず膝をすりあわせてしまう。

――ああ、女にはよく効くって本当だったんだ……。

心と身体をくつろげるとは、こういった意味だったのか。

息が上がりそうになるのを堪えながら、レイはゆるゆるとかぶりを振る。

「いえ……大丈夫です」

大丈夫ではない。それでも、今の自分の状態をノヴァはともかくオディールに――いや、生垣の向こうにいる青年たちに悟られるのは嫌だった。

その気持ちを察したのだろう。

ノヴァはレイをやさしく引きおこすと自らが椅子に腰かけてレイを膝に乗せ、胸にもたれさせて、やんわりと抱きしめた。

「……すぐすませる」

甘く囁き、一転、温度のないまなざしをオディールに向ける。

「……さあ、《詫びろ》」

響いた声にレイがオディールを見れば、ひれ伏しながらも頭を下げまいと抗うように力を入れているのか、突っぱった腕がぶるぶると震えていた。

《……地に額をつけろ》

追加の命が入った瞬間、ゴッと響いた鈍い音と細い悲鳴にレイはビクリと肩を揺らす。

額をタイルに打ちつけたのだろう。

オディールに対しては良い感情を持ってはいないが、それでもいい気味だとは思えなかった。

さらにノヴァが口をひらこうとしたところで、「もういいからやめてください」と伝えるように
そっと彼の胸にすがれば、ノヴァは少し首を傾げてから、ああ、と得心したように頷いた。

「そうだな。おまえはこのように謝らせたところで喜びはしないか。私はいつも余計なことをして
しまう……許してくれ、レイ。もう、おまえにひどいものは見せないから」

悄然と詫びると、ノヴァはオディールが見えないよう——彼女からもレイの顔が見えないように
——レイを腕の中にしっかりと抱きこんでから、オディールに視線を戻した。

「……立て」

今度の言葉に力はこめられていなかったが、オディールはヨロヨロと立ちあがった。

小さな額は赤くなり、土埃《つちぼこり》に汚れてはいたが割れてはいない。

ひどいのは額よりもその表情だろう。

怒りと恐怖、それを上回る屈辱に歪んだその顔は醜いとしか言いようがなかった。

「宮殿に行き、地下牢《ろう》に入れ。そこで待っていろ。沙汰は後で言いわたす」

「地下牢ですって!?　そんな——」

《黙れ》

「——っ」

ガチンと激しく歯が打ちならされる音が響いて、オディールが顔をしかめる。

舌を噛んだのか、ひとすじの赤い血が唇を伝った。

「……ああ、そうだ。私はレイを抱いて帰らなくてはならないから、これはおまえが持っていけ」

そう言ってノヴァは足元に置いてあったバスケットを持ちあげると、テーブルに置かれていた諸々《もろもろ》をテーブルクロス代わりの布だけを残してしまいこみ、パタンと蓋を閉めた。

《腕を出せ》

命に従い、差しだされた細い腕にバスケットがかけられる。

重さに耐えられず、ぐらりとオディールがよろけるが、《転ぶな》と重ねて命じられれば奇妙な姿勢で踏みとどまった。

「さあ……後は《黙って地下牢に行け》。全員だ』

これが最後というように言葉を発すると、ノヴァはそれきり興味を失ったようにオディールから視線を外し、レイへと向けた。

「……レイ、待たせたな。終わったぞ」

「〰〰っ」

蕩けるような笑みでレイに話しかけるノヴァをオディールは涙を浮かべて見つめるが、彼の視線が彼女に向くことはない。

立ちどまることさえ許されず、オディールの身体は与えられた命に従い、踵を返して歩きだす。

庭園を出ていくその最後の瞬間まで、オディールはレイを嫉妬に燃える瞳で睨みつけていたが、ノヴァの腕に抱きこまれていたレイがそれを目にすることはなかった。

足音が遠ざかり、小鳥の囀《さえず》りだけが庭園に響くころには、レイの身体は限界に近づいていた。

「……へい、か」

息の乱れは、もうごまかしようがない。

くたりとノヴァの胸にもたれながら、荒く息をつくとそっと頭を撫でられた。

「……ふふ、ようやくふたりきりだな」

長い指が髪に潜り、やさしく梳《す》いていく。

たったそれだけのことで、首すじがゾクリとするようなくすぐったさにも似た甘い感覚が走り、肌が粟立つ。

「……苦しいのだろう？　すぐに鎮めてやる」

囁く吐息が耳たぶをくすぐり、少し遅れて唇がふれる。

「……ああ、甘い。良い匂いだ」

陶然と呟く声に胸が高鳴る。蕩けた吐息が唇からこぼれ、うっとりと目をつむりかけて――それでもレイはすんでのところで踏みとどまった。

「っ、ダメ、ダメです……これ以上は……っ」

こんなできそこないの自分を受けいれてくれたこと、好きだと言ってもらえたことは嬉しい。

けれど、甘えてはいけない。だって、レイは寵姫にすら相応しくない、価値のない女なのだから。

本当は一度だけでもいいから彼に抱かれてみたい。何にもなれなくてもかまわないから。

けれど、そんなこと誰も認めてはくれないし、許してもくれないのだ。

——こんな女を抱いたら、陛下が笑われちゃう。

そんな気持ちで拒んだのだが、ノヴァは別の意味にとったらしい。

「……ああ、そうか。まだ伝えていなかったな」

ポツリと呟き、レイの顎をすくって自分の方を向かせるとさらりと告げた。

「気まぐれや遊びではないぞ。おまえの夢も必ず何らかの形で叶える。私の后になってくれ」

「……后に」

呆然と呟くレイの瞳を覗きこみ、ノヴァが微笑む。

「……なあ、レイ。以前、私からもらうのは、チョコレートだけで充分だと言っていたな。だが、それでは私は足りない。おまえに私のすべてを与えたい。身も心も、妻の座も、すべて」

「っ、でも……っ」

レイはくしゃりと顔を歪めて言いかえす。

「私なんかを選んだら……こんな媚香がない、できそこないの女を后にしては、陛下の恥となってしまいます……！」

涙まじりの訴えを聞いたノヴァはレイの頬を両手で包みこみ、金色の瞳を愛おしげに細めると、やさしく言いきかせるように囁いた。

「……レイ、忘れたのか？　私は竜帝だ。この国の法も秩序も価値観さえも、おまえのためならばいくらでも歪めてみせる」

「そんな……」

「言っただろう？　竜の愛は偏っていると。おまえが案ずることなど何もない。この愛を阻むものがあれば排除するだけだ。何であろうと、誰であろうと」

先代の竜帝が、ただひとり愛するノヴァのために一族すべてを屠《ほふ》ったように。

同じ熱量の愛がノヴァの中にもあるのだ。

「……愛している、レイ。おまえだけだ。私が欲しいのはおまえだけ……」

炯々と輝く金色の瞳を見つめながら、切々と紡がれる言葉を聞きながら、ゾクリとレイの背すじを走ったのは畏怖か歓喜か。

「……だから、頼む」

そっとレイの胸に――トクトクと激しい鼓動を刻む場所に手を当てて、ノヴァは乞うた。

その瞳に声に、レイの迷いも引け目も、怖れさえもすべて焼きつくすような熱をこめて。

「この愛を受けいれて、おまえのために生きさせてくれ……！」

一途《いちず》で傲慢な白き竜の願いに、レイは目をつむり、ああ、と溜め息をこぼす。

竜帝であるノヴァがレイのために生きるということは、この国の行末はレイ次第ということだ。

なんと重たいものを背負わせようというのだろう。

この愛に応えられるだろうか。

迷ったのは一呼吸の間だった。

レイはゆっくりと目をひらくと、潤んだ瞳でノヴァを見つめかえして答えた。

「……はい。私のために生きて、陛下のすべてを私にください。私も、すべてをさしあげますから」

レイは完璧な人間ではないから、この先、ノヴァの隣で悩むことも苦しむこともあるだろう。

それでも愛する人と一緒にいられるのなら、それ以上の喜びだってたくさんあるはずだ。

怖がらないでこの愛を信じ、精一杯応えてみよう。

できそこないのレイでもいいと、望んでくれたこの人の想いに。

そんな決意をこめて告げると同時に、最後の迷いを流すように涙が一粒こぼれる。

「……ああ、レイ」

レイの頬を伝う滴をやさしく拭ったノヴァが、感極まったような吐息をひとつこぼす。

「ありがとう」

「へい——」

囁きに言葉を返すよりも早く唇を奪われる。

ん、と吐息を漏らしたところで、レイを抱えたままノヴァが立ちあがったと思うと、次の瞬間、
レイはテーブルクロスの上に押したおされていた。

待って——という言葉は彼の唇に呑みこまれる。

かぷりと唇を食《は》まれ離れて、小さく息をついた次の瞬間にはまた唇を塞がれる。

何度も何度も繰りかえし、口づけに慣らすよう、あるいは彼の唇の感触を覚えこませるように。

いつしかレイはノヴァをとめようとしていたことを忘れ、口づけに溺れていた。

ふれあうたびに吐息が熱を帯びていく。

隙間なく唇を重ねあわせたまま角度を変えれば、吐息に濡れた唇がこすれ、くすぐったいような心地好さが広がる。

あ、とレイが色めいた吐息をこぼすと、それが次へと進める合図だったかのように、ゆるんだ唇の隙間から彼の舌が潜りこんできた。

熱く濡れた舌に唇をなぞられ、ゾクリと背すじが震える。

そのまま奥へと差しこまれた舌と舌がぴちゃりとふれあった瞬間、ピリリと電流のように走った甘い痺れに、レイの喉からくぐもった呻きがこぼれた。

「ん、ふ……っ」

口づけだけでこれでは、いったいこの先どうなってしまうのだろう。

そんな怖れ――それとも期待だろうか――が頭をよぎり、身内を巡る熱が増すのを感じた。

もっと先まで、すべてにふれて、満たしてほしい。

そう欲する気持ちが心の奥から、いや、身体の芯から湧きあがってくる。

――まだ想いを伝えあったばかりなのに……。

こんな風に乱れて、欲してしまっていることが恥ずかしくて仕方ない。

けれど、そんな戸惑いも恥じらいも、口づけが深まるにつれて心地好さにまぎれ薄れていった。

レイの身体から完全に力が抜けきったところで、ようやくノヴァは口づけをほどき、少しだけ身を起こした。

「……結ぶものを持ってくればよかったな」

眉をひそめ、さらりと流れた白銀の髪を鬱陶しそうに背に流し、レイへと手を伸ばす。

そっとレイの頬にふれ、首すじを撫でおりて——その手がベストのボタンにかかったところで、路地裏での出来事が頭をよぎり、レイは思わず身を震わせてしまった。

途端、ノヴァがピタリと手をとめて、ゆっくりと離れる。

「……怖いか？」

やさしく問われ、レイはゆるゆると首を横に振る。

怖い。けれど、ノヴァが怖いわけではないから。

そう伝えると彼は「そうか」と嬉しそうに目を細めて、またひとつレイに口づけた。

それから何か考えこむようなそぶりをした後、名案を思いついたというように瞳を輝かせて——。

「——脱がされるのが怖いなら、このままましよう」

そう言って、ベストごとレイのシャツを引きあげた。

「えっ⁉」

「ん？　ああ、すまない。一番下だけ外させてくれ」

途中で引っかかったのだろう。ノヴァはベストのボタンをひとつだけ外すと、あらためて上までめくりあげた。

「これなら大丈夫だろう？」

ニコリと尋ねるノヴァに、レイはパチリと目をみはり、それからふふっと笑ってしまう。

——問題はそこじゃないんだけれどなぁ……。

けれど、そのずれたやさしさがノヴァらしいと思う。

「……はい、大丈夫です」

そう答えるとノヴァは嬉しそうに目を細めて、それからスッと視線を下げ、レイの胸に巻きつけられた白布を認めて微かに眉を寄せた。

「……これは、胸を布で潰しているのか？」

「は、はい……そんなに気にするほど大きくはないんですが……その、一応……」

ジッと注がれる視線が気恥ずかしく、レイは重たい腕を動かして隠そうとするが、そっと手首をつかまれる。

「ほどいていいか？」

「え？　はい」

頷くなり、しゅるしゅると手早く布をほどかれ、ふるりと胸が解放され、スッと呼吸が楽になる。

はあ、と大きく息をつくと、ノヴァが痛ましげに眉を下げた。

「……このような窮屈なものをいつも着けていたのか」

白いふくらみにうっすらと赤く残る巻き跡を指先でなぞり、そっと唇を押しあててくる。

労るようなやさしい仕草だったが、それでも先ほどの口づけで昂ぶっていた身体は、それを愛撫として捉えてしまい、レイの唇からは「んっ」と色を帯びた吐息がこぼれた。

それが恥ずかしくて、レイはごまかすように「別に、平気です」と答えた。

「……女性のコルセットの方が苦しいと思います」

「そうか……ならば男でいた方が楽か？」

予想外の問いに、え、とレイは目をみはり、それから、ふふ、と微笑んで答える。

「いえ……女がいいです」

それから、彼がずれたやさしさを発揮してしまわないよう、はっきりとねだった。

「女にしてください」

「……わかった」

満足げに請けあうと、ノヴァは身をかがめてレイの胸に口づけた。

まずは鎖骨の少し下、ふくらみの上あたりに唇がふれる。

強く押しつけるわけでもなく、ただ本当にふれるだけの口づけだったが、レイはその瞬間、ふれられた場所に熱が灯るのを感じた。

そこからふくらみを丸く辿るように、彼の唇が滑っていく。

得も言われぬ心地好さに、はあ、と大きく息をつけば、白いふくらみがふるりと揺れた。その中心でツンと上向く薔薇色の蕾も。

それに目を引かれたのか、ノヴァは一度顔を離すと、色づく頂きを指先でくすぐるようになぞる。

途端、チリリと甘い痺れが走り、レイは小さく身を震わせた。

押しこめられていた布の下から解放されたそのときから、そこはツンと尖って、ジリジリとした疼きを覚えていた。

かすめただけでもこれなのに、しっかりとふれられてしまったら――。

ゾクリとレイの背すじを走ったのは怖れではなく期待だった。

そう感じてしまったのが恥ずかしく、チラリとノヴァの様子を窺うとパチリと目が合ってしまう。

きっとレイは期待に蕩けた表情をしていたのだろう。

彼はわかっているというように頷いて、再び頭を垂れた。

チロリと覗いた赤い舌が妙に艶《なまめ》かしく見えて、それが震える頂きに近づくほどに、高まる期待と共に息が乱れていく。

ああ早く——と思ってしまった瞬間、ちょんと舌先がふれたと思うと、じゅるりと吸いつかれた。

「っ、あ、ふ、ぅぅ……っ」

熱い舌で疼く頂きをなぞられ、舐《な》められ、押しつぶされ、ときにピチリと弾かれる。

そのたびに微妙に異なる刺激が走り、レイは小さく身を震わせた。

ふれられているのは表面だけのはずなのに、舌の熱がじゅわりと肌に染みこんで、身体の内側を侵食されていくような感覚だった。

サラサラと落ちる白銀の髪が肌をくすぐる感触さえも、レイの官能を煽《あお》る。

胸に広がる甘い情炎が、下腹部でもやもやとくすぶっていた疼きと繋がり、燃えひろがっていく。

胸だけではもう足りなくて、レイは無意識に手を動かし、情欲の種火が灯る場所——胎《はら》のあたりを押さえていた。

「……わかった、次だな」

嬉しげに呟く声が胸をくすぐったと思うと、ノヴァの手がキュロットの前立てのボタンにかかる。

長い指がゆっくりとボタンを外し、するりとキュロットが引きおろされていく。

その間、その先の期待に急いていたレイの頭に路地裏の出来事がよぎることはなかった。

「……っ」

いつの間にか靴も脱げていたらしい。

膝上丈の白いストッキングだけを残して、剝きだしになった下肢を初夏の風が撫でる。

ゾクリと肌寒さを感じたのは束《つか》の間。

ノヴァの手に膝裏をすくわれ持ちあげられて、くいと左右に押しひらかれれば、こみあげる羞恥と否定しがたい期待に身内を巡る熱が増す。

スッとノヴァが身を起こしたことで、視界が晴れてガゼボの天井が目に入る。

視線を下げれば、レイの脚の間に陣取り、こちらを見つめるノヴァと目が合って、レイは羞恥に身を震わせ、ふいと顔を背けた。

途端、色鮮やかに咲きほこる花々が目に入り、自分が今どこで何をしているのかを思いだして、いっそう恥ずかしくなる。

キュッと目をつむれば、ひたりと腿《もも》の内側にふれたノヴァの手のひらの感触が鮮明に感じられて、レイはもうどうしていいのかわからなくなった。

「……白いと思っていたが、それなりに焼けていたのだな」

ノヴァが感慨深げに呟いて、普段はキュロットに隠れているレイの太腿から膝まで、するりと手を滑らせる。

くすぐったさとはまた違う、むず痒いような感覚に、は、とレイが息を乱すと、その反応に誘われるようにノヴァは淡く焼けた肌と地肌の境目に口づけた。

そして、そのまま唇で腿の内側を、付け根に向かって辿っていく。

「……っ、ん、……ぅ、ふ……っ」

核心へと近づく期待と疼きにレイの息はますます上がっていく。

ズクズクと疼く割れ目に指がかかり、ゆっくりと広げられて。

濡れた花弁がひらく音にレイが身を震わせるのと、ノヴァがそこに唇を寄せるのは同時だった。

「ひぁっ」

さらりと流れた白銀の髪が脚をくすぐったと思うと、熱いものが割れ目を這《は》いあがり、ぞくんと走る快感にレイの唇からあられもない声がこぼれる。

舐められたのだと一拍遅れて理解して、レイはカッと頬が熱くなった。

「やっ、ダメ、き――、ぁあっ」

汚いからダメです、という台詞を口にすることはできなかった。

震える手をノヴァの頭に伸ばし、押しのけようと力をこめたところで、じゅるりと割れ目を舐めあげられたと思うと花芯に食らいつかれたのだ。

「〰〰っ」

軽く吸いつかれた瞬間、腰の奥へと刺さるような強烈な痺れが走り、ビクンとレイの腰が跳ねる。

「……ああ、少し強かったか」

脚の間でポッリと呟く声がしたと思うと、あらためて吸いつかれた。

「っ、んんっ」

先ほどよりも弱かったが、それでもやはり腰が跳ねてしまう。

「これでも強いか？　ひとまずここを吸って舐めてやればいいと教わったのだが……実際にしてみると難しいものだな」

そう言って彼は少し首を傾げた後、「まあ、おまえの悦《よろこ》ばせ方は、おまえで学べばいいだろう」と楽しそうに目を細め、愛撫に戻った。

そこから彼はレイの耐えられる――あるいは好みの強さを探すように、上目遣いに窺いながら、舌と唇を使って花芯を嬲《なぶ》りはじめた。

「っ、あ、ふぁ、あっ、んんっ、〰〰っ」

ちゅ、ちゅ、と何度も強く弱く吸われ、舌でこねられるたびに甘い電流が腰の奥へと走り、レイの唇からは喘ぎがこぼれ、ビクビクと大げさに腰が跳ねる。

腹の奥に不思議な熱が溜まるにつれ、ふれられてもいない蜜口からトロトロと蜜があふれていく。

もはやノヴァの頭に伸ばした手にはほとんど力が入っておらず、押しのけるというより、むしろ押しつけているようにも見えた。

「あ、あ、や、へい、か、まって、何か、や……っ」

下腹部で渦巻く快感が高まるにつれ、つま先から得体の知れない痺れが這いあがってくる。

迫りくる未知の感覚から逃げるように足を閉じようとすると、そうはさせないというように膝をつかまれ、押さえこまれた。

「っ、あ、や、ぁあっ」

いっそうノヴァの愛撫が熱心さを増し、レイは高まる快感に怯えた声を上げながらも、心の奥底ではそれを素直に受けいれていた。

ノヴァがあえて強いることならば、きっとレイにとって悪いものではないだろうから、と。

やがて、せりあがる痺れが脚の付け根に達したころ、腹の奥で溜まりに溜まった快感が弾けて、レイは初めての頂きに押しあげられた。

「〰〰っ」

声にならない甘鳴と共に背をそらす。

絶頂の波がピンと強ばった身体をぶるりと揺らして通りすぎ、くたりと全身から力が抜ける。

いつの間にか息をとめていたようで、レイは微かな眩暈さえ覚えた。

目をつむり、はあ、と大きく息を吐きだせば、ヒクリと蠢いた蜜口から新たな蜜があふれる。

一度達したはずなのに、それとも達したからなのか、腹の奥に渦巻く疼きは鎮まるどころか、ますます熱を増していた。

表面だけでは足りない。もっと奥を撫でて癒して鎮めてほしい。

そんな欲望――いや、渇望がこんこんとこみあげてくる。

けれどそんなはしたない願いを口にすることはできなくて、レイは潤んだ瞳でノヴァを見つめる。

目と目が合えば、ノヴァは金色の瞳に甘い熱を湛え、「わかっている」というように頷いた。

「……っ、ぁ、ああ……っ」

トロリとほころんだ蜜口に長い指がふれ、ゆっくりと潜りこんでくる。

待ちのぞんだ感覚に、レイはふるりと身を震わせ、熱い吐息をこぼす。

――陛下の、指……。

重ねて比べた日の記憶が頭をよぎり、トクリと鼓動が跳ねる。

ほっそりと優美に見えるのに、レイの指よりもずっと太くて、しっかりと骨ばっていて男らしいものだった。

あの指が入っているのだと思うと、ゾクゾクと悦びがこみあげ、身内を巡る熱がいっそう高まるような心地がした。

存在感のあるそれが柔《やわ》い肉をかきわけ、奥へ奥へと進んでくるにつれて、溜まっていた蜜が押しだされたのかそれとも新たに滲んできたのか、じゅぶぶとぬかるんだ水音と共にあふれた熱い滴が尻を伝い、クロスへと滴っていく。

そうして付け根まで沈んだところでとまり、ゆっくりと引きぬかれていく。

せっかく満たしてくれたものがなくなってしまう。

そんな寂しさを覚えて、レイの身体は知らず知らず、それを引きとめるように締めつけていた。

指に絡む熱を感じたのか、ノヴァが微かに眉をひそめて小さく息をつく。

「レイ、あまり可愛らしい反応をすると……いや、今さらか。おまえは元々、すべてが可愛らしいからな」

ふふ、と目を細めると、ノヴァは「もういい。好きなだけ可愛くなれ。気のすむまで可愛がってやる」と宣言して身をかがめた。

そして再び花芯にしゃぶりつくと、先ほど学んだレイの好きな強さで舐め方で花芯を嬲りながら、蜜口を指で責めたてはじめた。

「〰〰っ、ぁ、ゃっ、ああ、ぅうっ」

二重の快感に翻弄されたレイは、ひたすら泣き喘ぐことしかできなくなる。

二度目の絶頂に押しあげられるまで、そう時間はかからなかった。

「あっ、あ、あ、ダメ、ダメぇぇっ」

あられもない甘鳴を上げてガクガクと身を震わせるころには、やさしかった指の動きは激しさを増し、いつの間にか指も一本から二本へと増えていた。

埋めこまれた指が引きぬかれては押しこまれるたび、耳を塞ぎたくなるような水音が響く。

腹側の襞《ひだ》をグッと押しあげながら、指の腹で引っかくように抜き差しをされると腰が震えるほどの快感が走った。

きつく指を締めつけているせいか抜き差しのたびに盛大にかきだされ、あふれる蜜で、テーブルに敷かれたクロスはじっとりと濡れ色を変えてしまっている。

それでも、与えられる快感に酔いしれながらも、レイはこれでは足りないのだとわかっていた。

「っ、へ、へぃかっ、やめ、やめて、くださ……ぃ」

三度目の果てを迎えたところでレイが震える手を持ちあげ、そっとノヴァの腕をつかむと、本当にやめてほしいと思っていることが伝わったのだろう。

ノヴァはピタリと動きをとめ、スッと手を引き、顔を上げた。

「……どうした？　嫌だったか？」

「いえ……嫌ではなく……」

「そうか。ならば疲れたか？　……それもそうか、病みあがりだったな。わかった。これでしまいにしよう」

ひとりで納得したノヴァが上着のポケットからハンカチを取りだし、濡れた口元をそっと押さえたところで、レイは彼の腕をつかむ手に力をこめて、訴えた。

「違います」

「では、何だ？」

「……あの……」

何と言えば――いや、わかってはいるのだ。言うのが恥ずかしいだけで。

レイは口ごもりながら、そっとノヴァの身体を視線でなぞる。

求めるものを、あなたが欲しいのだと伝えるように。

その視線が彼の腰のあたりまで落ちたところで、不思議そうに首を傾げていたノヴァの瞳にポッと熱が灯った。

よかった伝わった――安堵と共にこみあげる羞恥に、レイがそっと視線をそらすと頬に彼の手がふれた。

「……レイ」

蕩けるような甘い声で名を呼びながら、ノヴァが覆いかぶさってくる。

サラサラと彼の髪が落ちてきて、視界の端に映っていた花園が白銀の雨に遮られ、見えなくなる。

「……はい」

睫毛がふれあいそうなほど顔が近づき、レイは金色の瞳に捕らわれる。

「私はいつも勘違いをしてしまうから……念のため、教えてくれ。おまえが今欲しいのは何だ？」

問いにまぎれてカチャカチャと聞こえる音からして、もう片方の手でトラウザーズの前をくつろげているのだろう。

「それは……、っ」

不意に、ぬるつく灼熱《しゃくねつ》の杭《くい》が蜜口をかすめ、レイはビクリと身を震わせる。

「それは、何だ？」

疼く入り口にぬちゅりと切先をあてがわれ、じんわりと広がる快感と期待に、ん、と喉を鳴らすと答えを促すように口づけられた。

「ん、い、今、欲しいのは、へい――」

陛下です、と言いきる前に、不正解だというように唇を塞がれる。

「……陛下ではわからぬ。……名前を呼んでくれ、私の名を」

レイを見つめる金色の瞳の奥に灯る熱は先ほどよりも増していて、少しだけ怖いと思いながらも、レイは目をそらすことができなかった。コクンと喉を鳴らして、願いを口にする。

「……あなたが……ノヴァが欲しいです」

そう告げると同時にガシリと腰をつかまれて、一思いに貫かれた。

ふくれた雄の切先がしとどに濡れた隘路《あいろ》を押しひらき、疼く柔襞をゴリリとこすりあげ、最奥にぶつかってとまる。

「〰〰っ」

どちゅんと腹に響いた衝撃で、レイは四度目の絶頂へと押しあげられていた。

ギュッと目をつむり、ノヴァの腕をすがるように握りしめ、同時に、はしたないほどに彼の雄を締めつけながら、ビクビクと身を震わせる。

「……っ、レイ」

ノヴァが小さく息を呑み、何かを堪えるようにグッと奥歯を噛みしめる。

やがて絶頂の波が去り、はぁ、とレイが大きく息をついたところで、ノヴァはレイの頬をあやすように撫で、そっと口づけた。

「……痛むか?」

問うノヴァの声は穏やかだが、その額にうっすらと汗が浮いているのを見つけ、レイは小さく喉を鳴らすと首を横に振った。

痛みはある。入り口あたりがチリチリと痛い。身体の内側から押しひろげられる息苦しさも。

けれど、それらを補って余りあるどころではないほどの心地好さに満たされていた。

同じ悦びを、早くノヴァにも与えてあげたい。

とはいえ、今は息をするのも精一杯で、上手く言葉にできそうになくて、レイは、ひたすらゆるゆるとかぶりを振る。

大丈夫だからこのまま続けてほしいと訴えるように。

その思いが伝わったのか、それとも我慢が利かなくなったのか、ノヴァは小さく息をつくとレイの腰をつかんでゆるゆると揺さぶりはじめた。

「……ぁ、っ、はぁ、ん、ぁっ」

おそらく初めてのレイを労ってのことだろう。

大きく抜き差しをするのではなく埋めこんだままゆるゆると奥を突かれる。

とちゅとちゅと奥を叩かれる衝撃に微かな違和感を抱いたのは束の間。

胎を揺さぶられるその刺激を、純粋な快感として捉えられるようになるまで、そう時間はかからなかった。

ノヴァが腰を引いて、とちゅんと奥を突いてくるたび、ジワリとお腹の奥に熱が滲む。

繰りかえすうちにその熱はジワジワと下腹部全体、全身に広がり、高まっていく。

やがてレイが五度目の絶頂を迎えたあたりで、ノヴァは少しだけ遠慮を捨てて、律動を速めた。

奥へと響く快感もそれに比例して激しさを増し、過ぎた快感から逃れるようにレイが身悶《もだ》えると、おそらく無意識にだろう。ノヴァはその身でもってレイを押さえつけるように、体重をかけて覆いかぶさってきた。

ずしりと身体に伝わる重み、衣服ごしに伝わる硬い身体の感触、体温、力強い鼓動に胸が高鳴る。

今、ノヴァという男に、女として抱かれているのだと思いしらされているようで。

少しだけ怖くて、とてつもなく幸せだった。

風の音や鳥の囀り、さわさわと揺れる葉擦れの音も耳に入っているはずなのに聞こえない。

ただ、暴力的なまでの快感に支配され、花の香と愛しい男の存在だけを感じていた。

やがて、ノヴァの動きがとまり、低い呻きと共にレイの中で彼の熱が弾けたころ。

レイは幸福感に包まれながら、ゆっくりと意識を手放した。

＊　＊　＊

ただでさえ病みあがりの上、慣れぬ行為で体力を消耗したのだろう。

たった一度交わりおえたところで、レイは完全に意識を失ってしまった。

ノヴァとしては、とうてい物足りなかったが、さりとて愛しい女に無理をさせたくはない。

もう想いは通じあったのだ。婚約を結んでしまえば、後はいくらでも好きなだけ愛しあえる。

そう自分を慰めて、大いに名残りを惜しみつつ、ノヴァはレイを抱えて宮殿に戻った。

上機嫌に回廊を進む間、左右に避けて顔を伏せる者たちがチラチラと物言いたげな視線を送ってきたが、かまうことなくまっすぐに自室へと向かう。

それから、侍従にジェネット公爵を呼ぶように命じた後、女官に湯を運ばせ、眠ったままのレイの身体を清めた。

本当は一緒に湯に入りたかったのだが、それは目覚めてからのお楽しみにとっておくことにした。

すみずみまで拭っていく間、レイは色めいた吐息をこぼしながらも目を覚ますことはなかった。

悪戯心をくすぐられ、こっそり口づけてみたところ、菓子と間違えたのか舌を噛まれた。

口の端から血を垂らしつつ、「ああ、与えられる痛みさえ愛おしいと思うこともあるのだな……」と微笑ましく感じたものだ。

そのついでに、「角に栄養があるのなら、舌や血でも疲れが取れるのでは？」という考えが頭をよぎったが、「意識のない間に食べさせては気管に入るかもしれない」と思いとどまった。

――次にレイが倒れたときに角がまだ生えてなければ試してみよう。

ひそかに企みながら粛々とレイの身体を清めていき、仕上げに真新しい絹の寝衣を着せて寝台に横たえ、天蓋から垂れた帳《とばり》を閉じて大切にしまいこんだ。

そうして、楽しい後始末を終えた後。

もうひとつ、さして楽しくない後始末のため、ノヴァは名残りを惜しみつつ部屋を後にした。


それからおよそ半時間後。

地下牢へと続く階段を下りながら、ノヴァは顔をしかめた。

湿ったカビ臭さに混じって、地下に充満するオディールの媚香が鼻をつく。

――相変わらず不快なにおいだ。

一口に媚香といっても、それぞれ思いおこさせるイメージは違う。

胸焼けがするほど強烈な甘いにおいを放つ者もいれば、発酵が過ぎたチーズや燻《いぶ》しすぎた燻製《くんせい》のニシン、鍋で焦がした牛の乳のようなにおいを持つ者もいる。

どれも強烈で媚香は総じて苦手だが、オディールのそれは特にひどい。

――いったい、これのどこが紅薔薇なのだ。

このにおいを「芳しく官能的」だと称する者もいるが、ノヴァにとっては完熟どころか発酵さえ通りこし、腐敗した果実に小水をかけたような不快なにおいでしかない。

獣の中には雌の小水のにおいで雄が発情する種もいるらしいので、雄を誘うにおいといえばそうなのだろう。

――このにおいの良さなど、わかりたくもないが……。

ノヴァは眉をひそめながら、さっさと用件をすませてしまおうと足を速めた。

「――ああ陛下、どうかお許しください！」

オディールたちがいる牢の前に立ち、発言を許可するやいなや甲高い声が響きわたった。

思わずノヴァは眉間の皺を深めるが、オディールはその表情に気づくことなく、周りの男たちを押しのけ、土埃で汚れたドレスの裾を摘まんで駆けよってくると、鉄格子にとりついて哀れっぽくノヴァに訴えた。

「私はただ、愛しいあなたと結ばれたかっただけなのです！　褒められたことではないとわかっております！　ですが、どうぞこの一途な乙女心を哀れと――」

「なぜ、おまえを抱くと思った？」

くだくだしい熱弁を冷ややかに遮れば、オディールは「え？」と目をみひらく。

「媚薬を盛られれば昂ぶり、理性のタガはゆるむが、それだけだ。好悪の感情は変わらない。目の前に好いた女がいるのに、なぜおまえを抱くと思ったのだ？　むしろ、タガがゆるんだ心のまま、煩わしいおまえに自害を命じるとは思わなかったのか？」

淡々と告げるが、オディールは冗談だとでも思ったのか、媚びるような笑みを浮かべて上目遣いに語りかけてきた。

「まあ、怖いことをおっしゃらないでくださいまし！　陛下は先代様と違いますもの、そのような無慈悲な真似はなさいませんでしょう？」

「そうだな。私は父とは違う」

父は完璧な竜だった。

だから、人の痛みや感情に無関心だった。

この国どころか、この世で自分が一番尊いと思っていたはずだ。

ノヴァが生まれてからは、その上にノヴァを載せていたが。

そんな父と違い、ノヴァは不具合を抱えていたがゆえ、父よりも少しだけ人に近い性格に育った。

自分がこの国で一番尊い存在だという認識は父と変わらない。

それでも、だからといって何をしてもいいわけではないという、少しの——人から見たら本当にわずかだが——謙虚さも持ちあわせていた。

父の言動に怯える人々を見て、あのようにふるまってはいけないのだと学び、心のおもむくままに戯れに人を害したりはしなかった。

それでも、してはいけないと思っていただけで、したくないと思ったことはない。

「……違うが、本質は同じだ。父がしたことを私ができぬわけではない」

ノヴァは元々、レイが思ってくれているであろうほどに、心あるやさしい生き物ではないのだ。

とはいえ、今までは積極的に人を害したいと思ったこともなかった。

おそらく、今が初めてだ。

自分を見下ろすノヴァの瞳に宿る、冷たい敵意にようやく気づいたのだろう。

オディールはうろたえたように後ずさり、ふるりと身を震わせる。

「っ、そんな……ご冗談、ですわよね……？」

「冗談ではない。だが、そうはならずに幸いだ」

「そ、そうですわよね！」

ホッとしたように頬をゆるめるオディールに、ノヴァは静かに理由を告げた。

「おまえの血であの場所を穢したくなかったからな。それに……」

きっとレイは自分が盛った媚薬のせいで実の妹が死んだとなれば、たとえそれが妹の自業自得であったとしても、ひどく傷つき、自分を責めるだろう。

ノヴァと違って、レイは心ある、やさしい生き物だから。

――ああ、私もレイに倣って、もっとやさしくあらねばならぬな。レイに嫌われぬためにも……。

未来の后を思い、ノヴァはそっと目を細める。

けれど、まばたきの後、再びオディールに向けたまなざしは、凍えるほどに冷ややかなものへと変わっていた。

「……ジェネット公爵と話はついた。娘を后にしたいと言ったら喜んで承諾したぞ」

その言葉にオディールは「えっ⁉」と瞳を輝かせ、けれどすぐにその真意に気づいたのだろう。

一転して怒りの形相に変わる。

「あれはジェネット家の娘ではありません！」

「それはおまえの方だ」

激したように叫ぶオディールに、ノヴァはすげなく告げた。

「おまえの母であるジェネット公爵夫人は、侍医と長きにわたって道ならぬ仲だった。そう看護人や使用人の証言が出ている。公爵は夫人と侍医を不貞で訴えると決めた。ふたりそろって、この国を追われることになるだろう。自然、おまえの出自にも疑念が生じてくる」

「っ、で、ですが、私は確かにお父様の子です！　この髪と瞳を見れば――」

「侍医との不貞が始まったのは、レイが生まれたその日からだそうだ。ならば、出自が確かな方を娘にしたらどうだと言ってみたところ、あっさり承知したぞ」

そこまで言われて、ようやくオディールは本当に自分が父親に見捨てられたのだと理解したようだった。よろりと後ずさり、呻くように呟く。

「……そんな……では、私はどうなるのですか？」

「おまえは修道院に送られる」

「っ、修道院ですって⁉　あんな牢獄のような場所に行けとおっしゃるの⁉　冗談じゃないわ！　私は紅薔薇の乙女なのよ！　皆の憧れなんだから！」

「いや。おまえがそやつらと媚薬を使って、気に食わぬ女たちにしていたことが明るみに出れば、その憧れも醒めるだろう」

淡々と告げれば、オディールは「なぜ、それを……」と目をみひらいた。

けれど、すぐに責任をよそに押しつけることにしたのだろう。

周囲の男たちをキッと睨みつけると、ダンッと床を踏みならして叫んだ。

「何を黙って見ているのよ⁉　あなたたちだって楽しんだじゃない！　早く私を庇《かば》いなさい！」

昂ぶった声で叫ぶと同時に、ぶわりと悪臭——媚香が立ちのぼる。

途端、戸惑ったように彼女を見つめる男たちの瞳に、憧憬まじりの欲が灯った。

「っ、もういいわ！　陛下！　こやつらが悪いのです！　こやつらが私こそ陛下の花嫁に相応しいと囃《はや》したて、たきつけたのです！　私のせいではありません！」

「つまりだ——」

ノヴァは喚きたてるオディールではなく、周囲の男たちに向けて告げた。

「そやつはもはや公爵家の娘ではない、ただの平民の女だということだ」と。

その瞬間、男たちの目の色が変わった。

高嶺《たかね》の花に焦がれるような色が消え、ドロリと欲に濁った獣じみたものへと塗りかわる。

「っ、何よ、その目は……っ」

逃げ場のない檻《おり》の中、剝きだしの欲望に満ちた視線にさらされ、オディールは怯えた声を上げる。

「……もう、遠慮する必要はないってことだな」

誰かがポツリとこぼした言葉に、オディールが、ひ、と息を呑む。

琥珀色の瞳がみひらかれ、細い身体が小刻みに震えはじめる。

取りかこんだ獲物に食らいつくタイミングを窺うようにジリリと男たちが距離を詰めたところで、ノヴァは口をひらいた。

《とまれ》

力ある言葉が牢に響き、男たちだけでなくオディールまでもが動きをとめる。

「……私はおまえがここでどうなろうとかまわぬが、レイが知れば気に病むだろうからな」

ふ、と微笑を浮かべて、ノヴァはオディールに告げた。

「後ろ盾をなくした媚香の強い女が町に出れば、たちまち餓《う》えた獣に食い物にされる」

媚香の強い女が高位の者に嫁げるのは、女を守るためでもあるのだ。

「そうなりたくなければ、修道院で大人しくしていろ」

「は、はいっ、おっしゃる通りにいたします……っ」

青褪めた顔でオディールが答えたところで、ノヴァは男たちに視線を移した。

「……ああ、そうだ。おまえたちには後で選ばせてやる」

「な、何をでございましょう」

「私の后にふれた指か、股間にぶら下がった粗末なものか、どちらを切りおとすか考えておけ」

提示された選択肢に五人の男は一斉に息を呑み、直後、悲鳴じみた声で訴えはじめた。

「そんな、どうかお慈悲を！　お許しください！」

「そうか。ならばせめてもの慈悲で、一思いに首にしてやろう。よかったな、三択になったぞ」

オディールがこの男たちを連れてきた理由は察しがつく。

ノヴァに自分を抱かせている間に、レイを穢させるつもりだったのだろう。

身のほど知らずな姉への「躾」のつもりで。

オディールはレイのノヴァへの想いに気づいていたはずだ。

この娘の性格からして、レイの心を踏みにじるために「意中の男が他の女を抱いている傍で他の男に穢される苦しみを味わわせてやろう」と考えたとしても不思議はない。

「わっ、私たちはただオディール様に従っただけなのです！」

赤毛の男が上げた言葉に、口々に男たちが同意を示す。ただ媚香に惑わされただけだと。

「そうか。従うべきものを間違えたな」

必死の訴えを、ノヴァは眉ひとつ動かさず退ける。

媚香はノヴァの力と違い、強制力があるわけではない。

ただ相手を魅力的に見せるだけで、強い意志を持っていれば拒むことができる。

本能に身を委ねると決めたのは、この男たち自身なのだ。

ノヴァの表情から判決は覆らないと悟ったのだろう。

男たちは絶望の叫びを上げると、一斉にオディールを睨みつけた。

獣欲に憎悪が加わった、悍ましい害意に満ちたまなざしを向けられたオディールは言葉を失い、ガタガタと震えていたが、話はすんだとばかりにノヴァが踵を返したところで「お待ちください！」と悲鳴じみた声で呼びとめてきた。

「どうしてなのです⁉　どうして私ではダメなのですか⁉　同じような顔ではありませんか！」

必死に取りすがるオディールに、ノヴァはチラリと振りむいて答えた。

「……レイの代わりになれると思っている、思いあがったその性根が気に食わぬのだ」

媚香がなかったとしても、この女のためには生きたくない。

そう思いながら、スッと前を向き、そのまま振りむくことなく歩きはじめる。

どうして、いや、と喚く声が段々と涙まじりのものに変わっていくが、ノヴァの心が動かされることはなかった。

修道院から迎えが来るまでの間、オディールはいつ男たちの金縛りが解けるか怯えながらときを過ごすことになるだろう。

——まあ、ここで逃げのびたところで、修道院に忍びこむ獣がいないとも限らぬが……。

哀れだとは思わない。あの娘が自分で招いた結末だ。

生まれもった力を過信し、増長し、持たざる者を踏みにじってきた代償を払うときが来ただけ。

——とはいえ、私も人のことは言えた義理ではないか。

生まれもった力と地位に甘えて生きているという点では、オディールと似たようなものだ。

自分には素晴らしい未来が与えられて当然だと、思いあがった生き物という点では。

──ああ、だからレイに惹かれたのかもしれぬな。

初めは薔薇だけが欲しかった。

けれど、いつしかそれを作りだした彼女ごと欲しいと思いはじめたのは、無意識のうちにレイの生き方を美しく感じたからだろう。

いったいいつから惹かれていたのか。思いかえしてみてもいまひとつわからない。

──興味を引かれたきっかけは……おそらく、あれだろうが……。

あのチョコレートショップで「好きだからこそ与えられたくない」と拒まれたとき、ささやかだが美しい矜持を示されたときに、きっとノヴァの関心の焦点は花からレイへと移ったのだ。

──あの笑顔も、実によかった。

彼女が見せてくれた心からの笑み。

あのとき、ノヴァは生まれて初めて誰かの笑顔を「もっと見たい」と思ったのだ。

類いまれなる媚香も高い地位も持たずとも、レイは欲しいものを、望む未来を自分で手に入れるため、日々懸命に生きている。

その懸命さがいじらしく、まばゆく感じられて、人として愛おしく感じられるのだろう。

──まあ、惹かれた理由など今さらどうでもいいが……。

どの瞬間に恋に落ちたのかなど些末《さまつ》なこと。

竜の魂がそれを愛すると決めたのなら、理由などもういらないのだ。

父が生きていたとして、なぜノヴァを愛したのかと尋ねても首を傾げるだけだろう。

愛しいと思うから愛しいのだ、とでも笑うに違いない。

――そうだ。もう、ここにレイだけを住まわせると決めてしまったのだから……。

ノヴァはそっと胸を押さえて微笑む。

このまま何も残せずに滅ぶのかと、ままならぬ身体に苛立ち、焦りと怯えを抱えていたノヴァに、芳しい香りと共に救いをもたらしてくれた存在。

レイを思うたびに心にあふれる感情は温かく、ときに身を灼《や》かれそうなほどの熱をも帯びる。

彼女の言葉や仕草ひとつひとつにたやすく心が揺れ、ときに浮きたち、ときに沈む。

自分にこれほど豊かな感情が眠っていたとは知らなかった。

だから、それが何という感情か、ずっとわからなかったのだ。

レイを見るたびに笑顔の愛らしさに胸が高鳴り、小さな手にふれると鼓動が騒ぐ。

この気持ちは何なのか不思議で仕方なく、妙に落ちつかなかった。

レイから「親愛では」と言われ、その感情に名前がついたときには、ずいぶんと安堵したことを覚えている。

けれど、違ったのだ。

ノヴァがレイに抱いていたのは、親愛よりも生々しく、熱い感情だった。

――ああ、そういえば、後できちんと伝えねばな。

あの告白で女だとわかったから、后にと決めたわけではないのだと。

あれよりも前、密偵から報告を受けるよりも早く、ノヴァはレイが女だと気づいていたのだ。

きっと本能的には、ずいぶんと前から薄々気づいていたはずだ。

ハッキリと疑いを抱いたのは、あの展覧会でオディールの媚香への反応を目にしたとき。

もしや、と思った。

そして、庭園で抱きしめられたとき、それは確信へと変わった。

あの瞬間に感じたのは多大なる歓喜と——深い落胆。

どうして言ってくれないのか。

それほど信頼されていないいか、もしくはノヴァに女として見られたくないと思っているのか。

戸惑いと焦燥に駆られながら、どうにか彼女の心をひらきたくて、もう少し先に話そうと思っていた自分の秘密を打ちあけた。

弱った姿もあえて見せた。同情でも何でもいい。彼女が手に入るのなら。そう思って。

茶会で繋ぎとめながら、いつも願っていた。

早く、早く、どうか彼女から打ちあけてくれますように——と。

ジリジリと腹の底が焦げつきそうな苛立ちと焦り、渇望をもてあましながら、それでも無理強いするわけにはいかなかった。

たとえ、恋人や夫婦になることができなかったとしても、レイに嫌われたくない。

雇い主でも顧客でも、チョコレートの配達人でも、何でもいい。

どのような形でもいいから、彼女と繋がっていたかったのだ。

そして、何とも嬉しいことに、どうやらレイの方も同じ気持ちでいてくれたらしい。

——ふふ、おそろいだな。

自然と頬がゆるみ、心の奥から温かな、熱いほどの想いが湧きあがる。

ほんの数カ月前までは、これほど心を動かされる存在と出会えるとは、これほど心が満たされる日が来るとは思ってもみなかった。

——ああ、きっと私はレイと結ばれるために、不完全で生まれてきたのだな。

媚香に対する嫌悪がなければ、ノヴァは早々に父に倣い、適当な女を見つくろって血を繋ごうとしたはずだ。

白薔薇を辿ってレイと出会うこともなかっただろう。

レイと出会うためだったと思えば、この不具も「呪い」ではなく「祝福」と思えなくもない。

——まさしく「運命の伴侶」というやつだな。

うむ、とひとり頷いて、ノヴァは「そういえば」と首を傾げる。

——父上は別の名で呼んでいたな。

最初の竜は領主の娘のことを「運命の伴侶」ではなく、もっと原始的な名で呼んでいたらしい。

父はその呼び方を気に入っていたようで、幼いノヴァに向かって「私は今さらどうでもいいが、おまえは——を得られるといいな」と何度か言ってきた。

さして興味がないから聞きながしていたが、いったいあれは何と言っていただろうか。

ふむ、と顎に手を当て、記憶を辿って掘りおこし、ああ、とノヴァは手を打つ。

——そうだ、番《つがい》だ。

最初の竜は領主の娘のことをそう呼んでいたのだ。

確かに原始的で獣じみてはいるが、竜も人も突きつめれば獣だ。「運命の伴侶」という気取った呼び名よりもしっくりくる、そう思った父の気持ちもわかるような気もする。

とはいえ、獣扱いされるのをレイは喜びはしないだろう。

――そうだな、レイには言わないでおくか……。

彼女との間に子供ができて、それが雄だったら、こっそり教えてやることにしよう。

そんな気の早いことを企みながら小さく笑うと、ノヴァは愛しい番のもとにいそいそと向かったのだった。

第九章　至純の白薔薇妃

翌年六月、婚礼の日を迎えたレイは、緊張した面持ちで皇室礼拝堂の前に立っていた。

宮殿の敷地に建つ皇室礼拝堂は、造りこそ小さいが、抜けるような蒼天に向かってすっくと尖塔《せんとう》が伸びた壮麗な佇まいをしている。

先代の竜帝は后を持たなかったため、ここが婚礼に使われるのは実に六十年ぶりとのことだ。

その主役のひとりであるレイは純白の婚礼衣装——白薔薇の花冠に、首から肩まで覆う総レースのケープがついた楚々《そそ》と広がる絹のドレス——をまとい、緊張に身を震わせていた。

「大丈夫だよ、レイ」

傍らに立つ正装の紳士がそっと励ますようにレイの肩にふれる。

「……陛下がすべて任せておけとおっしゃっていただろう？　陛下を信じて、まっすぐに歩いていけばいい」

やさしく励ます声に、レイはそっと顔を上げると強ばる頬をゆるめて、本日のエスコート役——義父に微笑みかけた。

「……うん。ありがとう、父さん」

本来であれば、レイの隣にいるのはジェネット公爵のはずだった。

けれど、「公爵が体調を崩したため、幼いころからレイを可愛がってくれていた遠縁の叔父である『ヤード伯爵』が急遽代わりを務めることとなった」ということになっている。

「面識のない生物学上の父親に隣に立たれるよりも、ケイビーにいてほしいだろう？」とノヴァが計らってくれたのだ。本当に、義父に爵位を与えた上で。

聞いたことのない家名に招待客はさぞ戸惑っていることだろう。相変わらず、贈り物のスケールが大きい。そこにこめられた愛情も。

――うん、そうだよね。陛下に……ノヴァに任せておけば、きっと大丈夫。

心の中で呟いて、レイは白薔薇のブーケを握りなおすと、扉に向きなおった。

それを待っていたかのように、ゆっくりと礼拝堂の扉がひらかれる。

義父の手に手を添えて、一歩足を踏みいれた途端。

会衆席に腰かけた人々がバッと音がしそうな勢いで振りかえった。

「――――っ」

多種多様な感情がこもったまなざしが一斉に注がれ、レイは思わず足をとめる。

視線の雨、いや濁流にさらされているようだ。

キョロキョロと目が泳ぎそうになるのを、グッと堪えて正面に目を向ければ、まっすぐに伸びた深紅の絨毯《じゅうたん》の先で待つ花婿――――ノヴァの姿が目に入る。

ステンドグラスが嵌《は》めこまれた薔薇窓から注ぐ七色の光を浴びて、純白の礼服をまとった白き竜が愛おしげに目を細め、こちらを見つめていた。

上着の上にさらりと羽織った白い外套がひるがえり、その縁を彩る金糸がしめやかに光る。その頭上では宝冠の代わりに、勇壮に聳《そび》える角がホワイトオパールのように輝いている。

視線が合ったところで金の瞳がチラリと左右の会衆席に向けられ、またレイに戻ると、ノヴァは「大丈夫だ。わかっている」というように頷いて——。

「私の花嫁が戸惑っている。《皆、前を向け》」

力ある言葉が響き、列席者たちはまたしてもバッと音がしそうな勢いで正面へと向きなおった。勢いがつきすぎて首を痛めたのだろう。何人かが首をさすっている。

——ああ、私が立ちどまったりするから！

ノヴァに任せるだけではダメだ。自分がしっかりしないと。

レイは慌てて背すじを伸ばすと、ほんの少し早足で過保護な花婿のもとへと歩いていった。

晴れやかなオルガンの音色と聖歌隊の歌声が優雅なアーチを描く天井へと舞いあがり、礼拝堂に響きわたる。

妙《たえ》なる音色の中を進みながら、レイの耳にはひそひそと囁きかわす人々の声が届いていた。

「本当に媚香がないのだな……」

「信じられん……そんな女性がいるなんて……」

会衆席を一列分通りすぎるごとに、横目でレイをながめる男たちが驚愕に満ちた呟きを漏らす。

それがいくつも輪唱のように響いて、次に届いたのは感嘆の声だった。

「おお、なんて清らかな香りなのだ……！」

「ああ……さすがは至純の白薔薇妃様……！」

大仰な呼び名が耳に入り、レイはポッと頬に熱が集まるのを感じた。

——それは薔薇の名前で、私ではないのに……！

その名を冠する花、今年の五月にバージンフラワーをつけたばかりの白薔薇は、今、冠となって花嫁の頭を飾り、ブーケにもまとめられ、瑞々《みずみず》しくも芳しい香りをふりまいている。

まとうドレスも昨夜から一晩、花びらを詰めた匂い袋と同じ衣装箱に入れられていた上、肌にも薔薇水を塗りこんである。

まさに歩く白薔薇に仕立てられたレイは、薔薇の花弁を思わせる純白のドレスの裾を揺らし、人々の称賛の声を浴びて進みながら、気恥ずかしさに睫毛を伏せ、心の中で呟いた。

——任せておけとおっしゃるから任せたら、こんなことになるなんて……！

この一年で、ノヴァはレイを后に迎えるための準備を整えてくれた。

その手始めとして、あの庭園で結ばれた半月後。

レイが「ジェネット公爵夫人に疎まれて修道院に押しこめられていたが、ノヴァに見いだされた不運で幸運な娘」として貴族籍に戻り、ノヴァの婚約者として正式に披露されたとき。

彼は廷臣と民に向かって、レイをこう紹介したのだ。

「彼女は媚香を持たない。一切の邪心を呼びおこさぬ、この世で最も清らかな乙女。言うなれば、至純の白薔薇妃だ」と。

その台詞をノヴァの隣で聞きながら、レイは心から思ったものだ。

「ああ、教えなければよかった……！」と。

まさか追いもとめた理想の薔薇の名を、自分が背負うことになるとは思いもしなかった。

面映さに、ほう、と溜め息をこぼし、目を伏せた拍子に頭に載せた花冠が前にずれそうになり、レイは慌てて背すじを伸ばす。

この一年の間にすっかり伸びた髪を飾る冠を編んでくれたのは、モスクス侯爵夫人だ。

――確か、一番前の席にお呼びしているはずだけれど……。

そっと会衆席に目を向ければ、最前列で美しく着飾ったモスクス侯爵夫人が、顔は正面を向いたまま、視線だけこちらに送ってくれているところだった。

レイと目が合うなり、夫人はふわりと微笑んで微かに頷いた。

上出来よ――と褒めるように。

現在、レイはモスクス侯爵夫人に行儀作法を習っている。

婚約を結んだ際、ノヴァは「今すぐにでも娶りたいが、おまえの薔薇が完成するまでは待つ」と言ってくれた。

以前、レイが「たとえ時間がかかっても、私ひとりで完成させたい」と言ったためだろう。

おかげで婚約期間中、レイはヤード造園と宮殿を行き来して薔薇の世話を続けることができた。

それと同時に、せっかく一年もあるのならば、とレイは「あなたの隣に立っても恥ずかしくないふるまいを身につけたい」とノヴァにねだったのだ。

名目上は公爵令嬢に戻ったものの、少年として生きてきたレイは淑女としての正しいふるまいが何ひとつわからなかったから。

ねだったその日のうちに教育係が決まり、それがモスクス侯爵夫人だったのだ。

レイがずっと騙していたことを詫びると、夫人は「私も同じ境遇ならば、きっと男になることを選んだはずよ」とやさしく微笑み、「どうしても償いたいというのなら、これからもあなたの薔薇をわけてちょうだい」と言ってくれた。

教育係としては厳格でいまだに叱られることも多いが、それでも一年の間みっちり指導を受けたかいもあって、どうにかぎこちないながらも淑女らしくなってきた——と思いたい。

厳しい師からの励ましの笑みを受けて、レイが頬をゆるませつつ抱えたブーケを持ちあげると、しめやかで豊かな香りが鼻をくすぐった。

六十年前に行われた婚礼では礼拝堂内をたくさんの花で飾りつけたそうだが、今日の装飾は生の花ではなく、リボンやレースで作られた花が使われている。

生きた花をまとっているのは、花嫁であるレイひとり。

レイ自身が、この婚礼を飾る白薔薇なのだ。

——私が薔薇だなんて、恥ずかしいけれど……。

この薔薇と一緒に、ノヴァが好きだと言ってくれた香りをまとって彼の隣に立てるのは嬉しい。

そんなことを考えながら足を進めるうちに、気づけば祭壇の前まで来ていた。

義父とノヴァが視線を交わし、微かにノヴァが頷いて、レイは義父からノヴァへと託される。

讃美歌の最後の一節が高窓から差しこむ光に溶けた後、司祭の祝福の言葉と祈りが厳かに響く。

誓いの言葉を口にして、ノヴァと向きあったとき、レイはトクリと鼓動が跳ねるのを感じた。

——うう、まぶしい。

顔の造形が素晴らしいのはいつものことだが、今、まっすぐにレイを見つめる金の瞳は愛しさと喜びにあふれていて、形の良い唇に浮かぶ微笑みはいつにもまして甘く麗しい。

ドギマギと睫毛を伏せようとしたところで、そっと左手を取られ、その手を引かれたと思うと、ノヴァが背をかがめてふたりの唇が重なっていた。

ざわりと会衆席からざわめきが起き、レイの頬がまたたく間に鮮やかな薔薇色に染まる。

——陛下、順番が違います！

次は指輪の交換で、誓いの口づけはその後だ。

けれど、レイが慌てて彼の胸を押して離れたときには、レイの薬指には金の指輪が嵌まっていた。

——いつの間に⁉

まるで手品のようだ。パチリと目をみひらいたところで、ノヴァの分の指輪がレイの前に差しだされ、甘くひそめた声でねだられた。

「……さあ、着けてくれ」

色々と過程が間違っている。そう思いながらも、「もう待ちきれない！」といった表情が可愛らしくも思えて、レイは苦笑を浮かべつつ、ノヴァの手を取って誓いの証で彼の指を彩った。

それを見たノヴァは満足そうに頷き、艶やかな金色をそっと愛おしげに指先で撫でると、司祭を

視線で促した。

はいはい、わかっております――といった表情で差しだされたのは結婚証明書。

台座に置かれたそれにノヴァが羽根ペンを走らせれば、白い羽根がやわらかく揺れる。

それから、ひらりと羽ばたくようにレイの手にペンが渡された。

レイはペンを握ったまま、何の変哲もない決まり文句の書かれた一枚の書類に目を落とす。

今までに何十、何百、何千人もの女性が同じような紙にその名を記してきた。

けれど、自分にその日が訪れるとは思っていなかった。

誰かと恋に落ち、花嫁になれる日が来るなんて。

レイは小さく息を吸いこんで、ふう、と整えてから、ゆっくりと、そしてしっかりと自分の名をノヴァの名に並んで記した。

この人と永遠に寄りそい愛しあっていけますように、と心からの願いと誓いをこめて――。

＊＊＊

その日の夜。

六十年ぶりに新たな主が定まった「后の間《ま》」の中、純白のシュミーズをまとったレイは、黄金の天蓋をいただく四柱式寝台に腰を下ろして、花婿の訪問を今か今かと待っていた。

キョロキョロと視線をさまよわせれば、純白の大理石を天板に用いて黄金で縁どったテーブルや精緻な象嵌《ぞうがん》細工を施した肘かけ椅子など豪奢な調度が目に入り、余計に気分が落ちつかなくなる。

婚約してすぐにノヴァからこの部屋に住まうように言われたのだが、さすがにそれはまだ早いと辞退し、客室のひとつを使わせてもらっていたので、きちんと見るのは今日が初めてなのだ。

——こんなことなら、部屋にだけでも先に慣れておけばよかったな……。

そうすれば初夜の緊張も少しはほぐれたかもしれないのに。

そんな今さらなことを考えながら小さく溜め息をこぼしたところで、しめやかな甘い香りが鼻をくすぐった。

寝台の傍らに置かれたナイトテーブルには、枝つきの燭台と白薔薇を活けた花瓶が置かれている。

そっと手を伸ばして、淡雪のような花弁をなぞって離し、鼻先に持ってくれば指の先から淡い花の香が匂う。

一年と十日ほど前、あの庭園でノヴァは言っていた。

花嫁には、おまえの薔薇をつけさせる。おまえの香りがする女ならば、きっとどんな女でも受けいれられる——と。

その「女」が自分でよかった。そう、しみじみと思いながら、レイは心の中で呟く。

——今日は……するのよね……？

実のところ、この一年間、婚約を結んだもののノヴァとは清らかなつきあいを続けていた。

口づけだけは何度も交わしていたが、それ以上のことをするのは、あの花園で結ばれて以来だ。

——うう、緊張する……上手くできるかな……。

一度したとはいえ、あのときは外で媚薬も入っていた。

今日こそが本物の初夜なのだと思えば、心臓がドキドキしてしまい、手には汗まで滲んでくる。

滲んだ汗を拭うようにシュミーズの裾をつかんで伸ばして足を隠し、思いなおして少しだけ足が見えるように引っぱりあげてみたり、いやいやはしたないとまた下ろしてみたり。

色っぽく誘うべきか、慎《つつ》ましくふるまうべきか。どちらが正解だろう。

そんなくだらない葛藤をしていると、不意にノックの音が響いた。

「――レイ、私だ。入ってもいいか？」

どうやらいつの間にやら花婿が到着していたようだ。

低く抑えたノヴァの声が聞こえて、レイはビクリと肩を揺らすと、慌てて寝台の上で膝を正し、めくれかけたシュミーズの裾をささっと直した。

それから、ピッと背すじを伸ばして「どうぞ」と返した。

ゆっくりと扉がひらき、純白の寝衣の上に金糸で縁どられたガウンを羽織った彼が入ってくる。

目と目が合いそうになったところで、レイは思わず気恥ずかしさにうつむいてしまった。

「……あ、あの……っ」

お待ちしておりましたと言うべきか、それともよくいらっしゃいましたとでも言うべきか、いや、どちらも何だか積極的すぎる気がする。

葛藤が頭を渦巻き、何と言っていいかわからずレイが口ごもっている間に、ノヴァは寝台の前に辿りついていた。

「……レイ」

呼ぶ声はいつものように、いや、いつもより甘い。

そして、何か激しい感情——興奮を抑えつけているような危うい響きも含んでいた。

え、と顔を上げたところで、伸びてきた彼の手に肩をつかまれる。

その次の瞬間。視界が縦に回って、とすん、と背に衝撃を感じたと思うと、レイは敷き布の上、ノヴァに組みしかれていた。

シュミーズの襟ぐりに彼の手がかかって、ぐいと広げられ、襟を縁どる繊細なレースも愛らしいリボンも一瞥もされることなく引きおろされる。

ふるんとふたつのふくらみがこぼれでて、パチリとレイがまばたきをしたときにはすでに腰まで下ろされていて、二度目のまばたきをしたときには、つま先から抜けたシュミーズが寝台の足元に放りなげられていた。

「——ちょ、待って、待ってください！」

がしりと頬を両手で挟まれたところでレイはようやく我に返って、今しも重なろうとしている唇と唇にサッと右手を差しいれ、制止の声をかけた。

「……何だ、なぜ拒む？」

不満げに眉を寄せながら、この手をどけろというように手のひらに熱く口づけられ、レイはそれに従ってしまいたくなるのを堪えて物申した。

「落ちついてください！　これでは情緒がなさすぎます！」

肌を合わせるのは初めてではないとはいえ、夫婦の初夜なのだ。

部屋に入って一分で花嫁を裸にひん剝くというのは、いくら何でもあんまりだ。がっつきすぎだろう。

そう思ったのだが、レイの言葉に彼は眉間の皺を深めるとボソリと言いかえしてきた。

「……レイ、一年だ」

「え？」

「一年待ったのだぞ」

「待った？　何を？」

レイが首を傾げると、ノヴァはふたりの間を阻む手をつかんで引き下げ、コツンと額をぶつけ、恨めしげに睨みつけてきた。

「再びこうしておまえと抱きあえるまで、だ。ようやく想いが通じあい、これからいくらでも愛しあえると思った矢先に……一年だぞ？　私がどれほどこの日を待ちこがれたと思っている……！」

「そ、そんな……」

予想外の告白にレイはうろたえる。

この一年間、思いかえしてみても、ノヴァからそのような誘いを受けたことは言葉でも態度でも一度も――いや、最初のうちは少しはあった。

正式に婚約を結ぶまでの半月くらいの間は。

口づけだって、そのころはずいぶんと濃厚なものをくれたものだ。

それなのに、その後はピタリと誘いはなくなって、口づけも軽くふれあうだけのものに変わってしまい、正直に言うと少し寂しくも思っていたのだ。

「……それほどお辛かったのなら、言ってくだされればよかったのに」

ほんの少し唇を尖らせて言いかえすと、ノヴァは猫が匂いつけをするようにグリグリとレイの額に額をすりつけて、悔しそうに答えた。

「……あの教育係に釘を刺されたのだ」

「……教育係って、モスクス侯爵夫人のことですか？」

「ああ。あの教育係は、竜は堪え性のない淫蕩《いんとう》なものと思っているようでな……おまえとの婚約を結んですぐに、『陛下、婚礼は女にとって人生最大の晴れ舞台。万が一にでも身ごもってドレスが着られなくなったら、一生の心の傷になりますよ』と懇々と説かれたのだ……！」

「えっ、そ、そうだったのですか……」

またしても予想だにしない真相を聞かされて、レイはパチリと目をみはる。

言われてみれば確かに、ノヴァからの誘いがなくなったのはモスクス侯爵夫人がレイの教育係になってからだ。

「……そうですか……私のために我慢してくださったんですね」

レイには文句ひとつ言わず――今言っているが――この日を待っていてくれたのだ。

そうとわかれば、情緒などなくてもいい、好きなだけがっついてほしいと素直に思えた。

レイの心境が変わったことに気づいたのだろう。

ノヴァは嬉しそうに目を細めると、つかんだレイの右手をやさしく、けれど二度と口づけの邪魔はさせないというように、しっかりと敷き布に縫いとめてから、レイの唇を軽く食み、悪戯っぽく微笑んだ。

「……そうだ。我慢をしていたのだ。実に健気《けなげ》なことだろう？」

「ええ、とても。……嬉しいです」

「耐えた褒美をくれるか？」

断られるとはまるで思っていない、傲慢さが滲む甘い声でねだられ、レイはクスリと笑うと彼の望む答えを返した。

「はい。陛下の……ノヴァの望みのままに、好きなだけ」

その囁きが終わると同時にのしかかられ、食らいつくように口づけられた。

唇が潰れるほどに強く唇を押しつけられて、あ、と吐息を漏らした途端、わずかにゆるんだ唇の隙間に舌をねじこまれ、こじあけられる。

「ん、っ、ふぁ、――んぅっ」

音を立てて舌が絡んだと思うと、下腹を撫でおりたノヴァの右手がレイの脚の間に潜りこむ。

急いた指先が割れ目をなぞり、口づけで潤みはじめた蜜口を探りあてて、くちゅんと沈む。

けれどそれはすぐに奥まで潜ることなく、浅く抉っては引いて、蜜の滲み具合を確かめるようにくちくちと音を鳴らしながら何度も何度も入り口の襞をなぞってくる。

「っ、……ふっ、ぁ、あっ」

淡い心地好さと共に、むず痒さにも似たもどかしいような感覚がこみあげてきて、レイは知らず知らず彼の指を受けいれるように膝をひらいてしまう。

それを待っていたように、ぐぷりと奥まで押しこまれた。

「〰〰っ」

最初は一本。根元まで埋めこんでから、ゆっくりと引きぬかれる。

抜けおちる寸前でとまって、また奥へと戻ったところで、埋めこんだまま揺らされる。

「んっ、ふ、……っ、ぁ」

その間もずっと口づけは続いていた。

媚薬の効果がないせいか、それとも一年ぶりだからか。腹の中をかきまわされて、最初、レイは少しの息苦しさと違和感を覚えた。

それでも、彼の指が馴染むにつれて段々と背すじがゾクゾクするような、この先にもっと気持ちいいことがあるのだという予感めいた快感がこみあげてくる。

その予感が高まるにつれて、彼の胸板で潰れた胸の先がチリリと疼き、脚の間から響く水音が増していった。

「……媚薬がなくとも、これほど濡れるのだな」

ふと唇を離して、ノヴァが呟いた。

からかいではなく安堵の滲む声に、きゅんと胸が高鳴り、彼の指を締めつけてしまうと、ノヴァは嬉しそうに目を細めながらも、ふ、と苦しげに息をついた。

「おまえが可愛らしいのはもう仕方がないが……少し控えてくれ。耐えられなくなりそうだ」

煮溶けた蜜のように甘く、熱が滲む囁きが耳をくすぐる。

その熱が頭に心に染みわたって、気づけばレイはノヴァを受けいれるようにいっそう大きく脚をひらき、ねだっていた。

「……耐えなくていいので、どうぞ」と。

途端、レイを見つめる金色の瞳が熱を孕《はら》んだと思うと、ちゅぽんと指が引きぬかれ、再び食らいつくように唇を奪われた。

目をつむり、息さえ奪うほどの口づけを受けとめながら、レイは耳に届く忙しない衣擦れの音に頬を熱くする。

この一年、餓えていたのはノヴァだけではない。

レイも、愛しい人と再び結ばれる日を待ちのぞんでいたのだ。

「……あっ」

骨ばった手に膝裏をすくわれ、ぐいと押しあげられて、レイはふるりと期待に身を震わせる。

早く――心の中でねだるのと同時に待ちのぞんだ質量が、ノヴァの熱が、レイの最奥まで貫いた。

「ぁあっ」

ずんと奥を突かれた瞬間、肺の中の空気が漏れるように唇から叫びがこぼれた。

悲鳴と呼ぶには甘く、けれど嬌声《きょうせい》と呼ぶには少しだけ苦しげな声に、ノヴァが動きをとめる。

それから、衝動を堪えるようにグッと奥歯を噛みしめる気配がして、ふれあう彼の身体がふるりと震えたと思うと、そっと唇が離れ、ノヴァが身を起こした。

離れていく体温が寂しくて、うっすらとレイは目をひらき、視界に映るノヴァの裸身に息を呑む。

美しい身体だった。滑らかな肌、無駄がなく均整のとれた身体は彫像のようだ。

けれど、腕や腹、敷き布についた膝から太腿にかけて浮かびあがるしなやかな筋肉の線は、野生の獣めいた強靭《きょうじん》さも感じさせる。

優美さと精悍《せいかん》さが絶妙に混じりあった肉体を前にして、レイは胸の高鳴りと共に、少しの気恥ずかしさを覚えた。

──私と全然違う……。

心の中で呟いて、そっと両手でお腹のあたりを隠したところで、ふと違和感に気づく。

なぜかノヴァは、長い髪を後ろで一本に編んで垂らしていたのだ。

「……ノヴァ、その髪は？」

「……ああ、これか。これはあれだ。おまえを愛でるとき、やたら落ちてきて邪魔だっただろう？」

だから編んできたのだと言われて、レイの脳裏に一年前の情景が浮かぶ。

広げた脚の間を唇で辿っていくノヴァの艶めかしい表情。上気した肌をサラサラとくすぐる髪の感触が、あのとき与えられた甘美な喜びと共にまざまざとよみがえって──。

かあっと身体の熱が増し、思わず咥《くわ》えこんだものを締めつけてしまうと、それに応えるように、ノヴァの雄がビクンと跳ねた。

「っ、……下ろした方がよければ下ろすが？」

「えっ、い、いえ！　大丈夫です！」

「そうか、では、それは次のお楽しみにしておこう」

そう言って楽しそうに、少し苦しそうに息をつくと、ノヴァはじっくりとレイの裸身をながめ、感慨深そうに目を細めた。

「こうして見るとどう見ても女だな」

「……そうでしょうか」

「ああ」と頷いて、ノヴァは腹を覆うレイの手をそっとどけて微笑んだ。

「細くて小さくて、けれど妙なる曲線に満ちた、美しい身体だ」

腰のくびれを指先でなぞって讃《たた》え、それから彼は何かを悔やむように眉を下げた。

「おまえが女だと、早々に気づかなくてよかった……」

「え？　どうしてですか？」

「もしも早々に気づいていたなら、私はきっと、おまえの心が私に向く前に奪っていたはずだ」

そう言って、ふ、と溜め息をこぼすと、ノヴァは自嘲めいた笑みを浮かべて言葉を続けた。

「……覚えているだろう？　おまえと出会ったばかりのころの私は、ずいぶんと思いあがっていた。竜帝たる私の寵愛を喜ばぬ者がいるはずがない。おまえも、ただ遠慮しているだけだと思いこんでいた」

だから、その都合のいい思いこみのままに無体を強いていたかもしれない。

そうなればきっと、レイの心は永遠に手に入らなかっただろう。

「そのようなことになれば……私はきっと死ぬまで悔やむことになっただろうな」

切々とした呟きに、レイは一呼吸の間を置いてから微笑を浮かべ、やさしく言葉を返した。

「あなたを嫌わずにすんで、よかったです」

ノヴァを傷つけずに、悲しませずにすんで本当によかった。

「……ああ、本当だな」

ノヴァはクスリと微笑んで、レイの頬を愛おしむように、慈しむように両手で包んで囁いた。

「誰かに嫌われるのが怖いと思ったのは……おまえが生まれて初めてで、きっと最後だ」

「……光栄です」

レイが囁きと微笑みを返せば、それが合図だったかのようにノヴァは恭しくレイに口づけ、それから、ゆっくりと動きだした。

言葉などもういらないというように、そこからは互いの温もりで、身体で想いを伝えあう。

「っ、あ、ああっ、……ふ、ぁっ、んんっ」

蕩けた喘ぎが重ねた唇の隙間からこぼれ、そりかえったものに柔い肉を扱られ、最奥を突かれるたびに、あの日、ノヴァから覚えこまされた悦びがよみがえり、下腹部に甘い熱が溜まっていく。

乾いた肌がぶつかる音が少しずつ湿り気を帯びるにつれて、互いの息も乱れはじめる。

下腹部に溜まり、渦巻く熱がふつふつと煮詰まっていく。

――ああ、来る。

近づく絶頂にレイがフッと息を詰めると、重ねた唇を通してノヴァが微笑むのを感じた。

あ、ダメ――身がまえたときには、もう逃げられなかった。

ずずっと大きく引きぬかれ、少しだけ腰を持ちあげられて、レイが一番弱い角度で、弱い場所をこするように狙いを定められる。

それから、ごりり、ごちゅんと一息に奥まで貫かれた。

「――っ、ぁああっ」

溜まりに溜まった快感がレイの奥でぶわりと一気にふくれあがり、背がそりかえって、甘い悲鳴が喉の奥からほとばしる。

無意識にすがるものを探すように敷き布の上で手をさまよわせると、すがるなら自分にすがれ、というようにノヴァの手が重なり、指を搦《から》めとられた。

ふっと息をつき、薄目をひらいて見上げれば、ノヴァが何かに耐えるように美しい顔を歪めるのが見えた。

「っ、ん、我慢しないで、動いて、だして、くださ……っ」

絶頂の余韻に震えながらもレイがそう願うと、レイを見下ろす金色の瞳にポッと獰猛《どうもう》な熱が灯り、燃えあがった。

「っ、ああ、レイ……っ」

愛しさに滾《たぎ》る声で名を呼ばれるなり、絡んだ指にグッと力がこもる。

「許したのは、おまえだからな……」

甘く脅しつけるような言葉がレイの耳に木霊して、それから、ノヴァは本能のままにレイを貪りはじめた。

「っ、あぅ、ふっ、あ、あくっ、うぅっ」

今までも、一年前も、本当に手加減されていたのだ。

そう思いしらされるような、腰が砕けそうなほど荒々しい律動に揺さぶられながら、レイは切れ切れの喘ぎと涙をこぼし、猛《たけ》る衝動を懸命に受けとめた。

どちゅどちゅと奥を叩かれる衝撃は苦しいくらいなのに、彼によって快楽を教えこまれた身体は、その苦しさの奥に新たな悦びを見いだしていく。

今までと似ているようで、今までよりも一段重たい快感が胎に溜まり、一突きごとに濃縮されていくような感覚。

これが煮詰まって弾けたときには、いったいどれほどの高みに飛ばされてしまうのだろう。

恐怖と、否定しようがないほどの期待に身を震わせると、ノヴァが、一際深く息をつき、ふと、繋いだ手をほどいてレイの腹に指を這わせた。

何かの予告めいたその手つきに、レイはギュッと閉じていた目蓋をひらく。

涙で滲む視界に映ったノヴァが唇の端をつりあげるのが見えた。

「っ、レイ、ひとつ、試してみたいことがあるのだがよいか?」

背すじがゾクリと粟立つような熱と色香が滲む声で問われ、レイは考えるよりも先に頷く。

今ならば、何をされてもいい。そう身体が答えていた。

「……そうか」

笑みを深めたノヴァがグッと身体を傾けて、ふたりの唇がふれる。

けれど、それ以上口づけを深めることなく離れ、ノヴァは再びレイの手に手を重ね、指を絡めた。

そうして、しっかりとレイを捕らえ、睫毛がふれあいそうなほど近くで見つめながら律動を速めていく。

レイは激しく身体を揺さぶられ、快感に頭をかきまわされながらも、どうしてか目をつむってはいけないような気がして、必死に目蓋をひらいてノヴァの瞳を見つめかえした。

「……っ、っ、〰〰っ」

胎の底からせりあがる熱に息が乱れる。

もう無理、心の中でレイが呟き、ギュッと目をつむってひらいたとき。

これが最後というようにノヴァが大きく腰を引き、奥まで叩きつけて、ポツリと呟いた。

たった一言。《孕め》と。

その瞳で、声でもって命じられた瞬間、レイの中で何かが弾けた。

声も上げられなかった。ただ、あ、と口をひらいたまま、つま先から髪のひとすじまで、心地好い、けれど、怖いほどの熱に満たされる。

その熱に浮かされ、蕩かされ、ぼうっと薄らいでいく意識の中。

レイはノヴァの望み通り、彼の想いの証を身体の奥深くで受けとめ、呑みこんだのだった。

さらりと頬を撫でる涼やかな風に、レイはぼんやりと目蓋をひらいた。

どうやら、少しの間眠って――いや、失神していたようだ。

気怠さが甘く残る身体をノロノロと起こし、寝台の上を見渡すとノヴァの姿がない。

「――ああ、レイ、もう起きたのか」

どこに行ったのかと探すまでもなく、窓の方から愛おしげに呼びかける声が聞こえた。

どうやら窓をあけに行ったらしい。

ひたひたと戻ってきたノヴァがぎしりと寝台に乗りあげたと思うと、次の瞬間には、レイは彼の腕の中に閉じこめられていた。

「……ふふ、少し冷えちゃってますね」

夜風でひんやりとした腕を温めるようにさすると、ノヴァがくすぐったそうに笑い声を立てる。

「ならば、おまえが温めてくれ」

「ええ、喜んで」

レイはクスクスと笑いながらリクエストに従って、ノヴァの胸に身を寄せる。

そのとき、ふわりと窓から舞いこんできた風が寝台の帳を揺らして通りすぎ、ナイトテーブルに置かれた白薔薇が甘く香った。

「……良い香りだな」

ポツリとノヴァが呟く。

「はい」

コクリと頷き、白い花弁を見つめながら、ふとレイは感慨深い思いがこみあげるのを感じた。

「……この香りが繋いでくれたのですね」

始まりは一輪の薔薇だった。それが、ここまでふたりを結びつけてくれたのだ。

「ああ、そうだな」

クスリと笑ってノヴァは、レイを抱く腕にそっと力をこめる。

「……媚香がなくとも、おまえはおまえの香りで私を捕らえたのだ」

耳をくすぐる囁きにレイは胸が熱くなった。

「……これからもずっと、この香りであなたを幸せにしたいです」

この世で最も価値のない娘だったレイの価値に――香りに気づいて、探しだしてくれた人。

「できそこないの娘」から「至純の白薔薇妃」へと変えてくれたこの人を、これからもずっと――

この香りで。

「……ああ、してくれ」

喜びを噛みしめるような声が返ってきて、抱擁が強まる。

愛しい人の温もりとふたりを結んでくれた香りに包まれながら、レイは、この先ノヴァと歩み、育んでいく未来に思いを馳せ、ふわりと微笑んだ。

エピローグ　きっと、この世で最も幸せな妻

ノヴァの后となって五年が過ぎた、ある初夏の朝。

レイは百花離宮に与えられた私室——白と淡い金色を基調とした后の部屋の中で、窓辺の椅子に腰かけて、暖かな陽ざしを浴びながらくつろいでいた。

朝から少し風邪気味のため、今日は一日のんびりと部屋で過ごす予定だ。

目の前の猫脚のテーブルにはふたり分のティーセットが置かれていて、レイのティーカップには鮮やかな紅色の茶がたっぷりと、向かいの席のカップには半分だけ入っている。

——飲み終えてからでもよかったのに。

笑みがこぼれた拍子に、こほんと咳まで飛びだして、レイは白いドレスの肩にかけた淡い蜂蜜色の絹のストールを、そっとかきあわせた。

その途端、タイミングを見計らったようにノックの音が響いて笑顔で振りかえる。

「どうぞ」と促して入ってきたのは予想とは違っていたが、レイの愛しい家族だった。

「……あら、アルス、ダンデ、どうしたの？」

白銀の髪に金色の瞳。天使のように愛らしい顔をした少年たちの名はアルスとダンデ。

ノヴァとの間に授かり、今年の春、四歳の誕生日を迎えた双子の男の子だ。

ホワイトチョコレートを思わせるおそろいのクリーム色のベストとキュロット、ベレー帽がよく似合っている。

この子たちが生まれて以来、レイはノヴァと家族で四人、百花離宮で過ごすことが増えた。

三階建ての瀟洒な館はヤード造園に比べればずっと豪華なのだが、それでも白亜の城と呼ぶのが相応しい宮殿に比べれば、まだ「家族で暮らす家」という感じがして落ちつくのだ。

「今日は、おじいさまのところに遊びに行くと言っていなかった?」

レイがやわらかく尋ねると、双子はそっと視線を交わし、せーの、というように息を吸いこんで元気よく答えた。

「おでかけまえに、かあさまのおみまいにまいりました!」

ふたつの幼い声がきれいにそろって響き、レイは微笑ましさに目を細める。

「そう、ありがとう! ……それで、何かお見舞いを持ってきてくれたの?」

双子は明らかに「何か隠しています!」というように両手を後ろに回している。

「ふふ、いったい何をくれるのかしら?」

頬をゆるめてレイがふたりの前にしゃがみこむと、双子は顔を見合わせてクスクスと笑いあってから、また、せーの、で合わせてパッと両手を前に出した。

「はい、どーぞ!」

差しだされた小さな手のひらには——小さな角が載っていた。

ホワイトオパールを思わせる光沢を持つ、双葉のような愛らしい二叉の角が。

レイはパチリと目をみはり、それから、ベレー帽に隠れたふたりの頭に視線を向ける。

双子はそれを待っていたように片手に角を転がすと、もう片方の手でパッと帽子を取って、右の角がなくなり、片角になった小さな頭を誇らしげにさらけだした。

「かあさまにあげようって、おったのです！」

「これをたべて、おげんきになってください！」

キラキラと瞳を輝かせて母を労る、子供たちのやさしさにレイは胸を打たれる。

気持ちは嬉しい、本当に嬉しい、けれど――。

「ありがとう、ふたりとも。でもね……」

言葉を濁しつつ、飲みさしのティーカップに視線を向けたそのとき、新たなノックの音が響いた。

「――レイ、待たせたな。粉にしてきたぞ」

扉がひらいて、そんな台詞と共に現れたのはノヴァ。

その頭上に目を向けて、子供たちが「ああっ」と声を上げ、大きな瞳をパチリとみひらく。

銀のトレーを手にした白き竜帝の頭上には、昨夜まで三叉四尖の勇壮な角が聳えていた。

けれど、今は――。

「……とうさまもでしたか」

がっくりと肩を落として残念そうにアルスが呟くと、ノヴァは「自分とそろいの片角」になった息子たちを見下ろし、頬をゆるめた。

「……ああ、おまえたちも折ったのか」

「はい。でも、いいです」

アルスは潔く手を引っこめると、差しだされたままのダンデの手をペチンと叩いて下ろさせた。

「わっ！　……何で、アルス？」

「とうさまのツノがあるなら、ぼくらのはいらないんだよ」

「……あ、そっか！」

アルスの言葉に納得したのか、ダンデは素直にキュロットのポケットに角をしまいこんだ。

当然のように交わされるやりとりに、レイは思わず苦笑を浮かべる。

竜の本能なのか、どうも双子の中では「かあさまにいちばんやさしくしていいのはとうさま」というこことになっているようで、それに反するとなぜかレイの方が子供たちに叱られてしまうのだ。

「……ごめんね、アルス。ムダになっちゃったね」

しょんぼりと眉を下げて、ダンデがアルスに謝る。

きっとダンデの方がアルスに「角を折ろう」と提案したのだろう。

「いいよ、ぼくらのツノはニワトリにやろう！　きっとおいしいタマゴがとれるよ！」

ニコッと笑ったアルスがダンデの肩を励ますように叩く。

その仲睦《むつ》まじい姿にノヴァが頬をゆるめながら、ふたりの頭をくしゃりと撫でる。

「せっかくなら、ニワトリではなくケイビーにやるといい」

「おじいさまに？」

「でも、おじいさまはおげんきですよ？　おとついもこーんなに大きなうえきをはこんでらっしゃいました！」

大きく腕を広げてアルスが言いかえす。

義父は働く必要がなくなった今も、身体が動くうちは造園業を続けたいと頑張っているのだ。

「それほど大きな植木を運んだら疲れるだろう？　明日も元気でいられるようにだ」

ノヴァが目を細めて告げると、アルスは少し首を傾げた後、パッと笑顔になって頷いた。

「そうですね！　では、さしあげてきます！　いこう、ダンデ！」

「……うん！」

コクリと頷きかえしてアルスの手を握ったダンデは「……あ」と何かを思いついたように金色の瞳を輝かせると、ふわりと笑ってレイに告げた。

「かあさま。おとつい、おじいさまがミツバチのすをみつけたとおっしゃっていたので、かあさまにハチノコをとってきてさしあげますね」

その言葉にノヴァが「それはいいな」と頷く。

「ハチノコは栄養が豊富だそうだから、生きたまま――」

「ありがとう、ダンデ！　でも、私はお父様の角があればそれで充分だから、ハチノコさんはそのままそっとしておいてあげてね！」

レイはノヴァの言葉を遮って、ダンデに言いきかせた。

「元気に育っているのに、食べてしまっては可哀想でしょう？」

「……かわいそう？」

レイの言葉にダンデは不思議そうに首を傾げた後、ニコリと微笑んで頷いた。

「わかりました。かあさまがそうおっしゃるなら、そっとしておきます」

のんびりとした口調で宣言して、アルスに笑いかける。

「いこう、アルス」

「そうだな、ついてこいダンデ！　では、とうさま、かあさま、いってまいります！」

威勢よく叫ぶなり、アルスはダンデの手を引いて走りだす。

「ああ、気をつけていってこい」

「いってらっしゃい、気をつけてね！」

部屋を飛びだしていく子供たちの背に、ノヴァとレイはやさしく声をかけて見送った。

「……やれやれ、ようやく静かになったな」

双子があけはなしていった扉を閉めて、ノヴァが呟く。

迷惑がるような台詞とは裏腹に、その声も表情もやわらかい。

子供たちへの愛しさが滲む微笑みに、レイもつられたように頬をゆるめる。

五年前、レイが双子を身ごもっているとわかったとき、ノヴァは手放しに喜んでくれた。

けれどしばらく経ってから、初めて目にするような不安げな表情で尋ねてきたのだ。

「……私は、この心におまえだけを住まわせると決めてしまった。生まれてくる子を愛することができるだろうか」と。

以前ノヴァは言っていた。自分の心にはひとつしか部屋がない、と。

そこをレイで埋めてしまったから、子供たちの分がなくなってしまうと思ったのだろう。

正直に言えば、レイに尋ねるまでもなく当然のように愛してほしい。

とはいえ、聞いてくるのはそれだけ真剣に子供のことを考えているということだろう。

そう思いなおして、レイはニコリと笑ってノヴァに願った。

「大丈夫です。増築してください」と。

増築が上手くいったのかはわからないが、ノヴァは子供たちをたいそう可愛がっている。

子供たちもよく懐いている。喜ばしいことだと思う。

ふたりとものびのびと育っていてアルスはしっかり者、ダンデはおっとりしているが、どちらかといえばダンデの方がノヴァに似ているような気がする。

愛情深いけれど、少しずれているところが……。

そんなことを考えながら窓辺の椅子に戻ってノヴァを見上げると、促されたとでも思ったのか、ノヴァはいそいそと銀のトレーから小皿を取り、レイの前にそっと置いた。

「……さあ、飲め」

艶やかな金色の薔薇が描かれた陶器の皿の上。コロリと転がる丸薬のような物体は、刻んだ薔薇の花と砂糖と一緒に練って丸めたノヴァの角だ。

「……いただきます」

一粒摘まんで、口に放りこみ、コクンと飲みこめばスッと薔薇の香りが鼻を抜けていった。

「……美味しいです」

「そうか。すべて飲んでいいぞ。角はまだまだ残っているからな！」

満足そうに目を細めてそう言うと、ノヴァは少し首を傾げて残った左の角に手をやった。

「……どうしました？」

「ああ……父上の言っていた通り、片角だとバランスが悪いと思ってな。どうも肩が凝りそうだ」

確かに手のひらサイズの子供たちの角と違って、ノヴァほどの角の大きさだと片方だけでは重心が偏ってしまうだろう。

「こちらも後で折って、あの子たちの代わりに鶏にやることにしよう」

クスリと笑うと、ノヴァはレイのストールをそっとかけなおし、労るように肩を撫でた。

「……昨夜は無茶をしてすまなかった」

「いえ……その、私もとめなかったのが悪いので……」

悄然と詫びる声に、レイは恥じらいの滲む声で答えた。

今日の不調の原因の半分はノヴァのせいかもしれないが、もう半分はレイの理性の脆《もろ》さのせいだ。

ふたりで夜の庭園にナイトジャスミンを見に行き、そのまま何となく盛りあがってしまって——。

初夏とはいえ、深夜に屋外で肌をさらすのはよくなかったと今では反省している。

もっとも、しなければよかったとは思っていないが……。

愛しい夫から変わらぬ愛情を注がれるのは、やはり嬉しいものだから。

そっと肩に置かれた手に手を重ねて、レイはノヴァに微笑みかけた。

「大丈夫、本当に軽い夏風邪ですから……朝食だってしっかり食べられましたし、もうだいぶ良くなりましたよ。今夜一晩寝れば治ると思います」

「……そうか」

ノヴァはホッとしたように息をついて、やわらかく目を細めた。

「ならば明日は、またお忍びでどこかに行こうか。角もなくなることだしな」

「お忍びで、ですか?」

「ああ。植物園のカフェに行こう」

「植物園の?」

「ああ、おまえの薔薇をながめる者をながめになな」

クスリと笑って、ノヴァはそう言った。

帝都の南東部にある、緑豊かなシャンディラ公立植物園は人々の憩いの場だ。

その敷地内に、花壇に囲まれた巨大な鳥籠状の青銅のドームがあって、テーブル席が設けられており、花をながめながら軽食を楽しむことができるのだ。

その花の中に、レイの白薔薇も入っている。

一株から始まったレイの白薔薇は今や帝国各地の庭園や植物園、公園に植えられ、「白薔薇妃の薔薇」として人々に馴染まれつつある。

「……それは……ちょっと見てみたいですが……」

はたしてきちんと「お忍び」できるだろうか。植物園を楽しむ人々の邪魔はしたくない。

レイが「うーん」と首を傾げると、ノヴァはもうひと押しと思ったのだろう。

レイの耳元でたぶらかすように囁いてきた。

「あのカフェでは今、チョコレートスフレが人気らしい……できたてを出してくれるそうだぞ」

「……チョコレートスフレ」

「ああ。仕上げに粉砂糖を振って、朝採りのフランボワーズと生クリームが添えられているらしい」

レイの頭に、ふんわりふくれて粉砂糖の帽子を被ったチョコレートスフレの姿が浮かぶ。

フランボワーズは植物園で育てているものだろうか。まさに産地直送だ。

そういえば、植物園の近くには農場もあった。クリームはそこから運んでくるのだろう。

「……ここに持ってきてやりたいが、スフレだからな。運んでくる間に萎《しぼ》んでしまうだろうな」

その言葉がとどめとなった。

「……行きたいです」

欲に負けてしまった自分が悔しい。そんな気持ちを滲ませながら告げると、ノヴァは「そうか」と満足そうに頷いて向かいの席へと手を伸ばし、飲みさしのティーカップを手に取った。

「ふふ、楽しみだな！」

祝杯を掲げるようにティーカップを持ちあげ、冷めきった紅茶を満面の笑みで口にするノヴァを見ているうちに、段々とレイの頬もゆるんでくる。

彼の真似をして紅茶を口に運びながら、しみじみと思う。ああ、幸せだと。

かつて失っていたものは今やすべてが戻り、形は違うが夢も叶った。

――それに……救われたのは、私だけじゃない。

レイの薔薇が、存在が人々に浸透するにつれて、少しずつだが人々の価値観も変わりつつある。

媚香の強い女性が人気なのは変わらない。

けれど弱い女性も「心の安寧を、癒しを与えてくれる存在」として評価されるようになった。

媚香に振りまわされるのに疲れた男性が、本能ではなく心の伴侶としてそういった女性を求め、妻として迎える例もポツポツとだが増えているらしい。

ノヴァがレイのために変えてくれたこの国――新たに生まれた価値観はレイだけでなく、媚香の弱さに悩むすべての女性の救いとなりつつあるのだ。

そのことをレイは心から嬉しく思っている。

「……ねえ、ノヴァ」

そっと前を向き、ティーカップをソーサーに置いて囁くように呼びかければ、「何だ、レイ?」と弾んだ声が即座に降ってくる。

「何が欲しい？　紅茶のお代わりか？　それとも菓子か？　塩気があるものの方がよければサンドウィッチでも作らせようか？　何が欲しい？　さあ、言ってみろ」

矢継ぎ早に問われて、レイはついついい噴きだしてしまう。

本当にこの人はすぐに何でも、何もかも与えようと――レイを満たそうとするのだから。

ふふ、と笑いながら、レイはジワリと胸が熱くなり瞳が潤むのを感じた。

今の自分はきっと、この世で最も幸せな妻だろうな――と思う。

ノヴァと出会う前のレイも、決して不幸ではなかったはずだ。

けれど、あのころは「これで充分幸せ」と自分に言いきかせていたようにも思う。

今は本当に、すべてが満たされている。そう、感じられた。

「……今はもう、これ以上何もいらないです。ありがとう、ノヴァ。大好きです」

万感の想いをこめて告げれば、カチャンとカップを置く音がして、背後から伸びてきた腕に抱きしめられる。

「……そうか。私もだ。この世の誰よりも、何よりもおまえを愛している」

与えた以上に強く重たい言葉が返ってきて、レイは思わず声を立てて笑ってしまい、その拍子にポロリと一粒温かな涙があふれた。

そうしてクスクスと笑いながら、こみあげる喜びのままに振りむいて、一途で偏った愛しい夫を両手でめいっぱい、ギュッと抱きしめかえしたのだった。

あとがき

初めましての方もお久しぶりですという方も、お目にかかれて幸いです。犬咲《いぬさき》です。

このたびは、たくさんの本の中から拙著を見つけてお手に取っていただき、誠にありがとうございます。


こちらの作品はフェアリーキス様で初めての書き下ろしとなります。

前二作を応援してくださった方々のおかげでこのような機会をいただけましたこと、とっても光栄で、嬉しく思っております。

お話をいただいたときに我が家の犬に「やったよ！」と報告したところ、大いに興奮してバリバリと毛布を掘っておりました。きっと喜んでくれていたのだと思います。


甘いお菓子と白薔薇が取りもつ、「斜め上な求愛をやらかす強欲な竜」と「頑張り屋のわけあり男装女子」の恋物語、いかがでしたでしょうか？

望めば何でも手に入るけれど別に欲しいものはなかったノヴァですが、初めてできた欲しいもののために頑張りました。

散々要らないものを貢ぎまくっては拒まれ、少しずつレイの喜ぶ贈り物を選べるようになっていき、最終的には自分の人生丸ごとドーンと貢いでしまいました。

贈られる側のレイとしては重すぎるかもしれませんが、「これで充分」と幸せに制限をかけてしまいがちだったレイには、ノヴァの「とにかく際限なく喜ばせたい」という、強欲にもほどがあるくらいの愛情でちょうどいいんじゃないかなぁ、と思います。

愛する人の幸せに貪欲なヒーローはいいものですよね！


今回も、より魅力的な作品となるよう、プロットの段階から全力で助けてくださった編集者様、「なんかきれいな角あり銀髪美男子と可愛い黒髪ボーイッシュガール」的なふんわりしていた二人のイメージを「これがノヴァとレイ……！」と最高の形で確定し、美麗なイラストで作品のグレードを何段階も上げてくださった北沢《きたざわ》きょう先生。

そしてそして誰よりも、この本を今、読んでくださっているあなたに心からの感謝を捧げます。

相変わらず拙い作品ではありますが、少しでも楽しんでいただければ幸いです。

最後までお読みいただき、ありがとうございました。

ぜひぜひ、またいつか、元気でお目にかかれますように！

犬咲

捨てられ令嬢ですが、なぜか竜帝陛下に貢がれています!?

著者　犬咲　

2024年1月5日　初版発行

発行人　藤居幸嗣

発行所　株式会社 J パブリッシング
〒102-0073　東京都千代田区九段北3-2-5 5F
TEL 03-3288-7907　FAX 03-3288-7880

製版所　株式会社サンシン企画

印刷所　中央精版印刷株式会社

ISBN:978-4-86669-575-4
Printed in JAPAN